絶対小説

芹沢政信

講談社
タイガ

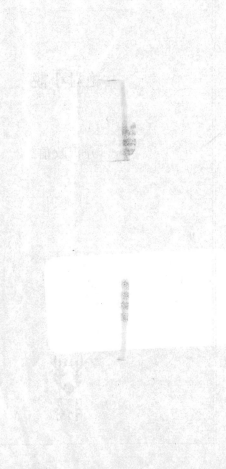

目次

カバーイラスト――alma
カバーデザイン――岡本歌織（next door design）

絶対小説

第一話　文豪の声を聴け

1　絶対小説　序文

この文章を読んでいる君は、幸福ではないはずだ。

なぜなら小説を読むという行為そのものが、現実から逃避するための、自らの境遇から目を背けんがために行われるものであるからだ。

では幸福を得るために、君はなにをするべきだろう？

読むのではなく、書きなさい。

現世から受けた折檻《せっかん》によって醜《みにく》く腫《は》れあがった己が心を癒《い》やすために、ただひたすらに物語を紡ぎ、目に見える世界を虚構の色に染めあげるのだ。

文字の羅列に魂を売り渡し、佇立《ちょりつ》する肉体を記述せよ。

それこそが真なる幸福にいたる唯一の道。

すなわち——〈絶対小説〉である。

2　たかだか三百万で文豪になれるなら安いものだ

「――欧山概念《おうやまがいねん》という作家を知っているか」

ぼくがはじめてその名前を聞いたのは、手渡された原稿を読み終えた直後のことだった。

場所は渋谷《しぶや》の一角にあるごく平凡な居酒屋。

薄い壁によって世間から隔《へだ》てられた個室は、フィクションにうつつをぬかす作家が顔をつきあわせるにはもってこいの空間だ。

「うちのレーベルで書いている人ですか？　まだご挨拶《あいさつ》したことはありませんね」

「ばかを言うなよ兎谷《うさぎだに》くん。百年前に死んでいる男だぞ」

金輪際《こんりんざい》先生は呆《あき》れたように笑う。頭をきれいに剃《そ》りあげ、目玉はギョロリと大きく、三十なかばにして妖怪《ようかい》めいた風格が漂っている。

一方のぼくこと兎谷三為《みつなり》は大学卒業間近でプロデビューし、まだ一年たらずの新米ライトノベル作家。デビューのきっかけとなった新人賞で金輪際先生が審査員をやっており、そのときのご縁でたまにふたりで呑《の》むようになったのである。

「百年前というと大正のころ、モノクロ写真の時代ですか。ちょうど芥川龍之介《あくたがわりゅうのすけ》が活躍していたくらいの。うわ、三毛別羆《さんけべつひぐま》事件が数年前？」

「スマホで調べながら話すのはやめたまえ。ウィキペディアなんぞに頼るより、まずは目の前にいる先輩の言葉に耳をかたむけるべきじゃないか。欧山概念もそのころに生きていた作家でね、以前は教科書に載っていたほどの文豪さ」

「話の流れから察するに、この絶対なんたらというのはその人が書いた原稿なんですか」

ぼくはあらためて、欧山概念の原稿に目を向ける。

鉛筆で書き記された文字はクセがあるものの読みやすく、パソコンで執筆されたものにはない力強さがある。経年でセピア色になった用紙とあいまってデザイン画のような味わいがあり、額縁に入れて飾ればインテリアにもなるだろう。

「ずいぶんと値の張りそうな代物ですね。でもこれだけ渡されてもコメントしにくいですし、どうせなら最後まで読んでみたいところなんですけど」

「残念ながらそんなものはない。君が手にしている〈絶対小説〉は欧山概念の遺作であり、彼が死の間際に書いたという、序文のみの未完成原稿なのだ」

「なるほど。そういったものなのですか」

神妙な顔つきで返答したものの、なんとなく金輪際先生にしてやられた気分になった。後出しでコレクションにまつわる格調高めの背景を語られると、己の見る目のなさが浮き彫りになってしまう。だからといって今さら「文字からパワーを感じますね」などと感想をのべようものなら、それこそ恥の上塗りだ。

一方のあちらは生粋の文芸オタク。今宵《こよい》もお得意のうんちくが絶好調だ。

「比類なき文才を持ちながらも、わずか数作の小説を残して夭折《ようせつ》した文豪、欧山概念。現実と虚構が入り交じる難解な作風は、当初こそ一部の書評家にしか知られていなかったものの……長い年月をかけてじわじわと読者の輪が広がり、今では川端康成《かわばたやすなり》や村上春樹《むらかみはるき》らと並び世界的に評価されるまでになった。刊行作品こそ少ないとはいえ代表作の発行部数は文庫だけでもおよそ六百五十万部、太宰治《だざいおさむ》の〈人間失格〉と同程度と言えばすごさがわかるだろう。いわば口コミでヒットした作家のパイオニア的な存在だな。兎谷くんは知らなかったようだが」

「すみません。昔からライトノベルばっかり読んでいましたので」

「君もれっきとしたプロなのだから、固定観念に囚《とら》われず幅広いジャンルに手を出しなさい。欧山の代表作である〈化生賛歌〉は同人誌に掲載していた短編をまとめた連作であり、収録作の一部は結末の解釈をめぐりいまだに議論がかわされている。刊行から百年を経《へ》てもなお数多《あまた》の読者を悩ませ、魅了し続けているわけだから相当だ」

「そりゃ確かにすごいですね。ぼくもいつかそんな作品を書いてみたいですよ」

「不朽の名作を世に出すというのは作家としての本望だからな。とはいえ欧山自身はその出来栄えに満足していなかったらしく、すぐに次の作品、しかも初の長編に取りかかったという。さきほど話したように、完成することがなかったとはいえ」

「欧山概念のファンであれば、喉《のど》から手が出るほど読みたいところでしょうね。金輪際先生も書きかけの原稿を眺《なが》めつつ、かの文豪が頭の中に描いていた〈絶対小説〉とはどんな内容だったのか、なんて空想したりするのですか」

「そういう楽しみかたもあるな。あるいは自らその続きを書いてみるとかも」

と、金輪際先生はしたり顔で呟《つぶや》く。

ある意味、作家らしい戯《たわむ》れである。

「欧山概念は謎《なぞ》の多い作家だ。原稿の受け渡しは代理人をとおしてのみ、本人は公の場に一切顔を出したことがない。そのうえ彼の代理人も時を同じくして病没し、未完成の〈絶対小説〉は所有者不在のまま放置された。結果、原稿はいつしか紛失し、今では実在そのものが疑われる幻の代物となってしまった」

「聞けば聞くほど価値が高そうですけど、鑑定書はあるんですか？」

「現物を見れば疑うべくもないよ。文字にパワーがあるじゃないか」

つまり本物だと保証するものはない、ということか。

うさんくささを感じつつ件《くだん》の原稿に目を移すと、テーブルのどこにも見あたらない。

確かに置いた記憶があるのだけど、先生が鞄《かばん》に仕舞ったのだろうか。

ぼくが首をかしげている間にも、原稿の話はさらに怪しげな方向に進んでいく。

「欧山が遺《のこ》した原稿の価値は、文化的なものだけにとどまらない。いわく好事家たちの間でこうささやかれているのだ。〈絶対小説〉を手にしたものは文豪になれる、と」

「……は？　どういう意味です？」

「彼が死の間際まで書き記していた原稿には怨念《おんねん》が宿っており、それが魔術的な力となって持ち主にインスピレーションを与えるというのさ」

「ははあ、いかにも骨董《こっとう》品の逸話という感じですね」

「さては君、本気にしていないな。しかし原稿を手にして、成功したという噂《うわさ》はごまんとある。あるものは昭和を代表する詩人となり、あるものは劇作家として数多のヒット作を世に送りだし、またあるものは数多の文学賞を総なめにしたという」

「具体的な名前を出してもらわないことには信憑《しんぴょう》性が……」

「実名を明かすわけないじゃないか。当の作家からすれば『オカルトアイテムで文才を手に入れました』なんて黒歴史もいいところだろう」

「そりゃそうでしょうけども」

「おかげで今や業界のタブーとなっている。ことの真偽を探ろうものなら、邪悪な秘密結社の手にかかり、東京湾に沈められてしまうやも。……おお、怖い怖い」

そう言って先生は肩をすくめてみせるので、どこまで真面目に聞けばいいのやら。

いちいち相手をするのも面倒だし、適当に受け流しておくべきか。

「で、先生に文才は宿ったんですか？　読んだんですよね、原稿」

「うむ……。しかし残念ながら私は、欧山概念の魂に選ばれなかったらしい」

「選ばれるとか選ばれないとかもあるんですか」

「せめて君に文才が宿らないものかと思ってね。私たちはよく似ているだろう？」

「どうでしょうねえ」

素知らぬ顔で答えるものの、外見はさておき作風の話となれば、ぼくが金輪際先生の小説から影響を受けているのは事実である。だから親しい後輩に雪辱を果たしてもらおうという先生の気持ちも、一応は理解できる。

しかしぼくとて、文豪の力が宿ったような気配はまったくない。

というよりこのおっさん、詐欺《さぎ》にあっているのでは。

近ごろは社会経験の乏《とぼ》しい専業作家を狙《ねら》うマルチ商法が横行していると聞くし、今回の話は霊験あらたかな壺《つぼ》を売りつけるような不届き者の気配が感じられる。

ぼくは怖々と、最初にした質問を再び投げかけてみる。

「ずいぶんと値の張りそうな代物ですね」

「ハハハ。たかだか三百万で文豪になれるなら安いものだ」

いよいよ頭が痛くなる。

ピュアなおっさんを傷つけないように、どうやって真実を伝えればいいのやら。

しかし妙案が浮かぶより先に、金輪際先生はこう言ってきた。

「さて、原稿を返してもらおうか。うっかり紛失してしまうといけない」

「先生が鞄に仕舞ったのでは？」

場に妙な沈黙が流れる。

それが重苦しい空気に変わり、激しい口論が巻き起こり――ケンカ別れするまでに有した時間は、ぼくが原稿を読んでいた時間より短かったように感じられた。

◇

結局のところ原稿は見つからなかった。

季節は八月の終わりごろ。終電も近いというのに夏の暑さは衰えることなく、背中からじわじわと汗がにじんでくる。ぼくは酔いを覚ましつつ帰ろうと、渋谷駅からそう遠くないマンションをめざしてひたすら歩き続ける。

〈絶対小説〉が紛失してしまうまで、店員さんをふくめ誰も個室に来ることはなかった。原稿そのものが放浪の旅に出たのでなければ、ふたりのうちどちらかが持っていなければおかしいことになる。

しかしぼくは当然のこと、金輪際先生にも覚えがないという。どころか「ちゃんと探しとけよ！」と捨て台詞《ぜりふ》を残し、彼はネオンきらめく風俗街に消えていった。

あの様子だとそのうち弁償しろとか言いだしそうで怖い。

後輩作家から三百万を騙《だま》しとるつもりだったのでは？　という疑念さえ頭をよぎる。

とはいえ金輪際先生が金に困っているようには見えないし、最初からそのつもりなら今日の時点で恐喝していたはずだ。

だとすればむしろ、悪質なイタズラという可能性のほうが高い。

後日にやけ面《づら》を浮かべた先生がドッキリ大成功のプラカードを掲げて現れたら……渾身《こんしん》

の右ストレートをお見舞いしてやろう。

来たるべき日に向けてシャドーボクシングをしていると、腕に奇妙なものを見つけた。


欧山概念の。

原稿に書き記されていた。

クセのある。

文字。


それがタトゥーのようにびっしりと、肌に刻まれている。

ぼくは尻餅《しりもち》をついた。

アスファルトは固く、腰にじんじんと痛みが響く。

不思議なことに、目を離した隙《すき》に奇妙な文字は消え失せていた。

「あ、あれ……？　気のせいか？」

まだ酔いが覚めていないのだろうか。

そう思い首をかしげるものの、言いようのない不安はしばらくおさまることがなかった。

3　つまらないものを書いているつもりはないですから

『困ったことになりましたよ兎谷先生。どうするおつもりですか』

「そうですねえ……。ぼくとしてもなにがなにやら」

スマホごしに詰問口調で問いただすのは、NM文庫の鈴丘《すずおか》さん。ぼくがデビューして以来お世話になっている担当編集であり、今は数日前の事件——つまり金輪際先生との間に起こったいざこざについて、詳しく説明しているところである。

『私としてもね？　あなたが金輪際先生のコレクションを盗んだなどと疑うつもりはありません。ですが酒の席とはいえ同じレーベルの先輩と後輩の間でこう、金銭が絡むもめ事を起こしたとなるとね？　釘《くぎ》をさしておかねばならないわけでして』

「でも、原稿が煙のように消え失せてしまって……」

『私が聞きたいのはですね、言い訳じゃないんですよ。どうするおつもりですか、とおたずねしているだけなんですから』

そんなこと知りませんよ、と言いかえすことができればどれほど気が晴れるだろう。

しかし作家と編集者では明確な力関係が生じがちだ。業界とのつながりが薄い新人作家ともなれば、担当編集に面倒を見てもらえなければ野に還るハメになりかねない。

折り合いが悪くなった結果デビューしたレーベルから干されるなんて話はまだ可愛《かわい》いほ

うで、下手すりゃ担当編集に悪評をばらまかれることさえあるという。ただでさえ売れない作家は扱いが悪いのに、難ありの烙印《らくいん》まで押されたらそれこそ崖《がけ》っぷちだ。

そうならないよう、穏便に進めたいところなのだが――。

『実を言うと今回の件で、金輪際先生はかなりの精神的ショックを受けたようでして。年内に予定されている新シリーズの執筆すらままならない状況らしいんです。あの人の担当ってうちの編集長ですし「どうしてくれるんだ、どうするつもりなんだ」ってグチグチ言われて困っているんですよ』

「すみません……。ぼくとしてもこのままだと気まずいので先生と話をしてみます。円満に解決できればいいんですけど」

『早めになんとかしてください。ちなみに先日いただいた企画書はぜんぶボツです』

最後に爆弾を放りなげてから、鈴丘さんは通話を切った。

具体的な解決策についてはいっさいの案を出さず、ついでに一ヵ月かけて作った二十本ものプロットをまとめてゴミ出しするという鬼畜の所業。

これぞライトノベル業界における最初の難関、プロット提出地獄。

ぼくはかれこれ半年以上、賽《さい》の河原《かわら》で暮らしている。

「欧山ナントカの原稿なんて知らないよ……。ぼくは早く新作を出したいんだ……」

次はもっと面白い小説を書いて、巷《ちまた》で話題になるくらいの大ヒットを飛ばしてやる。

そんな熱意と決意は胸のうちに燻《くすぶ》っているのに、たかだか数ページのプロットだけで出版する価値なしと判断され、書くチャンスさえ与えられずに葬られてしまう。

新シリーズの企画を提出するようになった当初こそ、ボツにされるたびに怒りを覚えてスマホを投げそうになったものだが、今ではそんな気力さえわかなくなっている。

書店の売上ランキングに目を光らせ、レーベルの同僚や営業担当と顔をつきあわせて、あーでもないこーでもないと策を練って次のヒットを狙う——出版業界というシビアな世界を生きている編集者が忙しいというのはわかる。

しかしだからといって、作家が必死に考えたプロットの山をざっとチェックして終わりというのはひどい。同じくらいの時間をかけてほしいとまでは言わないが、せめて流れ作業みたいに処理しないでくれ。ぼくが書きたかった物語の芽を、ペットボトルのフタみたいに捨てないでくれ。

新シリーズを出したくて企画を練れば練るほどうまくいかず、ただでさえ焦っているのに……今度は追い打ちをかけるように、先輩作家とのもめ事まで発生してしまうとは。

早めになんとかしないと胃に穴があいて死んでしまいかねない。

というわけでパソコンからSNSサイトのTwiggerを開き、金輪際先生のアカウントを確認する。ちょうど原稿の紛失が起こった日の深夜が最後の更新で、彼はひとこと『虚無』とだけ呟いていた。

「困ったな。いよいよ厄介な雰囲気が漂ってきたぞ」

ぼくはあてつけのように自分のアカウントで『同じく虚無』と呟いたのち、念のため先生からメッセージが来ていないか確認した。

するとー件だけ通知が来ていた。

お、と思い読んでみるものの——送信者はお目当ての人物ではなく、一度も会話をしたことのないフォロワーからだった。


【原稿の件でご迷惑をおかけして申しわけありません】


送信者はタピ岡《おか》☆ミル子《こ》。やはり心当たりのないハンドルネームだ。

ぼくは首をかしげる。このアカウントはいったい誰なのか。

ほかの人が閲覧できないダイレクトメッセージ機能を用いていることから、ネットごしに話しかけてきた人物が、ふたりだけの会話を望んでいることがわかる。

それに『原稿の件』という文面。さては〈絶対小説〉を盗んだ犯人か。

ひとまず様子を見ようと、

【あの、どちら様でしょうか】

【ご挨拶を忘れていました。金輪際の妹です】

【なるほど。最近は有名人のなりすましとか増えているので、念のため確認させてもらっていいですか。先生の実家で飼われている猫の名前は？】

【チノです。カプチーノからとったと兄が】

実際はカプチーノから拝借したわけではなさそうだが……金輪際先生の実家で飼われている猫の名前は合っている。この話はあとがきやインタビュー、Twigger で言及していないはずだから、妹さんご本人と判断してよさそうだ。

ぼくは『タピ岡☆ミル子』さんのプロフィールを確認する。

都内の大学に通う一年生。趣味は料理、読書、映画鑑賞。いたって普通だ。

特筆すべき点があるとすればアイコンにしている写真だろうか。かなり可愛らしい顔立ちで、眉毛《まゆげ》だけキリリとしていてボーイッシュ。そのためショートカットがよく似合っている。

正直めちゃくちゃ好みだ。たぶん手を握られたら一瞬で惚《ほ》れる。

【疑ってすみません。本当に妹さんみたいですね】

【いえいえー。兎谷先生の小説も好きですよー】

【ありがとうございます！　マジでありがとうございます！　ところで原稿の件ということですが、ぶっちゃけどこまで把握しています？】

【大体のところは。貴重なコレクションを飲み会に持ちだしたお兄ちゃんが全面的に悪いのに、兎谷先生にご迷惑をかけて心苦しく思っています】

【ぼくはそこまで気にしていませんから、ご安心ください。ただ金輪際先生がスランプらしいので、心配ではありますね。ちなみに盗難届は出されたのでしょうか？】

【まだです。お兄ちゃんは警察沙汰《ざた》にしたくないらしくて。だから探してみようかと】

【え？　探すって……妹さんが？】

【だって三百万ですよ。兎谷先生も気になりませんか。煙のように消えた原稿の行方。閉ざされた空間で起きた事件。巻き起こる惨劇】

【惨劇って言っても金輪際先生が落ちこんでるだけですけど。しかし気にならないと言えば嘘《うそ》になります。とはいえ実際のところ、見つかるのでしょうか……】

【正直わたしだけでは不安がありますし、兎谷先生もいっしょに探してくださると嬉《うれ》しいです。ふたりで協力して、今回の事件を解決するんですよ】

ぼくはキーボードを打つ手を止める。

原稿の行方を探すとなると、金輪際先生の妹さんとオフで、つまり実際に会うことになるわけだ。

先輩作家の実妹《じつまい》という事実に不安はあるものの、美人女子大生とお近づきになれる大チャンス。熱い視線が交錯し、肌を重ねあう展開に発展することだってあるかもしれない。

欧山ナントカの原稿についてはもはや忘却の彼方《かなた》。

ぼくは鼻息を荒くしつつ、力強い手さばきでカタカタとメッセージを打ちこむ。

【ぜひとも探しましょう！　ぼくと君のふたりで！】

◇

翌日の昼ごろ、タピ岡☆ミル子さんと渋谷駅前のマクドナルドで待ち合わせ。

約束の時間より早く到着したぼくは、腹ごしらえをしておこうとフィレオフィッシュのセットを注文する。スケソウダラのふよふよした食感を味わいつつ頭によぎったのは、金輪際先生に担がれているのではないか……？　という再びの疑念である。

だって話が出来すぎているじゃないか。

すみやかに解決せよという編集部の圧力。美人女子大生からの誘い。ぼくが行動しなければならない動機がお膳立《ぜんだ》てされているうえに、色香の漂うニンジンまで鼻先にぶらさがっているのである。これでもし女装した金輪際先生がドッキリ大成功のプラカード片手に現れたら、迷うことなくマックのトレイでぶん殴るぞ。

なんて考えていると、

「あのー、兎谷先生ですか」

「君は……タピ岡ミル子さん？」

「はい。タピ岡☆《ほし》ミル子です」

☆は発音するのが正しいようだ。
いや、そんなことはどうでもよくて……美人女子大生が実在していたことについ驚いてしまう。顔はやたらと小さいし、声も若干ロリっていて破壊力がすごい。

彼女は白いスカートの裾《すそ》を押さえながら向かいのソファに着席する。淡いグリーンのサマーニットを合わせていて清楚《せいそ》な雰囲気だし、仕草から育ちのよさがあらわれていた。

「本名はまことなのでそう呼んでください。ハンドルネームだと恥ずかしいので」

「あ、はい。まことさんですね。よろしく」

と握手をかわす。たぶんこのまま結婚すると思う。

いきなり本題に入ると尊い時間が一瞬にして過ぎてしまう気がしたので、

「……変わったハンドルネームをつけるとオフで会うとき困りますよね。実はぼくも投稿時代は別のペンネームだったんですけど、編集さんに『縁起が悪いので変えましょう』と言われて今の兎谷三為に変えたんですよ」

「そうなんですか。ちなみに当時はどんなペンネームだったんです?」

「えーと、なんだっけな。あはは、緊張しすぎて忘れちゃいました」

「Twigger でDMしたときみたいな感じで大丈夫ですよ。落ちついてください」

「そ、そうですね。ひさしぶりにリアルな女の子と話したもので」

言わないほうがいいことを告白しつつ、ぼくはコーラをズルズルとすする。彼女が使っているトートバッグにチュパカブラのイラストがプリントされていることに気づき、

「好きなんですか？　オカルト」

「はい、なので〈絶対小説〉の逸話にも興味があって」

「だから探してみたいという」

「それとお金ですね。見つければお兄ちゃんから一割くらいもらえるかもしれませんし」

三百万なら一割でも三十万。動機としては十分だ。

「今のところ手がかりは皆無なんですけど、探すにあたって具体的な策とかあります？」

「知りあいに占いをやっている方がいるので」

まことさんは唐突に、ろくろをまわすような仕草をする。

いや、ちがう。これは水晶を使う真似《まね》だ。

「オカルトにはオカルトをぶつけてみようかと」

◇

まことさんの知りあいの占い師は、高田馬場《たかだのばば》にいるという。

寂《さび》れたビルの間をすり抜けるようにして目的地にたどりつくと、占いの館《やかた》というよりは雑貨屋のような雰囲気だった。得体の知れない調度品がところ狭しと飾られていて、ほのかにハーブ系の香りが漂っている。

「ごめんくださーい」

と、ぼくは奥に声をかける。しかし返ってきたのはお客をむかえる挨拶ではなく、

「……キヒッ！　ヒッヒッ！　ウェヒヒィ！」

正気の人間のものとは思えぬ奇声であった。

「今日はだいぶキマってますね、メメ子《こ》先生」

「完全にやばい店じゃないですかこれ」

奇声の主こそが件の占い師、メメ子先生こと女々都森姫愛子《めめんともりひめこ》さんらしい。かなりの変人っぽいし、ぼくは早くも帰りたくなってきた。

「血のしたたる……肉……そして肝ッ！　ほおれ痛いか、苦しいか。しかし貴様は死ぬことなく、この責め苦は永劫《えいごう》に続くのじゃ。せいぜい泣き叫ぶがよいぞ」

「お取りこみ中すみません。事前にお約束していましたよね」

「あ、まこちゃん。いらっしゃーい」

中に進むと、金髪のお姉さんがフライパンでレバニラ炒《いた》めを作っていた。

どうやらキッチンで遅めの昼食をとるところにお邪魔してしまったようだ。

「ひとり暮らしが長いとな、ひとりごとが増えるのだ」

「わかります。でもさすがに料理しながら魔女ごっこはやりませんね」

「ぬう。ノリが悪いのう」

と、残念そうに呟く。やけにキャラの濃い人だ。

メメ子先生が昼食を終えるのを待ってから、さらに奥の占いスペースへ進み、正式に依

頼をする。紫色のローブに金髪ツインテールという組み合わせの占い師は、パリピの女子がコスプレしているようでうさんくささが半端《はんぱ》なかった。

「欧山の原稿とはまた厄介なものに手を出したのう。よほど運が悪いと見える」

「有名なオカルトなんですか、あれ」

「作家を長く続けていれば、そのうちいやでも耳にすることになるぞ。なにせ文豪になれる力じゃ。うだつのあがらない作家であれば、喉から手が出るほど欲しがるであろ」

「そういうものですかね。怪しげなジンクスに大枚を叩《はた》いて頼ろうとするなんて、正気の沙汰とは思えないんですけど」

「小説で身を立てようとしておる人間とは思えぬ発言よの。新人賞に応募するものが千人いたとして、その中で受賞するのはせいぜい四人かそこら。お前は東大受験も真っ青の倍率を勝ち抜いて調子に乗っておる最中なのかもしれんが、そうしてデビューした新人作家とて二年か三年すれば半数、いや七割近くが消えていく。小説だけでなんとか食えていけるものは一握り。ましてやベストセラーを飛ばすとなれば、宝くじに人生を賭《か》けるのと変わらぬ。正気でいたいのなら、作家なんぞ志さぬほうがよいぞ」

現在進行形でライトノベル業界の荒波《あらなみ》を浴びている身としては、なにも言いかえすことができなかった。

本を出すためなら編集者にいくらでも媚《こ》びを売る、ヒットした作品の設定を臆面《おくめん》もなくパクる。追いつめられて手段を選ばなくなった先輩作家は何人もいるし、デビューして一年たらずの今でさえ、終わりなきプロット提出地獄に心が折れそうになっているくらいなのだ。

これからさらに長い年月をかけて失望や挫折《ざせつ》を積み重ねたとき——自分の可能性に限界を感じ、正気を失うほどに才能を求めてしまうかもしれない。ベストセラー作家になるよりよほど現実味があるだけに、なおさら考えたくない話だった。

ぼくは仄暗《ほのぐら》い未来の暗示を振り払いたくて、メメ子先生に本題を切りだした。

「で、実際のところ占えるんですか。紛失した原稿の行方」

「メメ子にかかれば余裕じゃな」

得意げに胸をはる彼女に疑わしげな視線をそそいだからか、隣のまことさんが「先生はガチですよ」とささやく。ガチで危ない人だというのは見ればわかる。

「メメ子先生は政治家や警察の偉い人も頼るほどの腕前ですし、数年前に占いの本でベストセラーを飛ばしています。わたしも以前お兄ちゃんの居場所を占ってもらったことがあるんですけど、そのときも見事にあてましたので」

「そういえば金輪際先生、失踪癖《しっそうへき》もあるんだっけ……」

戸棚に飾られている占いの本はコンビニで売っているところを見かけた覚えがあるし、本当に売れっ子なのだとしたら占ってもらうぶんには損はないか。

しかしそう思いかけた直後、

「失せものが欧山の原稿となれば、それなりに骨が折れそうじゃ。お友だち価格で三十万にまけとこう」

「えっ……そんなにするんですか⁉　中古車が買えちゃうくらいの金額ですし、売れっ子だからってさすがにぼったくりすぎでは」

「たわけ。欧山概念には熱狂的なファンが多く、作家以外の連中も原稿を狙っておる。身を危険にさらす対価としては妥当な金額じゃろ」

この人はなにを言っているのやら。

原稿の行方を占うくらいで殺されるわけでもあるまいに。

「ただし条件次第ではタダで占ってやらんこともない。メメ子とて金のために占いをやっとるわけではないからのう。そもそもの動機はお前と似たようなものかもしれぬ」

「ぼくと？　作家とってことですか？」

「占いは人を見る。顧客から話を聞き、相手の人生を見る。そして個々の物語が円滑に進むよう道筋を定める。他人の歩んできた物語に触れ、ページの先に待つ展開を予想する。それが占い師という職業。人という名の本を読みとくプロフェッショナルじゃ」

多くの場合、読書好きをこじらせた結果として小説を書きはじめる。

読者のなれの果てこそ作家なのだ。

であるなら彼女は確かに、ぼくらに近いのかもしれない。

人生という名の物語が好きだから、誰かの運命に触れる仕事を選んだのだろう。

「とはいえ、わざわざ興味のない本を手にとるやつがいるか？　できれば面白そうな話が読みたいと思うじゃろ。メメ子は今のところ兎谷とかいう野郎に魅力を感じぬな」

「でもプロの作家さんですよ。わたし的にはけっこうオススメですけど」

「どうせクソみたいな小説であろ。聞いたことのないペンネームだしの」

「読んでもいないのに決めつけないでください。そりゃ売れてはいないかもしれませんけど、つまらないものを書いているつもりはないですから」

「ほほう、言ったな。この歳《とし》になると中高生向けの本を読むのはしんどいからな、メメ子のために一本書き下ろしてもらおうかのう」

ぼくは言葉を失い、隣のまことさんを見る。

彼女はこちらに向けて可愛らしくウインクをしてから、

「つまりその原稿料で占ってくれるってことですよね、先生?」

「そんなところじゃの。文字数はいらん。ちょっとした短編で三十万相当なら文句はあるまい。ただしつまらんかったらこの話はなし。……どうする、若造?」

例によっておかしな方向に話が進んでいた。

しかしこれでも作家の端《はし》くれ。ぼくはメメ子先生をにらみつけ、力強くうなずく。

「そこまで言われたら引きさがれませんよ」

「ふふふ、その気概やよし。メメ子も欧山作品のファンじゃからの、お前に書いてもらう短編のお題もかの文豪にゆかりのあるものにしよう」

彼女はそう言いながら、脇《わき》の戸棚にあった一冊の文庫を手渡してくる。

タイトルが判別できないほどにカバーはぼろぼろ、しかし開いてみると中の状態は悪くない。かなり読みこんでいるうえに、本そのものを大切にしているのがわかる。

文庫の扉にはこう書いてあった――〈化生賛歌〉　欧山概念著。

メメ子先生は挑戦的な目つきで言った。

「お前なりにその小説を再構築《リメイク》してみよ。いわば欧山概念の二次創作じゃ。世界的に評価されておる文豪の作品を研究し、自らの文脈の中に落としこむ。相応の筆力がなければ成せぬ離れ業ゆえ、腕試しにはもってこいであろう」

それはまさしく、プロの作家に言い渡されるべき戯れであった。

第二話　河童《かっぱ》をめぐる冒険

1　取材するのはどうでしょう

小説を読むというのは楽しいものだ。

期待、不安、喜び、悲しみ、驚き。生きるうえで経験するありとあらゆる刺激《スパイス》を、物語という名の凝縮された料理として味わうことができる。

ところが受け手から送り手に立場を移し、小説を書くという行為に手をつけると、とたんに楽しかったはずのものが苦しみに変わってしまう。

面白いとはなにか、新しいとはなにか、オリジナリティとはなにか、意外性はあるだろうか、退屈ではないだろうか、矛盾はないか、理解してもらえるのだろうか。

生きるうえで経験することのないありとあらゆる悩みを抱《かか》えながら、最高の物語という漠然としたものを求め、果てなき荒野を孤独にさまよい続けるのだ。

しかし眼前にきらめく光を目にして、求めていたものを探しだすことができたとしてくも、それが真に価値あるものとはかぎらない。数多の力作の中から選ばれた受賞作が、読者に見向きもされずまたたく間に埋もれていく。市場という名の戦場から砲弾の雨が降り、産声《うぶごえ》をあげたばかりの物語を塵芥《ちりあくた》に変えてしまう。

そもそもなんのために小説を書くのだろう？

ぼくが〈絶対小説〉にまつわる問題に直面したのは、ちょうどそんな疑念が生じかけていたころだった。だから欧山概念の二次創作を書けとお題を出されたとき、原稿の行方を占ってもらうという目的は置いておくにしても、気分転換にもってこいだと思ったのだ。

しかしあれから一週間……ぼくは一行も書けていなかった。

【ほとんど進んでいないのは重症かもですね。ちなみに〈化生賛歌〉はお読みになりましたよね？】

【もちろん。百年前に書かれた小説だけに読みにくい箇所もちらほらありましたが、名作というだけあって濃密な読書体験を得られましたよ。ただ二次創作を書くとなると、どう手をつけたらいいのかわからなくて】

【欧山の作品ってかなり独特ですからね。アメリカでペーパーバックとして翻訳出版されたとき、書評家に『マリファナは今日で卒業だ。なぜならガイネン・オーヤマがあるからだ』と絶賛されたくらいですし】

【それもまたすごい評価ですね。でも読んでいると変な夢を見ている気分になってきますし、中毒性があるってのはわかります。そのぶん捉《とら》えどころがなくて難しいんですけど】

【行き詰まっているのでしたらいっそ、気分転換も兼ねて取材するのはどうでしょう？　小説の舞台となったところに足を運べば、アイディアも浮かんでくるかなーと。もちろんわたしも付きあいますし】

【……なるほど。ぼくはヒマなのでいつでもオッケーです】

【では来週の日曜に決行で！　いぇーい！】


というわけで週末はまことさんとお出かけである。

ぼくが力のかぎりガッツポーズを決めたのは言うまでもなかろう。

◇

日曜日。新宿のブルーボトルコーヒーで、ぼくは引きこもりの作家らしからぬアウトドアルックでまことさんを待っていた。

シンプルな白のTシャツはいつもどおり、しかし下はゴアテックスのパンツ。腰にクライミング仕様のポーチをぶらさげ、背中には大容量の防水バッグ。中身はハードシェルのマウンテンパーカ、多目的ライターや虫除《むしよ》けスプレーなど数々のアウトドア用品。

これほどの準備をしてきた理由は、今回の目的地が埼玉《さいたま》の山間部だからである。まことさんいわく欧山概念が書いた〈化生賛歌〉収録の短編、〈真実の川〉の舞台となった土地へ行き、自然を満喫しつつ構想を練るプランなのだとか。

【アイディアが浮かばなくても散策を楽しめますし、レジャー感覚でいきましょう】

そんなふうに彼女は語っていたものの、アウトドアとなれば男の見せ場。急な悪天候に見舞われて山で遭難《そうなん》し、雨風をしのぐために小屋か洞穴にたどりつく。やがて若い男女は裸になって肌を温めあう……なんて展開だってありえるわけだ。万全の準備をしておくに越したことはない。

いやはやライトノベル作家になってからというもの、妄想のレパートリーばかり増えていくのだから困ってしまう。ハハハ。ハハハ。

なんてばかなことを考えていたら、まことさんがパタパタと可愛らしい足取りで近づいてくる。約束の午前十時よりちょい早め。ジャスト十分前行動といったところか。

「おはようございます、兎谷先生。なんだか本格的な格好ですけど、そのくらいの準備をしてきたほうがよかったのでしょうか？　アウトドアの経験がないからわからなくて」

「今日行くところってわりと低山みたいだからなあ。ぼくは念のため用意してきただけで、実際はもっとカジュアルな感じで大丈夫だと思うけど」

と言いつつ、彼女の姿を眺める。

ドロップショルダーの白Tシャツにスキニージーンズ、足もとはヴァンズのピンク色スリッポン。動きやすい服装ではあるものの、平らなソールのスニーカーは足場の悪いところで難儀しそうだ。するとぼくの視線に気づいたのか、

「やっぱりすべりますかね」

「……うん。雨が降ったときは危ないから気をつけてね」

そんなわけで山をナメた感じの女子大生と、ガチのアウトドア装備の引きこもり作家という チグハグな組み合わせで、欧山概念にゆかりがあるという埼玉の山間部へ向かう。

◇

休日とはいえ午前中の中途半端な時間だったので、電車の乗客はまばら。おかげでぼくは気兼ねなくまことさんと会話を楽しむことができた。

「実は今、ダイエット中でして。だから山を歩きながらカロリー消費しようかと考えていたので、いっしょに行ってくれそうな人を探してたっていうのもあるんです」

「ぼくでいいならいつでも声をかけてよ。小説ばかり書いていると運動不足になっちゃうからさ、原稿の行方を探すとか関係なく誘ってもらえると嬉しいかも」

なんて話していたら「食べます?」とお菓子を差しだされる。ぼくは美人女子大生のじゃがりこ明太子味というプレミアム商品を堪能《たんのう》しつつ、車窓から外の景色を眺める。

埼玉と聞くと都市部のイメージが強いものの、西の秩父《ちちぶ》地方に足を運べば緑豊かな自然

が残されている。むしろ都心からほど近いという交通の便と、ハイキング感覚でのぼれる低山がいくつもあることから、昨今のアウトドアブームに後押しされ、今やトレンドの観光スポットになっているという。

とはいえ今回足を運ぶのはもっとマイナーな、ごく平凡な山である。名前で検索してもどこぞの製薬会社の研究所がある？　という紹介くらいしか出てこなかった。

「ちなみに兎谷先生は〈真実の川〉をお読みになったんですよね。モデルとなった土地に向かう前にぜひ感想をお聞きしたいなと」

「どんな話でしたっけ。あの文庫に収録されているなら読んだはずですけど」

ぼくがそう言った直後、車内の温度が急激に下がったような気がした。

まことさんの顔に浮かんでいた微笑が消え失せ、能面のような無表情と化している。

「もう一度おたずねしますけど、お読みになったんですよね」

「よ、読みましたよ読みました。ただ〈化生賛歌〉は深夜に一気読みしたせいか、タイトルだけだとぱっと内容が浮かんでこないというか」

「はあ？」

驚くほど低い声で聞きかえされた。なんだこれ、ものすごく怖い。

ぼくがその豹変《ひょうへん》ぶりにうろたえていると、まことさんは呆れたように、

「流し読みはいけません。作品に失礼です」

「あー、ようやく思いだしてきました。河童の話だったような」

まことさんは冷気を和らげ、「正解」とうなずいた。

考えてみればこの女子大学生にも金輪際先生と同じ、文芸オタクの血が流れているのだ。あのおっさんもスイッチが入ると厄介だが、彼女も見ためほどには穏《おだ》やかではないらしい。

しばし微妙な空気が流れたのち、

「……ただ詳細となると、正直あまり自信がありません」

「しかたありません。わたしが〈真実の川〉のあらすじをお話しします。そうすればどんな内容だったか、兎谷先生だってさすがに思いだすでしょうし」

ぼくは素直にうなずいて、まことさんの話に耳をかたむける。

なかなか達者な語りだったので、記憶を頼りにそのときの内容を記しておこうと思う。

2　真実の川　（欧山概念著　化生賛歌より）

さてさてそれでは今より百年前に紡がれし、少年と川にまつわる物語を語りましょう。

その少年は村の衆から『川太郎《かわたろう》』と呼ばれておりました。

おとぎ話の桃太郎のごとく赤子のころに川に流されていたところを拾われ、自然とその名で呼ばれるようになったのだとか。

しかし川太郎は鬼退治をするほど強くはなく、心優しい老夫婦に愛情を込めて育てられたわけでもありません。世話をしてくれた農夫は幼《おさな》いころに亡くなり、以降は集落から離れたあばら屋でひとり暮らし。畑仕事を手伝っていくばくかの作物を恵んでもらうという、聞くも哀《あわ》れな境遇でございます。

そのうえ成長期をむかえても背丈《せたけ》はたいして伸びず、身体《からだ》は牛蒡《ごぼう》のようにやせ細っておりました。だからか川太郎が畑にやってくると、村の衆が「河童がきた、河童がきたぞ。尻を隠せ」と嘲《あざけ》りながら、腐った胡瓜《きゅうり》を投げつけることさえあったのです。

……ひどい話ですよね？　わたしだったら火をつけますよ、そんな村。


かくも不遇な川太郎を慰めてくれたのは、村の近くを流れる渓流《けいりゅう》でありました。その川は赤子のころに彼が流されたところであり、ひとたび雨が降ればごうごうと音をたてながら荒れ狂い、屈強な村の衆すら怯《おび》えさせるほどの奔流となりました。

この流れの先には河童の楽園があり、己はそこから村に流れついてきたのだ。もし上流まで泳ぎきることができれば、この身体は鯉《こい》が龍となるかのごとく変容し、真の故郷である河童の楽園に招かれるのではないか——川太郎は水面《みなも》の力強さに己の憧憬を映したのか、物心ついたころにはそう信じるようになっておりました。

渓流を眺めて暮らしていた彼はある日の夜、決意をかため水面に飛びこみます。

前日に雨が降ったばかりで川はおおいに荒れており、裸一貫で泳ぎきろうとするのは正気の沙汰ではありません。しかしだからこそ己は試練を乗りこえ、真の故郷である河童の楽園にいたるのだと、そう心に思い描いていたのです。

しかし打ちつける流れは小柄《こがら》な身体を容赦なく押し流し、冷たい水は徐々に体温を奪います。いつしか彼は力尽き、川の流れに呑まれてしまったのでありました。

川太郎が目を覚ますとそこは河童の楽園ではなく、自らが背を向けたはずの村でした。医者に介抱され、無事に息を吹きかえした彼を見て、村の衆は「河童でも溺《おぼ》れることがあるのだなあ」と、冗談まじりに言って笑うのでありました。

こうして川太郎はもとの生活に戻ります。

あいもかわらず「河童、河童」と嘲られる日々。

しかし彼はもう二度と、河童の楽園をめざそうとはしませんでした。

来る日も来る日も水面を眺め、静かにこう考えるのです。

己は川に拒《こば》まれてしまった。

ゆえに居場所がなかろうとも、この村で生きていくほかない、と。

結局のところ川太郎は、ただの人間でしかなかったのでしょう。

3　面白いものを書いて、小説に恩返しをしなくちゃ

「ご静聴ありがとうございました」

「いや、すごくよかったです。プロの声優さんの朗読を聞いているみたいでした」

話しているうちに機嫌を直したのか、まことさんは照れくさそうな笑顔を見せる。

彼女の口から紡がれた〈真実の川〉のあらすじは、原作の小難しい部分をほどよく解きほぐしており、現代的にアレンジされた児童書のような趣があった。

「このお話には複数の解釈がありまして、実は川太郎がたどりついたのは村ではなく、死後の世界だったという説もあるんですよ。わたしはそうではないと考えているのであえて語りませんでしたが、小説にはそう匂《にお》わせるような描写もいくつか見られます。どう読むかによって、物語の全容が万華鏡のごとく変幻してしまう。そんな作風だからこそ、人によっては取《と》り憑《つ》かれたようにハマってしまうのでしょうね」

喉が渇いたのか、まことさんはトートバッグからペットボトルを取りだす。

そのとき文庫本が見えたので、

「うちのレーベルの新刊ですか、それ」

「あ、はい」

まことさんはちょっと困ったような顔で答える。

あれは今年の新人賞受賞作。ぼくの後輩にあたる作家が書いた、異世界転生ものだ。

「けっこう売れているやつですよね。マクガフィンとかいうカタカナのペンネームが珍しかったので覚えがあります。現実から逃れて異世界に飛びこんでみたいというか、別の自分に生まれ変わってみたいという願望を持つ読者は多いみたいですから、ぼくもそういう層にささる作品を……ってすみません、仕事の話なんかはじめちゃって」

まことさんは「いえいえ」と笑う。それから欧山概念の話題に戻って、

「川太郎が現代に生まれていたなら、剣と魔法の世界に行ってみたいと考えたかもしれませんね。これ、なかなかいいアイディアではありません？　二次創作として」

ぼくは笑った。ユニークな発想だと思ったからだ。

彼女も小説を書いてみたら、案外よいものができるのではないだろうか。

◇

平凡な町並みは次第に自然の色が濃くなっていき、緑豊かな山間部の景色に変わっていく。最寄りの駅で降りてからバスに揺られ数十分、ぼくらは目的地に到着する。

「わあ！　山って感じがしますよ兎谷先生っ！」

「むしろほかに感想が出てこないほど山だ」

ぼくのコメントを聞いて、まことさんがほがらかに笑う。

〈真実の川〉のモデルとなった村はダムの建設で水没しており、付近にある村々も存続こそしているもののほぼ限界集落と化しているという。

作中に登場する渓流の場所もわかっていないらしく、今回の取材は周辺を散策しつつ「雰囲気を味わう」程度のものとなる。それでも山の清浄な空気に触れれば、なにかしら

のインスピレーションが得られるやもしれない。

季節は夏の終わりぎわ、ようやく九月にさしかかったころ。

いまだ日差しが強くセミの鳴き声がやかましいものの、山間部だけあり都内ほどの険《けわ》しい暑さではない。朝方に雨でも降ったのか、わずかに地面がぬかるんでいた。

「このあたりは欧山概念の出身地という説もあります。兎谷先生はどこ出身で？」

「群馬だよ。でも山のほうじゃないから田舎《いなか》ってほどじゃや……いや、そうでもないか」

「焼きまんじゅうおいしいですよね。あの甘じょっぱいタレをかけてあるやつ」

「懐《なつ》かしいなあ。上京してからもう何年も食べてないよ。群馬は粉どころでね、山のほうは水がきれいだから蕎麦《そば》とかうどんもおいしいんだ」

ぼくはそう言いつつ、道の脇を流れる小川を見つめる。砂利の間からちょろちょろと水が流れていて、足首ほどの深さしかないから泳ぐのは難しそうだ。

もうちょい山をのぼれば、〈真実の川〉に登場したような荒々しい渓流があるのだろうか。

「ちなみに兎谷先生はなにがきっかけで、小説を書きはじめたのですか」

「ん、マンガとか小説が好きだったからだよ」

あまりにも薄味な答えに、我ながら辟易《へきえき》してしまう。

読書家やオタクが小説を書こうと考えるのは自然なことである。しかし彼女が興味本位でたずねたように、行動に移すきっかけだってあるはずだ。

山の空気がそうさせたのか、さきほど実家の話をしたばかりだからか。

普段なら絶対にしないような話が、ぼくの口からこぼれおちていく。

「中学のころ、学校に行かなかった時期があってさ。いわゆる引きこもりで……いや、今もあんま外に出ないけど、当時はもっとガチな、部屋から一歩も出ない感じの」

「兎谷先生も大変だったんですね」

まことさんが神妙な顔でそう言ったので、話題の選択をまちがえたかな、と思う。

とはいえ途中で終わりにできないから、ぼくは古傷を確認するように言葉を紡ぐ。

「でも部屋から出ないと、当然やることがなくなるんだよ。ヒマをもてあましたぼくはマンガとか小説とか、ゲームとかアニメとか、ストーリーがあるものを漁《あさ》りまくって……とくにハマったのが小説で。ぼくにとってそれは一度閉じてしまった世界の扉を開かせてくれる、きっかけにもなったのかな。気がついたら自然と部屋から出るようになっていて、学校にも行くようになって、こうして社会復帰できたわけ」

「兎谷先生は、小説に人生を救われたのですね」

「おおげさだなあ。でもそうかもしれない。だとしたらぼくはいっぱい面白いものを書いて、小説に恩返しをしなくちゃだね」

そんな言葉で締めたあと、慣れない自分語りに気恥ずかしさを覚える。だけどまことさんは笑ったりすることなく、ぼくの言葉を真剣に聞いてくれた。

自分語りに集中していたからか、ふと見れば景色が様変わりしていた。標高が低い山だしハイキング感覚だし別にいいかと思って、登山計画書は出さなかったが……足もとは石がごろごろとしていて歩きにくいし、勾配《こうばい》も険しくなっている。

おまけにうっすらと霧まで出てくる。

「まことさん、あんまり奥に行かないほうがいいかも」

「そうですねえ。天気も悪くなってきましたし。うわ、前が見えませんよ」

「標高が低くても山は山だし、迷うといけないから引きかえそうか」

お互い顔に緊張感を漂わせたまま、駅の方向に戻ろうとする。

しかしその間にも霧はどんどん濃くなっていく。

傾斜の激しい地面に何度か足を取られそうになり、疲れも合わさって自然と歩みは遅くなる。平たいソールのまことさんは、ぼくより難儀しているように見えた。

一応、来た道を引きかえしているはずなのだけど……川の流れる音が近くなってきているし、知らず知らずのうちに山の奥へ進んでしまっている可能性さえある。

「大丈夫ですよね?」

「たぶん」

ぼくも不安なので言葉が短くなる。

そのうちに緑の匂いが濃くなり、霧の向こうに見える木々の背丈が高くなっていく。どう考えても戻れていないし、ごうごうという奇妙な音まで聞こえてきた。

「なんでしょう、これ」

「たぶん……川の流れる音？」

ぼくがそう言った直後、先を行くまことさんの身体が宙に浮く。

なにが起きたのかわからなかった。

だけど身体は動き、とっさに彼女の手をつかむ。

「えええええええっ⁉」

「うわ、うわ、うわ」

落ちた。

いや、すべった。前に道がなかったのだ。

ふたりしてずざざざざと斜面をすべっていき、どぶんと身体が沈む。


ごうごうごう。ごうごうごう。


川だ。しかも流れが速い。

まことさんの手が、水の中へ、水の中へと、引っぱられていく。

ぼくはがぱがぱと水面に顔を出しながら、必死にその手をたぐりよせる。

やばい、溺れる。

死ぬ。

4　河童ですね

「げほっ……げほげほっ！」

最初に感じたのは、耐えがたい息苦しさと、口からあふれでる大量の水。

それがいったんおさまると、口の中いっぱいに青臭さと泥の味が広がり、歯の間に挟まった砂のじゃりじゃりとした感触に不快感を覚えた。

再び咳《せ》きこみながらポンプのように水を吐《は》きだしていると、そばにいたまことさんが泣きそうな顔で背中をさすってくれる。

「大丈夫ですかっ⁉　大丈夫ですかっ⁉　兎谷先生っ！」

「げっ……げふっ！　ぼ、ぼくは……？」

「助かったんです！　助けてもらったんですよお！」

もうろうとした意識の中、彼女の言葉を理解することすらおぼつかない。内臓が飛びでてしまうかと思うほどげえげえと水を吐いたあと、ぼくはなにから助かったのかを思いだす。

ふたりして川に落ちて溺れかけたのだ。

「ああ、よかった。マジで死ぬかと思った」

「わたしもです。すみません、兎谷先生」

まことさんは鼻水をたらして、ずびずびと泣きだした。斜面から転げ落ちそうになった彼女に手を伸ばして、巻きこまれたかたちになったけど……ふたりとも無事でよかった。

周囲に目を向ける余裕が出てくると、ぼくたちがいる川辺からやや離れたところに、たき火が燃えていることに気づく。

視線を近くに戻すと、まことさんのうしろにもうひとり、知らない男性が立っていた。

ネズミ男のような頭巾《ずきん》をかぶった作務衣《さむえ》の老人で、いかにも山育ちという風情。

「おおう、よがっだなあ。こっぢはもうだめがどおもっだぞお」

「この人が溺れていたわたしたちを助けてくれたんですよ、兎谷先生」

「そうだったんですか！　ありがとうございます！」

ぼくが頭をさげると、老人は快活にガハハと笑う。

やけに訛《なま》りが強いけど、このへんにあるという限界集落の人だろうか。

髪からぼたぼたと水滴をたらすぼくを見て、老人はたき火のほうを指し、

「からだがひえるどいげねえ。早くかわかぜや」

「――くちゅんっ！」

まことさんが可愛らしいくしゃみをしたので、慌ててたき火の前に移動する。

◇

Tシャツはもとよりゴアテックスのパンツも水を弾《はじ》ききれずびしょびしょになったので、ひとまず服を脱ぎトランクス一丁でたき火にあたる。

まことさんは老人に作務衣を貸してもらい、物陰《ものかげ》でTシャツとジーンズだけ脱いで着替えたあと、ぼくと同じく服が乾くまでの間、たき火にあたることにしたようだ。

やがて場を離れていた老人が、藁《わら》でできたカゴを背負って戻ってくる。

彼は両手に見覚えのあるものを抱えていた。

ぼくのバッグだ。カゴを持ってくるついでに見つけてくれたらしい。

「わざわざありがとうございます。……よかった、中身も無事だ」

「変わっだ身なりだな、おめえら。どっがらぎたんだ」

「えと、東京からきました」

「しらねえどこだな。やっぱりヨソモンか」

ぼくは驚く。東京を知らないということはないだろう。

今はまことさんに作務衣を貸しているため、頭巾にふんどしというアバンギャルドなスタイルになっているものの、全体的に古風な雰囲気の老人だ。

かなりのご高齢に見受けられるし、ちょっとボケているのかもしれない。

「ぼくは兎谷といいます。隣にいる彼女と山を散策している途中で急に霧が出てきて、迷っているうちに川に落っこちちゃったんです。それで……助けてもらったうえにご迷惑をおかけして心苦しいのですけど、帰り道を案内してもらえると嬉しいのですが」

「無理だな。おら用事がある」

老人にあっさりと断られたので困ってしまう。

ふたりとも地図やスマホを川に落ちたときに紛失してしまったし、ぼくのバッグだけは見つかったものの、中に入っていたコンパスだけで下山するのはかなり不安がある。

老人にすがるような視線をそそぐと、

「山に用事があるげど人手がだりねえ。おめえらヨソモンも手伝ってくれねえか」

「ちなみになにをするので？」

「食いもんをどりにいぐ」

老人が脇に置いた藁カゴをのぞくと、大ぶりの鉈《なた》や鎌《かま》、粗縄《あらなわ》や網が入っていた。見たところ山菜か茸《きのこ》を採りにいくのだろう。

ぼくが思案していると、横からまことさんが小声でささやきかけてくる。

（用事を手伝えば、帰り道を案内してもらえるかも）

（だね。助けてもらったわけだから断るのもアレだし、これはこれでよい取材になるかもしれないな）

（兎谷先生はポジティブですね。ありがとうございます）

お礼を言われるようなことはしていないものの、まことさんに元気が戻ってきたのではほっと息を吐く。彼女も異論はなさそうなので、ぼくは老人にこう言った。

「お役に立てるかどうかわかりませんが、ぜひ手伝わせてください」

◇

やがて服が乾いたので、ぼくらは来たときの格好に着替えなおす。

……小説の取材でおとずれただけなのに、まさかこんなことになるとは。

川に飛びこんで女の子を助けるイベントはライトノベルでもよくあるけど、リアルでやるとシャレにならない。結局まことさんを助けたのだって、おじいちゃんなわけだし。

そのうちに老人の仲間がぞろぞろとやってきたので、ぼくは事情を説明する。

助けてくれた人をふくめて十五人。みな例外なく干物のような男たちだ。

「ヨソモンとは珍しいな。見でのどおり若えのがずくねえ。ぢょっど手伝えや」

老人衆を代表してそう言ったのは、みなに村長と呼ばれている男性だ。

白い髭《ひげ》を長くたらしていて、仙人だと言われたら信じてしまいそうな貫禄《かんろく》がある。

彼らはみな古びた頭巾をかぶり、服は作務衣や半纏《はんてん》、ふんどし一丁に藁草履などなど。

最初の老人にかぎった話であれば気にならなかったものの、こうも揃《そろ》うと、

(なんだか変わった人たちですね、兎谷先生)

（埼玉も山奥のほうだと、昔ながらの生活をしているのかもしれないね）

まことさんにそう返したあと、我ながら「そうか？」と疑問を覚える。

山暮らしにしてもビニール製のサンダルやナイロンのバックパックあたりは持っていそうなのに――彼らは藁や麻を編んで作ったような古めかしい身なりで揃えていて、その徹底ぶりはさながら時代劇のエキストラだ。

村長に先導されて山に入ると、余計に違和感が強くなった。

渡された鉈で草木を切り開いて進むのだが……植物の多くがぐるぐると渦を巻いていたり、毒々しい赤色の花蕾《からい》をつけていたりと、来るときに見た景色とまったくちがう。

うしろのまことさんもぼくの背中をぎゅっとつかんできて、

（ここ、ジャングルじゃないですよね？）

ぼくは無言で首を横にふる。そんなことはありえない。

ここは埼玉の山間部だ。

ケタケタケタケタケタと面妖《めんよう》な鳴き声が響いたかと思えば、草花の間から拳《こぶし》ほどの大きさのコガネムシがぴょんと跳ね、三メートルはありそうな樹木のうえから、猿のような顔をした鳥が見下ろしていたとしても――ここは埼玉なのだ。

ぼくはまことさんを安心させようと、この状況を説明できる理屈はないかと考える。

しかしその最中にも前を歩く老人たちの肌は淡い緑色に変じていき、カメレオンのごとく周囲の景色に溶けこんでいく。彼らのひとりが頭巾を脱いで、ぼくに言った。

「まっだく今日はあづぐでいげねえや」

「で、ですね。ぼくもそう思います。ハハハ」

しかしぼくが汗をかいているのは、暑いからではない。

老人衆が次々と頭巾を脱いでいくと、その頭頂部は一様につるつると禿《は》げていた。

頭に皿を載せたような姿は、緑色に変じた肌とあいまって、あるものを連想させる。

「……河童ですね」

まことさんがぽつりと呟く。

彼女はこの状況を、ひとことで説明してくれた。

◇

「河童だなんて、現実的に考えてありえないってば」

「でも、どう見たってあの人たち人間じゃないですよ。緑色の禿げ頭ですし」

「こらこら、言葉を選びなさい。いくらなんでも失礼だろうに」

興奮して声が大きくなるまことさんを、慌ててたしなめる。さきほどまで不安そうにしていたのに、ここに来て急にテンションをあげるのだからよくわからない。

ぼくは冷静になろうとエアマックスみたいな花を借りた鉈でかきわけつつ、平然とした顔で先をいく老人たちの姿をもう一度眺める。

うん、めっちゃグリーン。

あれを河童じゃないと言ってしまうと、埼玉の人に失礼な気さえしてくる。

「わたしたちはたぶん、川で流されたときに河童の住処《すみか》に迷いこんだのです」

「それこそありえないだろ。小説じゃないんだから」

「欧山概念の……？　〈真実の川〉に書かれていた楽園もフィクションではなかったわけですね。よくあるじゃないですか、伝承をもとに小説を書くみたいな」

「君はなんで楽しそうなの。ぼくは恐怖しかないんだけど」

「だって河童ですよ、チュパカブラよりすごいじゃないですか。それにわたしたちは彼らに助けてもらって、こうして用事を手伝っているわけですから。ひとまず友好的な関係を結べたと考えるべきではないでしょうか。ないでしょうか？」

まことさんが早口でまくしたてるので、いよいよ頭が痛くなってくる。そういえば彼女はオカルト好きだった。だからか異常すぎるこの状況に、喜びを見いだしているらしい。

一方のぼくは長年培《つちか》った常識で力のかぎり否定しようと構えているのだけど、サイバイマンみたいな老人たちと山を歩いている状況では、あきらかにパワー不足。

そのうえまことさんは前を歩く老人たちに、

「もしかしておじいさんたち、河童ですか？」

あまりにも迷いなく剛速球を投げるので、ぼくはその場から逃げだしたくなった。

ところがたずねられた老人はカッカと笑うと、

「なに言ってでんだおめえは。あんだらだって河童だろうに」

まことさんと顔を見あわせる。

彼らは素直に河童だと認めたうえ、ぼくらのこともお仲間だと考えているらしい。

……どうするの？　と彼女にアイコンタクトを送る。すると、

「ですです。ワレワレ、東京から来た河童なのデス」

「そりゃええげどよ、ざっざと色変えろや。そんままじゃ目立つだろうが」

「あー、わたしの肌ピンクなので。ここは緑が多いので逆に浮いてしまうかと」

驚くべきことに会話が成立している。

まことさんは人が変わったように得意げな表情を浮かべて、

（チョロいもんですね。この調子で話を合わせましょう）

（待って。アドリブ強すぎでしょ）

（兎谷先生が弱すぎなだけです。上手に嘘をつくのが作家の仕事では？）

嘘をつく仕事と言われると語弊《ごへい》があるものの、うまく話を合わせて場を切り抜ける必要があるのは確かだ。しばし悩んだすえ、ぼくも彼女を見習ってひとこと、

「ぼくの肌は濃いめのブルーですね。ケンプファーとか好きなので」

「なに言ってんだかよくわがんねえな」

そうですね。

自分でもなにを言ってるのかわからなくなってきました。

◇

「真面目な話さ、ぼくたち元の世界に帰れるかな……」

「無理っぽかったらわたしたちもここで暮らしましょう」

まことさんが平然と言うものだから、ぼくは唖然《あぜん》としてしまう。オカルト好きゆえの迷走か、はたまた彼女も異世界に召喚されたい願望の持ち主だったのか。

しかし考えようによっては、今の状況は吊り橋効果の期待が持てそうだ。

無事に乗りこえることさえできれば、まことさんの好感度が一気にアップ！　兎谷先生大好き結婚して！　なんてハッピーエンドだってあるかもしれない。

そう考えなおしたぼくは、前を歩く河童A（仮）に今さらながら、

「ちなみに山でなにを採るのです？　目当てのものがわからないと探しようがなくて」

「コダマだ、コダマ」

ぼくは「はて？」と首をかしげる。

てっきりゼンマイやらシイタケやらを探しているものだと思っていたが、そもそも前衛アートめいたこの自然の中に、そういった定番の山菜や茸が生《は》えている気配はない。

するとぼくらの会話を聞いていたのだろう、先頭を行く村長がナナフシのように節ばった腕を伸ばし、樹《き》のうえに生えている瓢簞《ひょうたん》のような果実を指さした。

「ありゃ毒があるがら食わねえが、コダマど似でいる。山に生えでいる木の実はどれも毒があっだり精がづかなかっだりしてな、食えだもんじゃねえの。だがらおらだちコダマの根っこ食う。わがるか？」

つまり栄養価の高い食料ってことか。この山にしか自生していなさそうな植物ではあるものの、河童が探しているコダマがただの山菜だとわかってほっとする。

「コダマ……コダマ……河童のシリコダマですよ、兎谷先生」

ああ、そういうことね。

となると彼らに襲われて、お尻から変なものを抜かれる心配もなくなったわけだ。

「コダマはどにかく美味《うめ》え。だげんども育ちすぎるど厄介なんだわな。ごの前もでげえやづ出てぎて三匹も食われだ」

「食われ？　なにが？」

「コダマすぐ育づ。だがら山いって採りにいがねえどいげねえ」

要領を得ない村長の話に、ぼくは若干の戸惑いを覚えた。

なんというか、よくない方向に話が進んでいる気がする。

そのうえまことさんが、

「さっきから変な臭いしません？　甘ったるいような腐った卵のような」

「言われてみれば……ちょっとするかも」

風が吹いてきたときにどこからか漂ってくる、熟しすぎた果実のような腐乱臭。

村長も臭いを感じとったのだろう。鼻をヒクヒクとさせて、

「ごりゃコダマだ。じかもがなり近《ちけ》えがらやるじがねえ。……おい、ヨソモン」

「はい、ぼくらは具体的になにをすればいいのでしょう」

村長はニタニタと笑いながら、手に持った鉈をくるくるとまわしてみせる。

それから急に鋭い目つきになって、こう言った。

「慣れるまで、食われねえようにじでろ」

だからなにに食われ？ コダマって植物ですよね？

ぼくがたずねようとした直後——前方からバリバリバリッ！ と激しい物音が響く。

うっそうと茂る草木をなぎ倒しながら、なにかがこちらに向かってきている。

猪《いのしし》だろうか。熊《くま》だったらどうしよう。

「——ピュエエエエエエエエッ！」

しかし続けて聞こえてきたのは、猪や熊のものとは思えない鳴き声。

リコーダーを力まかせに吹き鳴らしたような高音が、耳をつんざくほどの鋭さで響き渡ったかと思えば——ぼくらとそう離れていないところを、大きな物体がとおりすぎていく。

脇道から軽トラが飛びだしてきたかのように。

前にいた河童を三匹ほどなぎ倒しながら。

「……え？」

ぼくはぎょっとした。

黄色い花弁をつけた巨大な植物が、地に伏した河童たちを次々と呑みこんでいく。

コダマ。漢字に直すと木霊《コダマ》。

ああ、そうか。

河童がいるのなら当然、ほかの妖怪だっているわけである。

◇

全長はおよそ二メートル半から三メートル。

ラフレシアめいた黄色の花弁を頭につけており、丸太と見まごうほどの巨体は爬虫類《はちゅうるい》の鱗《うろこ》、というより胡瓜のように表面がブツブツしている。四肢に相当するものはなく、身体の下部に触手のような蔓《つる》を生やしていて、それを激しくうねらせて移動する。

蔓と蔓の間には、薄緑色のレンコンのようなものがついている。

あれが目当ての根菜だろう。村長いわく美味らしいが、食べてみたいとは思わない。

ピュエエエ、ピュエエエという鳴き声は花弁の中央、獲物を捕食するための口腔《こうこう》から響いている。河童たちをたやすく呑みこんだことから、相当の吸引力があるはずだ。

これがぼくらの前に現れた、木霊という植物である。

「ガチのモンスターじゃないか……」

「どうします、兎谷先生。やりますか？」

「無茶いわないでくれよっ！」

彼女のチャレンジ精神に驚いてしまう。なぜ戦おうと思えるのか。

しかしありがたいことに、河童の村長は今のところ協力を求めていないようで、

「慣れでねえど危ねえがら、最初はおれだぢの狩りを見どげ」

「あ、はい。ありがとうございます」

というわけでお言葉に甘えて、ぼくらは物陰から戦いを見守る。

木霊の奇襲で三匹が餌食《えじき》となったものの、河童たちは熟練した兵士のごとく素早く部隊を展開。そして花弁を広げて襲いかかってきた木霊を、真っ向からむかえうったのだ。

当初より数が減ったとはいえ、総勢十二匹。

四組の部隊にわかれた彼らは前後左右から同時に鉈や鎌をふるい、確実に木霊の隙をついていく。そして攻撃のたびに先頭のアタッカーをくるくると交代させ、手を休めることなく戦闘を続けている――美しいとすら思えるほどの、洗練された狩りの陣形だ。

「すごい。踊ってるみたいです」

「とりあえず、ぼくらはなにもしなくても大丈夫そうだね……」

河童の戦いを眺めつつ思いだしたのは、昔ハマっていたネットゲームのチームバトル。

ぼくも昔はこんな感じで、パーティーを組んで戦った覚えがある。

こうやってモンスターを一匹ずつ狩ってるときは安全なんだけど、もう一匹ぽこっとわ

いたりすると、陣形が一気に崩れて全滅しちゃったりするんだよね。

なんてことをうっかり思いだしたのが、よくなかったのかもしれない。

「──ピュエエエエエッ！」

「ぴぃっ！　で、でだああ！」

ちょうど木霊を倒しそうな雰囲気になったところで、樹木をなぎ倒して二匹めが乱入。隙をつかれた河童たちはまたたく間に呑みこまれていき、部隊がひとつ崩壊する。

すると瀕死《ひんし》だった最初の一匹も息を吹きかえし、乱入してきた木霊を迎撃しようと構えた河童たちを背後から強襲、立て続けにふたつめの部隊が崩壊する。

全滅ムードがビンビンに漂ってきたところで、村長が叫ぶ。

「ヨソモン！　おめえらの出番だど！」

いやいや、無理でしょ無理。ネトゲではやったことあるけどリアルは無理。

しかし隣のまことさんは鉈を構え、ぼくの肩をつかむ。

「やりましょう。妖怪と戦える機会なんてそうありませんよ」

だからなんでチャレンジしたがるのか。

◇

危機的状況に置かれたとき、人間の脳は大量のアドレナリンを分泌する。

極度の興奮状態におちいった結果、火事場のばか力を発揮することもあれば、痛みや恐怖といったマイナスの感覚が一時的に麻痺《まひ》することもあるという。

まことさんの場合、アドレナリンは悪いほうに作用したらしい。勇ましく鉈で斬《き》りかかったあと、あっさりと木霊に食われかけた。ゲーム感覚で突っこんだ結果である。

「死ぬがどおもっだあ……いぎででよがっだでずぅ」

「だから無茶だって言ったじゃないか。もう助からないかと思ったよ」

木霊の口腔に吸いこまれた彼女を引っ張りだすことができたのは、ぼくのほうが火事場のばか力を発揮したからだろう。

かなり危ない橋を渡るハメになったが、どういうわけかうまくことが運び、

「でも、なんとか逃げることができてよかったですね」

「ぞごの雌っごに感謝だな。いい囮《おとり》になっでぐれだ」

と、村長からお褒めの言葉。

想定していたお役の立ちかたではないうえに、意図せず捨て身の特攻をかけた本人はずびずびと鼻水をたらして泣きじゃくり、まともに話ができるような状態ではない。

まことさんを救出したあとは、河童たちとともに二匹の木霊を牽制《けんせい》しつつ撤退。今は全員で、岩場の陰にぽっかりと開いた、狭い洞窟《どうくつ》に身を潜めている。

外から絶え間なくバキバキバキと草木をなぎ倒す音が聞こえてくるので、木霊たちはまだ近くを徘徊《はいかい》しているのだろう。村長が白髭《しらひげ》をさすりつつ、冷静に告げる。

「……そのうぢ見つがる。やばり狩らねばならねえど」

ぼくらは顔を見あわせる。川で溺れていたところを助けてくれた河童が残っていることにほっとするものの、彼らの人数は当初の半分以下、五匹に減っている。

ところが村長は場の空気に不釣り合いなほど陽気な声で、こう言った。

「んだげどいづものごどだな。同時に襲われだにしぢゃ、まだいいほうがもじんねえ」

「そうなんですか？」

「山さ行っだまま一匹も戻ってごねえごとだっでよぐある。この一月で五回は村長が替わってるじのう、おらもぞろぞろ食われるかもじれねえと思ってでたとこだ」

冗談に聞こえない冗談を吐き、村長はガハハと笑う。

ぼくは乾いた笑みを返しながら、背負っていた防水バッグを地べたにおろす。

なにか使えそうなものはないか、中のアウトドアグッズを吟味しようと考えたのだ。

多目的ライター、コンパス、虫除けスプレー、懐中電灯、折りたたみ式の傘――ちょっとしたハイキングなら使い道もあるだろうが、モンスターハンティングには役立ちそうにない。もっと攻撃力の高いアウトドアグッズはないのか、サブマシンガンとか。

ふと前を向けば、河童の村長が不思議そうにこちらを眺めていた。

「ずいぶんど色々持ってんな。どれも見だごどねえもんばっがだ」

「文明の利器ってやつですよ。なにせぼくらヨソモンなので」

すると横にいたまことさんがぱっと閃《ひらめ》いたような顔で、

「それですよ、それ！　兎谷先生！　文明の利器ですっ！」

「え、どうしたの急に」

「前にネットの記事で見たんですよ。つまりですね……ごにょごにょ」

「ぼくもそれ読んだことあるかも。だけど、本気でやるの？」

「ほかに選択肢ないですから。わたし食われて死ぬのいやですし」

言われてみればそのとおり。この山で行われているのは過酷な生存競争。

迷いこんだぼくらとて例外ではなく、木霊を狩らなければ逆に狩られる運命である。

◇

「──んだら、いぐべよっ！」

「おうさ！」

河童の老人衆が威勢よく声をあげて、身を潜めていた洞窟から飛びだしていく。

一方のぼくらはビクビクしながら外へ出る。

「ど、どうしよう……。やっぱり無理じゃない？」

「でも、みんなもう行っちゃいましたよ。わたしたちだけで木霊を一匹やっつけるって約束しちゃいましたし、やらなかったら河童さんたち全滅ですけど」

あのときはなんとかなると思った。

しかしアドレナリンの効果が切れた今、やってやるぞという決意は風前《ふうぜん》の灯《ともしび》のごとく頼りないものになっていた。

冷静に考えると鼻からスパゲッティを食べる以上に無茶な話である。

その場の勢いというのは怖い。まことさんがぐいぐい背中を押してくるのも怖い。

「兎谷先生ならイケますよ！　ちゃんと武器だってありますし！」

「待って待ってまだ心の準備が」

「――ピュエエエエエエエ！」

「ぎゃあっ！　出た出た出た！」

前触れもなく木霊が物陰から飛びだしてきて、ぼくは危うく失神しそうになる。

しかし背後にはまことさんがいて、武器らしい武器を持っているのは自分だけ。

やらなければふたりとも死ぬ。

そう思った瞬間、脳内のアドレナリンが再び分泌されたのだろうか。震えていた足がぴたりととまり、まともに言うことを聞いてくれるようになった。

「ああ、きましたきましたきました兎谷先生！　今、今、今！」

まことさんが背後から指示を出してくる。

なにが今なのか一瞬わからなかったものの、すぐさま洞窟で考えた作戦を思いだす。

前を見れば木霊が口を開けて、恐ろしいほどの吸引力でぼくを呑みこもうとしている。

このタイミングで――手にしている武器を使えばいいのだった。

多目的ライター＋虫除けスプレー。すなわち自作の火炎放射器。

ノズルを向けて噴射。そして着火。

次の瞬間、視界がぱあっと赤く染まる。

「どわあああっ！　燃える燃える燃える燃えろおおおっ！」

「ギョエエエエエッ！」

やばいほど火が出た。※絶対に真似しないでくださいだ、これ。

奇声をあげながらスプレーを構えているだけで、大きく口を開けた木霊は自ら進んで燃えさかる炎を吸引してしまう。見ためどおり妖怪のごとき断末魔《だんまつま》の悲鳴をあげながら、びったんびったんとのたうちまわり、そのうちにピクリとも動かなくなった。

「や、やったのか……？」

「たぶん、うまくいったのではないかと……」

まことさんと並んで呆然《ぼうぜん》としてしまう。

こうもあっさり倒せたことが、信じられない。

木霊が真っ黒こげになってもしばらくの間、ぼくらは亡骸《なきがら》に近寄ることができなかった。

5　実はぼくたち、そこから来たんですよ

我に返ったぼくらは、河童たちの加勢にまわろうと音がするほうへ向かう。

しかし一匹だけなら彼らだけでどうにかなるのか、木霊はすでに息絶えていた。

河童たちはぐったりとした木霊の亡骸をひっくりかえすと、蔓の間に生えたイボのようなものを鉈でこそぎ落とす。あれが目当ての根菜、シリコダマなのだろう。

収穫が一段落するとぼくらの姿に気づいたのか、村長は笑いながら、

「お、やっづけたのか。ながながやるでねえが、ヨソモン」

「ぼくもいまだに信じられないんですけど、なんとかなりました」

「でっきり食われるもんかど思っだのに、びっぐりだで」

その口ぶりからすると、ぼくらだけで木霊を退治できるとは思っていなかったらしい。

ヨソモンが食べられていたとしても、それはそれ。

一匹めを倒すまで囮になってくれればよい、くらいの感覚だろうか。

死というものが軽すぎて、うすら寒い気分になってくる。河童たちが暮らすこの山はあまりにも過酷で、川太郎が思い描いた楽園とはほど遠い世界だ。

◇

そうこうしているうちに元いた川辺に着いたので、あらためて村長にたずねる。

「で、ぼくらは帰りたいのですが」

「おらだちはごっがら出だごどねえしな。道案内なんざでぎねえど」

ある程度、予想していた答えだった。

この山で河童たちといっしょに、いつ死ぬかもわからない恐怖を常に味わいながら、木霊との生存競争を延々と繰り広げる。想像するだけで恐ろしい。絶対に無理だ。

だから——なんとかして帰りたいと、必死に訴える。

すると村長はふいに遠くを見つめ、静かに言った。

「おらの前の前の前の村長がら、山から出でいく方法ざ聞いだごとならある」

「本当ですか？　ぜひとも聞きたいです、それ」

「だげど簡単じゃねえど。コダマを狩るよりずっと危ねえがら、誰もやろうどじねえ」

ぼくはまことさんを見る。彼女はこっくりとうなずいた。

さきほどの狩りより危険だとしても、元の世界に帰る方法を試したい。

ふたりとも同じ気持ちだった。

すると村長はナナフシのように長い手をすっと伸ばし、ある方向を指さす。

先にあるのは、荒々しい渓流だった。

「この川を下流まで泳ぎきれば、別のどこざ流れづくっでいう話でな。ぞこは食われることもなげれば飢えることもねえ、夢みでえなどこなんだどさ」

ぼくは驚いて、白い髭をたくわえた村長の顔を見つめかえす。

彼のまなざしは奔流の先にそそがれたまま、微動だにしない。

「実はぼくたち、そこから来たんですよ。だからほら、ヨソモンなわけで」

「ほう、んだら帰りでえだろうなあ」

村長はしみじみと呟く。その声には深い深い憧憬が宿っていた。

河童たちは川太郎のように、荒々しい渓流の先に楽園を思い浮かべている。

しかし彼らが夢見る先にあるのは——ぼくらからしてみれば現実なのだ。

そのことに気づいたとき、ふと強烈なめまいに襲われた。

◇

「げほっ……げほげほっ!」

ふいに感じたのは、耐えがたい息苦しさと、口からあふれでる大量の水。

それがいったんおさまると、口の中いっぱいに青臭さと泥の味が広がり、歯の間に挟まった砂のじゃりじゃりとした感触に不快感を覚えた。

いったいなにが起こったのか、さっきまで村長と川を眺めていたはずなのに。

パニックになりながら再びポンプのように水を吐きだしていると、そばにいたまことさんが泣きそうな顔で背中をさすってくれる。

「大丈夫ですかっ⁉　大丈夫ですかっ⁉　兎谷先生っ！」

「げっ……げふっ！　ぼ、ぼくは……？」

「助かったんです！　助かったんですよわたしたちっ！」

状況を把握できず呆然としていると、髪からぼたぼたと水滴が垂れてくる。乾いていたはずのTシャツとパンツが、なぜかびしょびしょに濡《ぬ》れていた。

隣のまことさんも同じくびしょびしょで、濡れた服が肌に張りつき、淡いブルーの下着が透けている。反射的に視線を泳がせながら、ぼくはたずねる。

「もしかしてまた川に落ちたの……？　河童は……村長たちはどこに？」

「な、なにを言っているんですか⁉　しっかりしてください！」

彼女の声を聞いているうちに意識がはっきりとしてきて、周囲に目を向ける余裕が出てくる。河童たちはおろか、川辺にあったはずのたき火の痕跡《こんせき》すら見あたらない。

しばし間を置いて、ぼくは理解する。

最初からそんなものは、どこにも存在していなかったのだと。

「兎谷先生？」

「ああ、ごめん。しかし危なかったね。マジで死ぬかと思ったよ……」

「わたしもです。本当にありがとうございました、溺れていたのを助けていただいて」

まことさんが鼻水をたらしながら泣きだしたので、ぼくは照れ笑いを浮かべてしまう。斜面から転げ落ちそうになった彼女に手を伸ばして、巻きこまれたかたちになってしまったけど、ふたりとも無事で本当によかった。

「気を失っているときに、変な夢を見ちゃったよ。小説のいいネタになるかも」

「あの、頭を強く打ったりしませんでしたか……？」

ぼくがそう言って笑うのを見て、まことさんが再び心配そうな顔をする。

おかしくなったと思われたのかもしれない。

彼女にけげんな表情を向けられるのはよい気分ではなかったものの――いまだ脳裏には幻の残滓《ざんし》がちらついていて、ぼくの視線は自然と、川の先に向いてしまう。

「うん、大丈夫。さっきまで意識がもうろうとしていたけど、今はだいぶはっきりしてきた。風邪を引くといけないし、服を乾かすか山をおりるかしないと」

「そうですね。――くちゅんっ！」

まことさんが可愛らしいくしゃみをしたので、ひとまず川辺から離れることにする。

上流を眺めたって河童はいないし、彼らはぼくの心の中にしか存在しない。

だから山をおりながらまことさんに話して、それから文字に起こしてみよう。

ぼくと彼女のふたりで、河童の楽園を冒険する物語を。

◇

「ふむふむ……。思いのほかよく書けているのう」

ぼくの原稿を読み終えたメメ子先生は、にやりと笑みを浮かべてそう言った。

この反応からすると、満足してもらえたとみてよさそうだ。

「わたしとしても驚きでした。取材に行ったときのことをそのまま小説にするとは思っていなかったので。だいぶアレンジされちゃっていますけど」

「そこら辺もふくめて評価してやろう。夢オチなのがちょい気になるとはいえ、現実と虚構が曖昧《あいまい》になる感じもある意味、欧山の二次創作っぽいっちゃぽいからのう」

「実際に見た夢をモチーフにしたから、そうなったわけですけどね」

ぼくがそう言うと、メメ子先生はケラケラと笑う。

それから渡した原稿を丸めてぽんと叩《たた》き、

「合格じゃ。約束どおり〈絶対小説〉の行方を占ってやろう。いやはや、ひさびさに楽しませてもらったぞ、兎谷」

「ありがとうございます。なんというか、ぼくとしても素直に嬉しいです。占いの料金がわりとかそういうの抜きにしても、自分の作品で喜んでもらえると、その……」

「言わずともわかる。だから書くのじゃろう、お前は」

そうだ。

わかりきったことなのに、どうして忘れかけていたのだろう。

誰かに読んでもらいたくて、楽しんでもらいたくて、ぼくは小説を書きはじめたのに。

「ちなみに河童の楽園の話、どこまでが本当でどこまでがフィクションなのだ？　まこちゃんから聞いたところによると、川で溺れかけたところはマジらしいが」

「ええと、どうなんでしょうね。ハハハ」

「なんだその反応は。書いた本人なのだからわかっておるだろうに」

メメ子先生は呆れてそう言うけど、ぼくとしてはごまかし笑いを浮かべるほかない。

実は取材の帰り道、パンツのポケットになんかの種が入っていたので、ぽいと草むらに捨てたのだが――あれから数日後、こんな見出しのニュースをネットで見かけたのだ。


埼玉の山奥で、謎の肉食植物が現る！　幻のマンドラゴラか⁉


偶然だと思う。

だけどぼくはついつい、こう考えてしまうのだ。

あのときの出来事は、どこまでが現実で、どこまでが夢だったのだろうかと。

第三話　ラノベの森

1　作家の苦悩に終わりはない

あれから一週間。ぼくは以前と変わりのない日常を過ごしていた。

というのも〈絶対小説〉の行方を占ってもらうことになったとはいえ、メメ子先生が用いる手段というのが、彼女の顧客である警察や政治家のコネを使って地道に調べあげるという、ほとんど探偵の仕事に近いものだったからだ。

どこが占い師やねんとツッコミを入れたくなるが……苦労して頼んだすえに当たるかどうかわからないオカルトに頼るよりはよっぽどマシである。

ひとまずメメ子先生から報告が来るまで待つほかなさそうだ。

一方、本業のほうも進展はない。

欧山概念の二次創作をせよという課題に合格し、失いかけていた創作の情熱がよみがえってきたものの、かといってすぐに本が出版できるわけもなく。結局は何度も担当さんに新シリーズのプロットを送りつけて、ゴーサインが出るまでトライし続けるしかない。

というわけでこちらも返事待ち。編集さんは忙しいので、たぶん長く待つハメになる。

「こういう宙ぶらりんの状態が一番ストレス溜《た》まるんだよな……」

ぼくはマンションの自室でひとり、パソコンのモニターに向かって呟く。

しかし愚痴を聞いてくれる相手は、コンビニのレジ袋にぶちこんだまま放置しているゴミの山と、部屋のあちこちに築かれている本のタワーだけだった。

生活の乱れは心の乱れ。気分転換がてらゴミの山を分別して大きな袋にまとめ、今にも崩落しそうな本のタワーはアマゾンやゾゾタウンの箱を使ってきれいに整頓していく。

掃除の甲斐《かい》あって魔窟と化していた部屋はまことさんを連れこめるくらいにはスッキリと片づいたものの……今のところそんなピンク色の予定はないし、暗澹《あんたん》とした心が晴れるようなこともなかった。新シリーズのアイディアにしたって枯渇気味だし、あとは小説のネタになりそうな話を探すくらいしか、やれることはなさそうだ。

ぼくは悩んだすえに、埼玉の山奥に現れたという『謎の肉食植物』のニュースが心に引っかかっていたので、続報がないかとネットをさまよう。

しかし目についたのはそんなオカルトとは関係のない、出版業界のニュースだった。


大手IT企業TWIGE《ツイガ》は○月×日、同社のAIを使って執筆したエンターテインメン

ト小説が、講談社ネオノベル文庫にて出版されることを発表した。同作品は匿名で小説投稿サイトに公開されており、すでに月間ランキング一位を獲得するほどの人気を獲得しているという。今回AI小説の書籍化に踏み切った講談社文芸第四出版部の河泉《かわいずみ》友平《ゆうへい》氏（写真中央）は「今後はエンターテインメントの分野においてもAIの技術は活用されていく。プログラムならスランプとは無縁なので、刊行ペースを落とすことなくベストセラー作品を提供し続ける、人気のAI作家が誕生するかもしれない」と語った。

最初に読んだときは信じられなくて、情報元のソースまで確認してしまった。

ＴＷＩＧＥといえばＳＮＳサイトで圧倒的なシェアを誇る「Twigger」の運営元。そんなＩＴ業界の雄《ゆう》が講談社と組んでＡＩ小説を書いた――それだけでもすごいのに、小説投稿サイトで人気を獲得して出版されるというのだから驚きだ。

ＡＩを使って小説を書く試み自体は、大学の研究チームが星新一《ほししんいち》賞に応募して一次選考を通過するなど、成果をあげたニュースは以前にも何度か報じられている。

とはいえ掌編ではなく長編で、さらには小説投稿サイトで多くの支持を得るとなれば難易度のケタがちがう。ＡＩで自動書記された作品が、何千どころか何万ものＷｅｂ小説家が書きあげた力作を踏みこえて、人気ランキングの頂点にまでのぼりつめたわけである。

起承転結、序破急、王道あるいはテンプレ。

その手のお約束を守ったうえで、ＡＩの分析で人気作品のエッセンスを抽出すれば、小説投稿サイトでアクセス数を荒稼ぎできる作品を生みだすことは可能かもしれない。

試しに検索して件の作品のアクセス数だけ確認してみると、ＡＩを用いての執筆と公表される以前から数百万ＰＶ、今では話題性もあってかさらに伸び続けている。この調子なら書籍化もばか売れまちがいなし、発売前重版すらありえる勢いだ。

しかし機械的な分析や理屈だけで、多くの読者に支持される物語が、ベストセラーになるほどの小説が書けるのなら、ぼくたち作家はなんのために存在するのか。

担当の鈴丘さんや編集部が言うところの読者の需要や市場の動向に振りまわされ、キャッチーさや作品のフックといった曖昧な基準に翻弄《ほんろう》されながら、それでも心の底から読者を震わせる物語を書きたいと、血反吐《ちへど》を吐いている今だからこそ――プログラムから出力された作品より価値がないと告げられたようで、納得がいかない。

ただキーボードでカタカタと、文字を打っているわけじゃない。ぼくらは胸の奥に抱いた感情を、小説というかたちで表現しているのだ。誰かに伝えたい想《おも》いが根底にあるからこそ、人々の心を動かす物語が生まれるのではなかったのか。

なんて考えて悶々《もんもん》としていたら、買いなおしたばかりのスマホが受信を知らせる。

メメ子先生からメールが届いていた。

『例の件について、話しておきたいことがある』

紛失した原稿が見つかったのだろうか。

文面にはほかになにも書かれていないので、会って聞いてみるよりなさそうだ。

◇

数日後、ぼくはひとりでメメ子先生のお店に向かう。

そしたら金髪のねーちゃんに出会い頭に蹴《け》り飛《と》ばされた。

「おっそいわ！　どうせヒマじゃろうに、クソ作家！」

「ちょ……いきなりひどいですよ！　ぼく、一応あなたの顧客なんですから！」

知りあってからまだ三回しか会っていないというのに、めちゃくちゃ横暴だ。

とはいえ待たせていたのは事実なので、ひとまず素直にわびることにした。

「まことさんにも連絡したんですけど、応答がなくって。できれば彼女といっしょに話を聞きたいなと思って待っていたら、遅くなってしまいました」

「フラれたのやな。ツラいこと聞いてすまぬ」

「それ誤解ですから。たぶん大学とか忙しいのでは」

するとメメ子先生は「大学……？」と眉をひそめる。

なんですかその反応。

そういえば彼女、どこの大学に通っているのだろう。それも聞いておけばよかった。

「ていうかお前のラブコメ事情なんぞどうでもよいわ。まこちゃんは当事者ではないのだし、呼ばれたらひとりでさっさと来い。売れておらんくせに待たせるな」

「ディスりまくりますね。ああ、でもぼくのデビュー作を買ってくれたんですか」

見れば脇の戸棚に見覚えのある表紙が並んでいる。

しかしメメ子先生は、

「いまいちだった。金輪際くんの劣化コピーよな」

「刊行当時、レビューにもそう書かれましたよ。ていうか金輪際くん……て、あのおっさんと知りあいなんですか？」

「言っておらんかったか。そこそこ古い付きあいじゃぞ」

「だから妹のまことさんとも親しいわけですね」

「んん？　ああ、そうかそうか。そういう設定じゃったのう」

と、またもやよくわからない反応をする。

ぼくが眉をひそめているのを見たメメ子先生は、コホンと咳払い。そして、

「無駄話はやめよう。お前に〈絶対小説〉の件でひとつ、報告せねばならん」

「原稿が見つかったんですか？　それとも行方の手がかり？」

「どちらでもないな。ていうかわりとバッドニュース」

「ええ……。勘弁してくださいよ……」

ついそう言ってしまうものの、耳に入れておいたほうがよい話なのだろう。

ぼくが姿勢を正すと、メメ子先生も真面目な表情になる。

「どうやら件の原稿、本来の持ち主は概念クラスタのようなのじゃ」

「なんですかそれ」

概念クラスタという名前に聞き覚えがないし、本来の持ち主というのもわからない。

ぼくが首をかしげて聞きかえすと、メメ子先生は急にうんちく語りをはじめた。

「欧山概念の小説にはコアなファンが多い。文芸オタクの間では夢野久作《ゆめのきゅうさく》と安部公房《あべこうぼう》をドロドロに煮込んだあと江戸川乱歩《えどがわらんぽ》で味付けしたルーを、トマス・ピンチョンで炊《た》いたメシにかけて食うような感じと評されるくらいじゃからの。ハマるやつはとことんハマる」

どんな料理だよそれ。ていうかカレーじゃねえか。

「ほかにもサルバドール・ダリが『オーヤマから霊感を得た』と語っていたとか、ヒトラーの書斎に〈化生賛歌〉が置いてあったとか。どこまで本当かわからんが、妙な逸話が語られるほどにカリスマ的な人気のある作家じゃ。かくいうメメ子も、欧山概念のサイケデリック闇鍋カレー小説を愛するひとりでな。といっても何度も読みかえしたり新装版が出るたびに買ったりするくらいで、まあ可愛いもんじゃろう」

「普通はそんな感じですよね。で、それが今回の話とどう関係するのですか?」

「ところが欧山にはさらにコアなファン――というより、やばいくらいの信者がいる。実際の執筆に使っていた品々を収集するとか、作中の登場人物になりきってみたりとか」

「それも普通じゃないですか?　コレクションとかコスプレするってだけですよね?」

「言いかたが悪かったかの。欧山が愛用していた万年筆を独占しようと販売会社を買収したり、作中に数行だけ登場する牛鬼という妖怪になりきるべく、生肉だけ食う生活を十年以上続けていたりとか。これでも普通の読者だと思うか、お前」

「……冗談ですよね、それ」

　ぼくがぞっとしていると、メメ子先生は苦笑いを浮かべながら、

「そういうコアな信者が集まって、今から数十年前にある種のカルト宗教めいた団体が設立された。さきほど名前を出した概念クラスタじゃ」

「なんだか聞いているだけで、頭がクラクラしてきましたよ」

　スマホで検索してみたら、すぐに概念クラスタにまつわる記事が出てきた。

　東京都の孤島を買いとって欧山概念の作品世界を再現する――みたいな内容だったので、どうやらガチでそういう団体があるらしい。

「で、概念クラスタが本来の持ち主ってどういうことです？　金輪際先生がその団体から三百万で原稿を買いとったってことですか」

「そんなはした金で貴重なコレクションを譲るわけなかろう。あいつらマジおかしいから、たとえ億の値段を出したとしても原稿を手に入れるぞ」

　ぼくはまた首をかしげる。

　余計に話が見えなくなってきた。

「要するにじゃ、三百万で〈絶対小説〉を落札したのは概念クラスタ。それがメメ子が独自のコネを使って調べた結果、出てきた情報だ。……なのに実際に原稿を持っていたのは

金輪際くんだったわけじゃから、ちょいと雲行きが怪しくなってくる」

「一時的に借りたけど紛失したとか？　だとしたらさらに大事になっちゃいますね」

「それならまだよかったのだがな。状況からみるに、盗みだしたと考えたほうがよい」

「誰が？　なにを？　まさか――」

「金輪際くんが〈絶対小説〉を、だ。概念クラスタから奪ったのだろう」

ありえない。

そう否定しかけてから、先生が『警察沙汰にしたくない』と主張していたらしいことを思いだす。それはなぜか、ずばり――盗品だったからだ。

「でも、なんで、だってそれ犯罪じゃないですか！」

「やりかねんだろう、あの男なら」

「金輪際先生だってさすがにそれくらいの分別はつくでしょうに。そもそもあの人の作品、けっこう売れているじゃないですか。作家として成功しているのに、意味のわからないジンクスのために盗みを働くなんてありえないでしょ」

「お前はなにもわかってないのう、兎谷」

「なにがですか。だったら、教えてくださいよ……」

あの人がなぜ、そんなことをしたのかを。

小説のためとはいえ、他人のものを盗む正真正銘のクソ野郎になりさがったのかを。

「創作を続けていれば、いずれは大きな壁にぶち当たる。それくらいはお前とて理解できるはずじゃ。現に売れてないわけだしな」

「否定はしません。ここだけの話、今もけっこうしんどいですから」

「しかし売れたら楽になると思うか？　金輪際くんはお前の十倍以上の数字を叩きだしておるが、心の底から創作を楽しんで、毎日楽しく生きているように見えたかのう」

ぼくは返答に詰まる。

いっしょにお酒を呑んでいるとき、先生はよく愚痴《ぐち》っていた。

書きたいものが書けない。読者にクソミソに叩かれた。売り上げが落ちているからこのシリーズは畳まなくてはならない。次の作品はもっと続けられるだろうか、と。

「この業界に身を置いておるなら想像がつくであろ。仮にヒットを飛ばしたとしても、世間的に高い評価を得たとしても、次はさらなる飛躍、新たな次元に到達することが求められる。作家の苦悩に終わりはないのじゃ」

「でも壁を乗りこえようとするからこそ、成長があるわけじゃないですか。次はもっと面白いものをと、ひたむきに書き続けるのがプロとしてあるべき姿でしょうに。金輪際先生だってそうやって腕を磨《みが》いてきたはずですよ。今はスランプかもしれないですけど……」

「お前の言い分も一理ある。だが創作者として理想が高ければ高いほど、小説に真摯《しんし》であればあるほど、作品を生みだし続ける苦悩は増すものじゃ。太宰にせよ芥川にせよ、最後は創作という名の重圧に押《お》し潰《つぶ》されてしまった。自らの力量に対する絶望は腫瘍《しゅよう》のように大きく育ち、ときには心を病みスランプにおちいるか、命を奪うことさえある」

メメ子先生の言葉はやけに説得力があり、ぼくはまた返答に窮してしまう。

彼女は遠い目をしながら、懐かしそうに言った。

「金輪際くんは昔からそういうやつじゃった。よせばいいのに過去の名作と自分の作品を比較し、ああつまらないつまらない、私はどうしてこんな小説しか書けないのかと、頭を抱えていた。メメ子といっしょに新人賞に投稿していたころから、な」

ぼくは驚いて彼女を見る。

この人もかつては、小説家を志していたのか。

「望む結果が得られぬのはしんどい。魂を込めて作りあげたものが否定されたとき、まるで自分自身がずたずたにされたように傷つく。現にメメ子は投稿を続けることができなんだ。占い師という道を選んだゆえ決して逃げたわけではないのじゃが、たまにお前たちがまぶしく見える。だからついイジワルしてしまうのだ、許せ」

メメ子先生は冗談まじりに謝罪する。

彼女がなぜ厳しい目でぼくを見ていたのか、理解できた気がする。

「……作家としての苦悩を乗りこえた先に、真の傑作がある。少なくともぼくはそう信じていますよ」

「しかし金輪際くんが盗みを働いていたとしても、責めることはできぬ。なぜなら新人賞に投稿していたころ、比類なき文才を得ることができると言われたなら、メメ子とて悪魔に魂を売り渡していたはずだからの」

わからなかった。原稿のジンクスが本物だとして、それで望む結果が得られたとき——はたして金輪際先生は、自分の作品を誇ることができるのだろうか？

「納得できぬのなら、そのままぶつけてやればいい。自分のうちに積もった塵芥をまばゆい宝石に変えるのが創作だと、公衆の面前で汚物をまき散らした先に、真に価値あるものが生まれるのだと——恥ずかしげもなく理想を叩きつけてやれ」

「一度話してみるべきなのかもしれませんね。あの人と」

ぼくがそう告げると、メメ子先生はにっこりとほほえんだ。

◇

鼻息を荒くして帰宅したぼくは、さっそく金輪際先生と連絡を取ろうとする。

ところが何度スマホに電話をかけても、応答がない。

しまった。そもそも連絡がつくのなら、話はもっと簡単だったはずだ。

まことさんのTwiggerにメッセージを送ってみるものの、こちらも相変わらず応答なし。こんなことなら他の連絡先も聞いておくべきだった。チャンスならいくらでもあったのに。

「くそっ！　結局どうしようもねぇっ！」

ぼくは怒りにまかせて、手にしていたスマホをぶん投げる。

問題ばかり増えるのに、どれも保留中。宙ぶらりん地獄だ。

今できることはなんだろう？

考えたあげく、新作のプロットを練りなおすことにする。

しかし二時間ほどパソコンとにらめっこするものの、進捗《しんちょく》は一向に芳《かんば》しくなかった。

中高生のニーズや市場の動向を分析し……などと試行錯誤を重ねていくと、気がつけばどこかで見たことのあるような作品になっている。

リテイクを経るごとに当初構想していたプロットからかけ離れ、自分が面白いと感じていたはずの物語が、手垢《てあか》にまみれた別のなにかに変わってしまうのだ。

結局ぼくがやっていることは件のＡＩと同じなのかもしれない。

今ウケそうな要素をペタペタと貼《は》りつけ、既存のヒット作をリサイクルして売りだすような……いや、そのやりかたでうまくいくなら企画はすぐにとおるはずだ。単にプロットを練るのがヘタクソなだけ、あるいは面白いと感じているものを貫き通す覚悟がないだけじゃないか。

偉そうに理想を語っておきながら、ぼくは自分の仕事さえ満足にできていない。このまま迷走するくらいならいっそ、初心に返ってみるべきだろうか。

そう思い、パソコンデスクの脇に無造作《むぞうさ》に積みあげられている本の山に目を向ける。

ぼくが手にとったのは、参考にしたら時代遅れと言われかねないような、十年前の作品だった。

〈多元戦記グラフニール〉(6)　金輪際著

表紙は日に焼け、ぴっちりとしたスーツに包まれた少女のイラストはだいぶ色褪《いろあ》せてしまっている。そのうえ十年前の絵柄なので、今となってはやや古くさい印象を受ける。

文庫をひっくりかえし、裏表紙のあらすじに目をとおす。

最大の強敵である魔神将騎パンデモニウムを打ち破ったリュウジ。

しかしその搭乗者が語ったのは、想像だにしていなかった過酷な真実であった……!

侵略者が暮らすのは、現宇宙とは異なる歴史をたどった平行世界の地球、四次元魔界《ベクトール》。

しかもパンデモニウムの搭乗者は、グラフニールとの契約でリュウジがよみがえらせようとしていた幼なじみ——ミユキとそっくりだった。

平行世界のミユキは、自分をかばって事故で亡くなったもうひとりのリュウジを復活させるために、魔神将騎と契約していた。真実を知ったリュウジは、彼女を逃がしてしまう。

最愛の幼なじみと同じ顔を持つ少女と、再び刃《やいば》をまじえることができるのか!?

驚天動地の第六巻、ここに降臨!

ぼくはあらためて、手にとった文庫の表紙を眺めてみる。

でかでかと描かれているのは、ムスッとした表情でサイバー感の漂うビームソードを構える、黒髪ショートカットの女の子。

シリーズ中屈指の人気ヒロインにして、主人公の最大のライバルでもあるミユキ。見ための性格も、ぼくの理想を具現化したようなキャラクターだ。

まとめ読みしようかと思ったのだけど、第六巻しか見つからない。なので邪道ではあるものの、物語の途中から読み進めることにした。

2　多元戦記グラフニール　第三十七話：もうひとりの君へ

道路のいたるところに散らばった瓦礫《がれき》を避けながら歩いていると、勝利の余韻はあとかたもなく消え失せていく。

俺は世界を救った。しかし英雄になれた気はしなかった。

幾度となく苦しめられてきたパンデモニウムをついに撃破し、四次元魔界人《ベクトーリアン》の第六次大規模侵攻を退けた。しかし守りたかったはずの町は、幼いころから過ごしてきたこの町は、もはやかつての面影《おもかげ》すら感じられないほどに破壊しつくされている。

防衛機関《セクト》に属していない住民たちは、事前にシェルターへ避難している。商店街の人たちやクラスメイトのみんなは、今も無事でいるはずだ。

だけど、帰る場所はどこにもない。俺たちのたまり場だったスーパーも文化祭で盛りあがったばかりの高校も、魔神将騎との激しい戦闘によって粉々になってしまった。

「君は今、どんな気分なんだろうな……ミユキ」

そこでグラフニールの起動鍵《アウェイキー》に装着された通信機が、けたたましい音を鳴らす。……無断で施設を抜けだしたことが、さっそくバレたらしい。

ホログラフィーを呼びだすと、眉をつりあげるカタギリ司令の姿が映しだされた。

『勝手な行動は慎《つつし》んでほしいとお願いしていたはずよね、リュウジ。まさかボディガードを失神させて出ていくなんて……どうして無茶ばかりするの』

「ボディガード？　俺にそんなものが必要だと、本気で思っているわけじゃないですよね。わざわざ監視をつけるなんて、世界を救った人間にすることとは思えないですよ」

『待って、あなたは誤解しているわ。私たちはただ……』

「戦争をしているんだろ。俺たちを騙して。──都合のいいときだけ保護者面するのはやめてくれよ。どうして教えてくれなかったんだっ！」

そうだ、教えてくれるだけでよかった。

それなら覚悟を決められたかもしれない。こんな気分にならなかったかもしれない。

世界を救ったはずなのに、英雄になったはずなのに──本当に最悪な気分だ。

「ジュンも、アキラも、ユウコも、あんたたちのことを信じていたよ。自分たちがなにと戦っているのか、誰と刃をまじえているのか知らないまま、最期は笑いながら死んでいったさ。……どいつもこいつも、戦争をやっているつもりなんてこれっぽっちもなかった」

『大人には義務があるの。だから、あなたたちの心を守るために黙っていなければならなかった。誰でも思念外骨格を装着できるのなら、私が命を賭けて戦いたかった。でもそれができないから、せめて保護者として――』

「俺だって、理屈ではわかっています。だけどやっぱり我慢ならないんです。結局のところ、司令は自分が傷つくのがいやなだけじゃないですか」

どうして俺だけが、こんな気分にならなくちゃいけない。

だからせめて、あなたも傷ついてくれ。俺と同じように、ずたずたになってくれ。

「マキちゃんはお元気ですか。来年から小学生ですよね」

『ええ。リュウジお兄ちゃんに会いたいって、いつも言っているわ。あの子、本気であなたと結婚するつもりみたい』

俺はまた笑う。

たった一度しか会っていないのに、司令の娘にとって俺はもはや王子様だ。

「パンデモニウムの搭乗者が、平行世界のマキちゃんだったら――早く殺せと言えますか。あれに乗っていたのがミユキだとわかっても、構わず命令したときみたいに」

『そ、それは……』

「あんたたちがやってるのは、そういうことなんだ。俺が味わっているのは、そういう気分なんだ。自分の望みを果たすために、別の誰かの首を絞めているだけじゃないか」

だとしても、俺は選ばなくちゃいけない。答えを見つけなくちゃいけない。

英雄として。男として。

グラフニールの適合者《リンカー》――ヤマザキ・リュウジとして。

「贅沢《ぜいたく》は言いません。今回だけは見逃してください。俺と……あいつを」

するとカタギリ司令はなにも言わずに、通信を切ってしまった。

しかし数分後。グラフニールの起動鍵に触れると、防衛機関が都市に張り巡らせている千里眼《サードアイ》の気配が感じられなくなった。

まさか本当に、監視を解いてくれるとは。

司令に心の中でお礼とおわびを言いつつ、町の西端にある海岸へ向かう。

俺たちが愛を誓ったあの場所で――もうひとりのミユキは待っているはずだ。

◇

「遅かったじゃない。すっぽかされたと思ったわ」

「俺が、デートの約束を？　君の世界のリュウジはそんなにズボラだったのか」

笑えない冗談を言ったはずなのに、もうひとりのミユキはクスクスと笑う。

目の前に君がいることが信じられなくて、だからほかになにもいらないとすら思えてしまう。もしかすると彼女も、俺と同じ気持ちでいるのかもしれない。

「ここで夕日が沈むまでいっしょにいたときのこと、覚えてる？」

「忘れるわけないさ。もう一度そうするために、俺はずっと戦ってきた」

「……わたしも。皮肉な話よね」

あの日と同じように、水平線の向こうに浮かぶ夕日は沈みつつあった。

だけど海にはもうひとつ、とてつもなく大きなシルエットが佇《たたず》んでいる。あれはコアに紫電雷光剣《ディヴァイナル》を突き刺され、完全に活動停止したパンデモニウムだ。

グラフニールの一撃がほんのわずかでもずれていたら――俺はなにも知らないまま、もうひとりのミユキを蒸発させていただろう。

すると俺の心を読んだように、彼女はちょっと困った顔で笑った。

「あのまま倒されていればよかったのかも。そしたらこんなに苦しくなかった」

「俺はいやだよ。なにも知らないままだなんて」

自然とお互いに向かいあって、見つめあう。

君の頬《ほお》に触れたかった。あの日と同じように抱き寄せたかった。

なのに、どうしてもそれができない。

目の前にいるのはミユキなのに――心の奥にざわざわと、違和感が募《つの》る。

「結婚してください、って俺が最初に言ったんだっけ。今にして思うと、いきなりプロポーズだなんて気が早すぎるよな」

「忘れちゃったの？　ずっといっしょにいようって、わたしが言ったのに」

「じゃあ、あのときプレゼントしたのは？」

「なんか変なぬいぐるみ。ぶっちゃけセンスは最悪」

「俺があげたのはペンダントだ。ぬいぐるみと迷ったあげく、ハート形のやつを」

「どっちにしろ反応に困っちゃうよね。でも、嬉しかったはず。デートの翌日、わたしがふるまった手料理は？」

「なんか無駄に辛《から》かったような。トムヤムクンとかいう、タイ料理だ」

「残念、普通にカレーです。でもめっちゃガラムマサラ」

俺は苦笑いを浮かべる。どっちにしろ無駄に辛そうだ。

しばし見つめあって、そしてお互い納得することができた。

「やっぱりあなたは、わたしの知っているあなたではないのね」

「そうだね。君だって、俺の知っている君じゃない」

望んでいたものが手から離れてしまったのに、なぜかほっとしてしまう。

君も同じ気持ちなのだろう。だからこうして穏やかに、語りあうことができる。

「もしかすると今日、あなたはそれを確認したかったのかな」

「そうかもしれないし、そうじゃないかもしれない。正直、今だって迷っている」

たぶんもうすぐ、四次元魔界人の放った無人偵察機《バグ》が――ミユキの身柄を確保しにやってくる。ここで見逃せば、パンデモニウムとは別の魔神将騎を駆る彼女と再び刃をまじえることになる。それくらい、俺にだってわかっていた。

「で、どうするわけ？　わたしを捕まえるとしても、ここで見逃したとしても、結局は戦うことになると思うの」

「それでも見逃すほうを選ぶさ。君の顔を見つめながら武器を構えるのは難しいから」

俺はミユキとやりなおすために、ずっとずっと戦ってきた。

シュンがアスタロトと相打ちになったときも、上層部の判断ミスでアキラが犠牲になったときも、ユウコが俺に愛を告げながら次元の渦に呑まれたときも——歯を食いしばり、この手に刃を握り、グラフニールの駆動脚《スクーデリア》で、血塗られた道を踏みしめてきた。

目の前にいる君も、別の世界にいた俺とやりなおすためにずっと戦ってきたのだろう。

俺の仲間を殺したやつといっしょにランチを食べて笑ったり、俺が殺したやつに好きだと言われたことだってあったのかもしれない。

「本当の意味で心が通じあえるのは、あの日いなくなったミユキじゃなくて、今、目の前にいる君なんだろうな」

「うん、わたしもそう思った。あなたとやりなおすことができれば、わたしはきっと幸せになれる。だってそうでしょ？　リュウジはこの気持ちを理解できないはずだし」

俺が君をミユキと呼ばないように、君も俺をリュウジとは呼ばない。

あの日、どんなことがあっても彼女をよみがえらせると誓った。たとえもうひとりの君の心臓に刃を突き刺すことになったとしても、俺はミユキとやりなおすために戦うだろう。

だから君もリュウジとやりなおすために、目の前にいる俺と戦う道を選ぶはずだ。

「君の幸せを祈るよ。俺の幸せを祈るのと同じくらいに」

「わたしもあなたの幸せを祈るわ。自分の幸せを祈るのと同じくらいに」

つまりはそれがすべての、答えだった。

3 それでも、ぼくはあなたの小説が好きなんです

感傷的な気分になってきたので、ぼくは文庫をぱたんと閉じる。

決して優しい物語ではない。

どころか毎巻、リュウジの前に立ちはだかるのは絶体絶命の窮地であったり、仲間との悲しい死別であったり、信じていた人たちの裏切りであったりと、過酷な展開ばかりだ。

しかしリュウジはグラフニールを駆って、戦い続ける。

ぼくはその姿に心が震えるほど共感し、愛すべき物語を生みだした金輪際先生と同じ道を歩もうとした。

だからこそ、悲しかった。冗談半分にコレクションとして収集したならまだ笑って許せるが、手に入れるために盗みを働いたとなれば、いよいよ彼を尊敬できなくなる。

できることなら、信じたい。あの人が創作者としての魂を悪魔に売り渡したなんて、そんなばかな話があるものかと鼻で笑ってやりたいくらいだ。

しかしかつて酒の席で〈多元戦記グラフニール〉が好きだったことを話したとき、金輪際先生はぽつりとこう呟いたのだ。

――ああ、そんな作品もあったね。今ならもうちょっとうまく書けるのかなあ、と。

ぼくが愛してやまない物語は、生みだした当人からしてみれば、過去に書いた作品のひとつでしかなかった。

創作の苦しみは、決して尽きることがないものかもしれない。あなたの理想は、ぼくが考えているよりもずっと高いのかもしれない。でも、そうであるならばなおのこと――ほかのなにかに頼らず、戦い続けてほしかった。

自分のことですらないのに、悔《くや》しくて悲しくて、涙が出そうだ。

たとえ書いた本人がつまらないつまらないと嘆いていたとしても、

「……それでも、ぼくはあなたの小説が好きなんです。金輪際先生」

新シリーズの企画さえとおらない半端な若造が説教をかましたところで、あの人の心を動かすことはできないだろう。だけどひとりの読者としてなら、〈多元戦記グラフニール〉という作品に救われた人間としてなら――ぼくの言葉は届くかもしれない。

ふと、まことさんの顔が頭に浮かぶ。

実の妹である彼女となんとか連絡をとって、金輪際先生までつないでもらおう。

しかしそこでスマホが着信を知らせたので、ぼくは慌てて応答する。

『急にすみません。担当の鈴丘です』

「電話をかけてくるなんて珍しいですね。この前送ったプロットが会議にとおりました？」

『そういえば送ってきてくれましたね。やる気があっていいと思います』

「てことはチェックもしていない感じですか」

鈴丘さんはスマホごしに乾いた笑いをもらす。正直、かなりイラッとした。早く本を出したいという真摯な思いは、電話ごしではなかなか伝わらないらしい。それとも毎月お給料がもらえる身分だと、フリーランスの作家ほど必死になれないのか。

ていうか、プロットの話じゃないなら用件はなんだよ。

『謝恩会の招待状、届きましたか。毎年やっている弊社のパーティーです』

「まだです。でもけっこう先ですよね、あれ」

『やっぱり届いてませんか。実は今年は会場の都合で去年より早めにやるんですよ。だというのに事務側の不手際で、招待状が届いてない作家さんがいるらしくて』

「ドンピシャかも。うっかりするとぼくはハブられていたのか……」

『そんなわけで招待状をメールで送っちゃいますんで、都合がよければ兎谷先生も出席していただけたらと。例年どおりであれば、金輪際先生も来るはずですから、ね？』

しっかり仲直りしとけよ、という圧力を感じた。

むろん、ぼくとしても望むところではある。

「謝恩会のときに紛失した原稿の件も話をつけます。連絡つかないなら妹さん経由でつないでもらおうかと思ってましたけど」

『はい?』

「実はこの前、妹のまことさんと知りあいになって――」

ぼくがそう説明すると、鈴丘さんは急に怒気をはらんだ声で、

『本人の前では絶対に言わないでくださいよ、その冗談』

「冗談て、なにがですか」

先輩作家のリアル妹と仲良くなると、不都合が生じるのだろうか。なぜ怒られているのかわからなくて首をかしげていると、鈴丘さんは困ったような声になって、

『もしかして知らないんですか。あの人の妹さん、十年前に亡くなっているんです』

「いや……そんな、まさか」

鈴丘さんのほうこそ、変な冗談を言うのはやめてほしい。

金輪際先生の妹がすでにこの世にいないのだとしたら。

ぼくが知っているまことさんは、いったい何者だというのか。

◇

何事もないまま数週間が過ぎ、出版社が開催する謝恩会の当日となった。

結局あれから紛失した原稿の行方について、メメ子先生から報告はなし。まことさんのアカウントも依然として応答がなく、じわじわと不安が募る。

彼女は金輪際先生の妹なのか、それとも赤の他人なのか。担当の鈴丘さんの言葉が正しかった場合、ぼくは騙されたことになる。

だとすれば、どんな目的で？〈絶対小説〉がらみなのはまちがいなさそうだ。

ともあれ今はひとつずつ問題を解決していくほかない。まずは謝恩会で金輪際先生との話にケリをつけてしまおう。

そんなわけでいざ、会場である都内の某ホテルにやってきたわけだが——毎年開かれている謝恩会はぼくがデビューしたＮＭ文庫だけでなく、母体である大手出版社が開催しているもの。そのため複数のレーベルが合同で集まる、規模の大きいイベントになっている。

おかげでやたらと人が多い。

作家、編集者、イラストレーター、書店の営業さんやその他関係者などなど、ライトノベルはこれほど多くの方に支えられているのかと、今さらながら驚いてしまうほど。

金輪際先生はスキンヘッドのおっさんという目立つ姿なので、近くにいれば絶対にわかる。しかしこうも人でごったがえしていると、簡単に見つけることはできない。

手始めにバイキング形式の料理から、好物のローストビーフを取りわける。

そこで去年ご挨拶させていただいた先輩作家のひとりが声をかけてきた。

「兎谷くんじゃあないか。噂はかねがね聞いているよ」

「おひさしぶりです。ぼくの本、評判になっているんですか」

「いいや、金輪際先生のコレクションを借りパクした話さ」

すると横で聞いていた別の先輩作家が、

「俺はオフ会で知りあったファンの子をふたりで取りあったって聞いたぜ。やべえよあいつら、越えてはいけない一線を踏みこえやがった！　と、密《ひそ》かに感動した」

「どっちもやっていませんから……。そういえば、今年の受賞者にはもう会いました？　謝恩会に来ているはずですよね」

「マクガフィンちゃんが可愛かった。マジびびった」

「あの人女性なんですか。最優秀賞ですし、けっこう売れてますよね。ぼくはあまり異世界転生ものは読まないので、どちらかというと優秀賞のほうが」

「〈君のぱんつをむしゃむしゃ食べたいボーイ〉か。しかも投稿時のペンネームがティンポジ直太朗《なおたろう》。いっそ清々《すがすが》しいよね」

「あの手のタイトルが一本あってこそ、新人賞という感じがしますから」

「わかる」

「俺もわかるぞ、まったく売れてないけどな」

先輩作家たちと意見が一致したところで、ぼくはその場をあとにする。

しかし売れてないのか、ティンポジ直太朗……。めげずにがんばってほしい。

気を取りなおしてローストビーフをむしゃむしゃ食べつつ、ぼくは金輪際先生探しを再開する。ほかの先輩作家に会うたびに「さっきまでここにいたのに」とか「向こうも兎谷くんを探してたよ」という情報は得られたので、会場にいることは確かである。

そして二時間後。

ティンポジ直太朗がデビューのタイミングで改名し、今は天望師《てんぼうじ》直太朗という無駄にかっこいいペンネームになっている、という心底どうでもいい情報をゲットした直後。ぼくは会場の端っこに燦々《さんさん》と輝くスキンヘッドを発見する。

謝恩会はもうすぐ終わる。

このチャンスを逃せば、金輪際先生は会場から去ってしまうかも。

ところが間の悪いことに、そこで編集さんのひとりが声をかけてきた。

「兎谷先生ですよね、NM文庫の小川《おがわ》です。今ちょっといいですか」

「おひさしぶりです。鈴丘さんにはさっき会いましたけど、ぼくになんのご用で？」

「実は私の担当しているマクガフィン先生が、兎谷先生の大ファンらしくて。この機会にご挨拶したいと言っているのですよ」

金輪際先生と話をしなければ、と思いつつも――自分のファンだという人が同じレーベルでデビューした事実を知って、感動のあまりぼくの口は自然と、

「ぜひともお会いしたいですね」

と答えていた。

編集の小川さんはさっそく、噂の女性作家ちゃんを連れてくる。

「はじめまして……。マクガフィンです」

「どうも、兎谷です。よろしく」

ぼくがおどおどしながら挨拶すると、彼女は照れくさそうにうつむいてしまう。

たぶん歳は二十歳前後。ショートカットで、赤いふちの眼鏡をかけている。

おそらくはじめての経験だろう、出版社の謝恩会という華やかな舞台に緊張しているようだ。しかし眉はキリリとしていて、どことなく気が強そうな印象を受ける。

と、ぼくはもう一度、彼女の顔を見る。

それからばかみたいに口をぽかんと開けて、

「は、はじめまして……？」

「そうですよ。兎谷先生」

マクガフィン先生は、さきほどまでの態度が嘘のように堂々と顔をあげる。

なぜ最初に見たとき、わからなかったのか。すでに何度も会っているのに。

「まことさんだよね、君」

「はて、なんのことでしょう?」

彼女は小首をかしげて、にっこりと笑みを浮かべる。

ドッキリ大成功、とでも言いたげに。

4　小説の面白さはひとつじゃない

「どういうことなのか、説明してくれないかな」

「わたしが初投稿で受賞したことについてですか?　それともデビュー作がすでに三度も重版がかかっていること?」

マクガフィンもといまことさんは、上目づかいでぼくの表情をうかがってくる。

清楚で物腰の柔らかかった彼女はどこへやら。自分が売れていることを誇示して、あからさまにマウントを取りにかかるような態度だ。おまけに彼女はぽんと手を打って、

「妹のまことに会いましたね。実はわたしたち、双子の姉妹で」

「え、マジかよ」

「嘘に決まっているでしょ。兎谷くんて架空請求とかに騙されるタイプ?」

そう言ってコロコロと笑う。

くそ、なんだこいつ……。言っていることが嘘ばかりで、なにを考えているかわからない。そのうえ早くも、ぼくに対して敬語を使わなくなっている。

「とりあえず、君に騙されていたことだけはわかった。まことさん……じゃなくてマクガフィン先生と呼べばいいのかな」

「まことでいいわよ。騙すつもりはなかったんだけど、わたしとしても色々と事情があって。わざわざネタばらしするのもめんどかったんで、こんな感じに」

そこで横にいた編集の小川さんが、驚いたような顔で、

「おふたりは、以前からお知りあいだったのですか」

「実は兎谷先生とはネトゲのオフ会でお会いしたことがありまして。あのときは強引にお酒を飲まされて、むりやり――やば、思いだしただけでフラバしそう」

「人聞きの悪いことを言うな！　……嘘です、嘘ですからね！」

あからさまに眉をひそめる小川さんに、慌てて弁解する。

まことさんの本性を知ってショックを隠せないぼくは、深くため息を吐いたあと、

「いくらなんでもひどいじゃないか、金輪際先生の妹だなんて嘘までついて。君は知らないかもしれないけど、あの人の妹さんは――」

「亡くなられているんでしょ。でもわたしがあの人の妹っていうのは、あながち嘘でもないの。あと一応、兎谷先生のファンってことも」

彼女は悪びれもせずそう言って、可愛らしく胸に手をあてる。

仕草がいちいちあざといし、ぼくを挑発するような――それでいて媚びを売るような態度が鼻につく。

できれば詳しい事情を聞きたいところだけど、隣に編集の小川さんがいるので話題をふりにくい。まことさんとふたりきりで話ができるように、誘導していかなくては。

「しかし君が小説を書いているとは思わなかったな。できれば創作について意見を交換したいんだけど。たとえば作品をヒットさせるコツとか、さ」

「売れてないもんね、兎谷くん。今のままじゃ生き残れないよ？」

横で聞いていた小川さんも、さすがにぎょっとした顔をする。

ぼくは苦笑いを浮かべて「あ、大丈夫なので」とフォローを入れる。そして、

「この業界に先輩も後輩もないからね。売れたやつが正義というのはある意味、正しい」

「心の中ではそこまで割り切れていないくせに。この前だってウジウジ悩んでいたでしょ。だから欧山概念の原稿なんてオカルトに、手をだしちゃったのかしら」

「ぼくとしちゃ、そんなつもりはなかったんだけど」

この口ぶりからするとやはり、〈絶対小説〉がらみで近づいてきたのだろう。

初投稿で最優秀賞、デビュー作は即重版。作家として順風満帆な道を歩みつつあるマクガフィン先生は、ヒット作品を生みだすコツを得意げに語りはじめる。

「小説をヒットさせる方法なんて簡単でしょ。ライトノベルの読者はストレスのない物語を求めているの。単純に主人公が強くて、可愛い女の子たちが自然と寄ってきて、非モテのキモオタが考えそうな妄想をそのまま書けばいいわけ」

まことさんが語ったのはあまりにも雑な創作論と、上から目線のアドバイスだった。

厄介なオタクの書きこみをネットから拾ってきたような偏見に満ちていて、自分の作品を手にしてくれた読者さえ見下している。ＳＮＳで発信したら炎上まちがいなしだ。

「でも、本当の君はもっと真面目に創作に打ちこんでいるんじゃないかな。でなければあんな結果は出せないよ」

「なにそれ、兎谷くんがそう信じたいだけでしょ。わたしはライトノベルが好きなわけでもないし、お金を稼ぎたかったからやってみただけ。小説は才能と運がすべてなの。それも行間すら読めないようなばかを騙す、才能のね」

なにも言いかえせなかった。

売れているやつと売れてないやつ、どちらの理屈が正しいかと問われれば、どうしたって売れているやつのほうに分がある。

あるいは彼女の言うように、感情を捨て、創作者としての矜持《きょうじ》さえ投げ打って、ひたすら読者の受けを狙った作品を書いたほうが成功するかもしれない。

だとしても否定したかった。認めたくなかった。

いや、ちがう。そういうことじゃない。

小説を書くっていうのは、物語を作るっていうのは、そんなふうに白黒をつけるようなことじゃない。認めるとか認めないとか、売れているとか売れてないとか、優れているとか劣《おと》っているとか、誰かの作品と比べて勝ち負けを決めるような、数字や成果を求めて競いあうようなことじゃなくて、もっと単純で、だけど奥深い行為のはずだ。

「それでも……ぼくは信じるよ。魂を込めて書いていれば、誰かの心に届くって。君の小説が売れているからどうとかじゃなくて、あくまで自分の小説が面白いかどうかだから」

創作に正解はない。小説の面白さはひとつじゃない。

それならぼくはぼくのやりかたで、自分が面白いと思える物語を届けたい。

しかしまことさんにこの思いは届かなかったのか、

「真顔でそんなこと言って恥ずかしくないの？」

「恥ずかしいに決まっているだろ。でも言わなきゃ伝わらないじゃないか」

「そうでもないわよ。読んでいればちゃんと伝わってくるから」

まことさんはそう言って、ぼくに手を差しだしてくる。

意図が読めなくてきょとんとしていると、

「だってわたし、あなたの小説が好きだもの。そういう暑苦しいところもふくめてね」

彼女は照れくさそうに笑う。

まるで熱烈なファンが、握手を求めているみたいに。

◇

めちゃくちゃ回りくどいやりかたで発破《はっぱ》をかけられた。クソめんどくさくて素直じゃない読者に励《はげ》まされた。

ぼくがまことさんの真意を察したのは、謝恩会から連れだされてしばらく経《た》ってからだった。

サラリーマンが行きかう夜の繁華街。前を歩くお姫様の背中に、問いかける。

「清楚で優しそうなまことさんはどこに消えたのさ。いや、決して今の君が悪いって言いたいわけじゃないけど……」

「かわいそう。もてあそばれちゃったのね」

「お願いだから、真面目に話を聞いてくれないかな」

ぼくが力なく肩を落とすと、まことさんは振りかえってイタズラ小僧のような笑みを浮かべる。謝恩会の会場では最後まで金輪際先生と話せなかったし、どうしてこんなことになったのか。彼女はなおも誘いかけるような声音で、

「もてあそばれたいんじゃないの、わたしに。だって兎谷くんて小説が好きでしょ」

「どこがどうつながってその結論になるのかよくわからないよ。君は小説じゃないんだし」

すると彼女はクスクスと笑って「本当にそうかしら?」と返してくる。

その笑顔は恐ろしいほどに魅力的で、目の前にいる女の子は幻なのではないかと思えてしまう。だけど今回ばかりはさすがに、夢オチということはないはずだ。

「恋愛ものにしてもファンタジーにしても、どんでん返しがあるSFやミステリとかならなおのこと、読んでいるときは作者の手のひらで踊っているわけじゃない。それをなによ

りも楽しんでいるわたしたちは、基本的にもてあそばれることが好きなのでは？」

それからまことさんは「あるいは作家になるくらいだし、もてあそぶことも好きなのかも」とつけくわえる。

彼女の期待に満ちたまなざしは、ぼくの顔にじっと向けられている。

「今はそんな気分じゃないし、君にたずねておきたいことがたくさんある。できれば落ちついたところで話がしたいんだけど」

「話をするだけでいいのかなあ。わたしと小説みたいなこと、してみたくないの？」

小説みたいなこと、か。

ぼくは欧山概念にまつわる土地を取材中に見た、河童の楽園のことを思いだす。

しかしあれは夢でしかなかったわけだから、彼女の記憶にはないはずだ。

「話をするついでに遊ぶくらいならいいけど、どうせなら楽しいことにしよう。たとえばビリヤードとかダーツとか、なにか希望があれば言ってよ」

「なんだかナンパされているみたいね。でも兎谷くんて童貞でしょ。顔に書いてあるわ」

まことさんはぐっと距離をつめてきて、ぼくの両手をがっしりと握る。

それからロクでもないことを企《たくら》んでいそうな表情で、

「ねえホテル行こ」

「は？」

思わず聞きかえした。あまりにも唐突だったので、頭がついていかない。

ぽかんと間抜け面を浮かべていると、まことさんはさらに具体的な希望をのべる。

「セックスしようよ。したいでしょ、兎谷くん」

「いや、だから、ぼくは……」

「したくないの？」

したいかしたくないかで問われたら、そりゃしたいに決まってるだろうに。

でもぼくはさっき、落ちついて話をしようと言ったばかりじゃないか。

なのにどうして、そういう流れに。

「ホテルなら落ちついて話もできるし。兎谷くんが我慢できれば、ね」

「なるほど」

なにがなるほどなのか、自分でもよくわからなかった。しかしまことさんがぐいぐいと手を引っぱるので、流されるままにピンク色の世界めがけて歩きはじめる。

やばい……。どう考えてもぼくは今、彼女にもてあそばれている。

◇

というわけでラブホテルである。

知識としては知っていたけど、ドスケベなことをするために作られた空間は、当然のようにドスケベなムードに満ちていた。

ぼくがロボットのようにギクシャクしていると、まことさんはなぜか命令口調で、

「ベッドに座れ」

ぼくは言われたとおりにする。これから、なにがおっぱじまるのか。

いや……ちがう。相手のペースに呑まれてはいけない。

「待って待って！　落ちついて話をするんだよね、これから！」

「だからそうしましょって、わたしは思っていたんだけど」

「そうなの？」

なぜだか残念な気分になってしまう。

ぼくの気持ちを知ってか知らずか、まことさんはこんな言葉を続ける。

「欲しくないの？　普通なら手に入れたいと思うはずでしょ」

最初はなんのことかと思った。

だけどすぐに〈絶対小説〉の話をしているのだと気づく。

「比類なき文才が宿る原稿、か。それって結局どういうものなわけ。欧山概念みたいな小説が書けるようになるって解釈でいいのかな」

「たぶんね。……考えてもみなさいよ。自身の最高傑作を構想しながらも、書くことのできなかった文豪の怨念が宿っているわけでしょ。ものすごいパワーになると思わない？」

確かに、死んでも死にきれないと思うくらいには悔しいかもしれない。

そしてこの様子からするとまことさんは、〈絶対小説〉についてかなり詳しそうだ。

だからちょっと踏みこんだことを、たずねてみる。

「君は紛失した原稿を狙っているのか。NM文庫新人賞の最優秀賞にデビュー作が三度も重版。それでもまだ、自分の才能に自信が持てないかい」

「少なくともわたしはまだ、満足のいくものは書けていないわ。あなたはどうなの」

「ぼくはオカルトなんかに頼らないで、自分の力でなんとかするよ。でないとせっかく書きあげた作品が、欧山ナントカとかいう百年前の文豪の手柄にされちゃうだろ」

「理想ばかり語るのね。兎谷くんのそういうところ、好きよ」

まことさんはそう呟くと、ぼくの顔をじっと見つめる。

彼女は試すような目つきで、饒舌《じょうぜつ》に語りはじめた。

「でも……想像してごらんなさい。たとえば今の状況が、何年も何年も続くのだとしたら。いつまで経っても新作が出せず、あるいは苦労のすえにようやく本が出せたとして、それでもさっぱり売れず、読者にも酷評されて逆戻り。それとも運よくヒットを飛ばして結果を出せたと思ったら、次はもっと売れる作品を、もっと面白い作品をと、求め続けられる。そうなってもまだ自分の力でなんとかすると、開きなおっていられるの？」

ぼくは返答に詰まってしまう。

実際、どうなのだろうか。あらためて問われると迷いが生じてくる。

「兎谷くんはまだ、疲れていないだけ。でもあの人はそうじゃなかった」

誰のことを言っているのかは、すぐにわかった。

まことさんの言葉どおり、金輪際先生は理想を追い求めることに疲れていたのだろう。デビューしたばかりのぼくよりも、ずっと。

「金輪際先生とはどういう関係なの。たぶんだけど、知りあいなんでしょ」

「だから、妹みたいなものだって」

ぼくは首をかしげる。

ところがまことさんは唐突に、話題を変えた。

「わたし、身体が弱かったの。生まれつき心臓に欠陥があって、それでずっと本ばかり読んでいた。おかげで今や立派な文芸オタクになったのだけど」

「そんなふうには見えないな。ぼくが重度の引きこもりだったみたいに、君も作家になるきっかけみたいなものがあるわけだ」

「当時はただ読むだけで、自分も書いてみようなんてこれっぽっちも考えてなかったわ。だから作家を志すきっかけはずっと後、たぶんあの人に会ってから」

「……金輪際先生と?」

ぼくが問いかけると、まことさんは肯定するように笑みを浮かべる。

それからくるっと身体を動かして、こちらと向かいあうように座りなおした。

「兎谷くんと同じ。わたしの場合は精神的なやつじゃなくて、死にかけたのだけど」

まことさんは謝恩会にいたころから羽織《はお》っていた紺のボレロを脱ぐと、中に着ていた白のブラウスのボタンを、ぷちぷちと外しはじめる。

ぼくがぎょっとして見守る中、彼女はあらわになった胸もとに手をあてる。

「ほら見て、ここにちょっとだけ手術の痕《あと》が残っているでしょ」

「おお……うん。ある、あるかも」

「ちゃんと見て。なんなら触ったっていいし」

動揺したまま、ぶんぶんと首を横にふる。白レースのブラジャーと柔らかそうな肌色にばかり目がいってしまうし、うっかり触ろうものなら、絶対に我慢できなくなる。

真面目に話がしたいのか、やっぱり誘惑しているのか。

ぼくが計りかねていると、まことさんは寂しそうな顔で、こう呟いた。

「ここにいるの。あの人の妹が、今も」

「は……？」

驚いて目をみはる。またオカルトの話だろうか。

戸惑っていると、まことさんは強引にぼくの手を取って、胸もとの傷を触らせる。

きめ細かい肌ごしに、とくんとくんと心臓の鼓動が伝わってくる。

「兎谷くんは臓器提供の意思表示はしている？　金輪際先生はしていたみたいよ。彼の妹さんもね」

ぼくはなぜ今、そんなことを聞かれたのか考える。

しばらくしてようやく、彼女がなにを言おうとしているのかを理解した。

金輪際先生の妹さんは、確かに今も生きている。

この柔らかな胸のうちに——移植されて。

5　失うことを恐れていては、なにも得ることはできない

驚きのあまり、しばらく言葉が出てこない。別世界の話を聞いているようだった。

だけどまことさんの胸もとにはまぎれもなく手術の痕があるし、金輪際先生の妹のようなものという言葉も、心臓が移植されたという経緯があるなら意味はとおる。

黙っているぼくに構わず、彼女は懐かしそうに語りはじめる。

「臓器提供者の家族と移植された人って、日本だと直接連絡を取りあったりできないんだけど……金輪際先生はいったいどうやったのか、ある日突然、元気になったわたしの前に現れたの。それからかな、たまに会って話すようになったのは」

「じゃあ小説を書きはじめたのも、そのころからってこと?」

「そうね。がんばって書いたのに、クソミソに叩かれて泣きそうになったこともあったわ。それでもわたしは挫《くじ》けなかったし、今じゃこうしてデビューもできた。でも賞を獲《と》ったのにあの人はなにも言ってこなかったわ。素直な人じゃないから」

「ぼくの知っている金輪際先生とは、まるで別の人みたいだなあ。なんだかんだであのおっさんて世話好きだし、構われすぎてめんどくさいくらいだよ」

「兎谷くんは可愛い後輩で、わたしは生意気な妹だからでしょ」

言葉のわりに楽しそうな顔で、まことさんは言った。

ぼくは思いきって、気になっていたことをたずねる。

「好きなの？　先生のこと」

「そういうのとはちがうかな。でも認められたいことは確か。……作家として？　ひとりの人間として？　妹として？　よくわかんない。我ながらおかしな話だけど」

「そうでもないよ。なんとなく伝わったし」

なんて言いながら、ぼくは密かにほっとする。

まことさんと金輪際先生が恋仲だったら、かなりのショックを受けていたはずだ。

「兎谷くんは、あの人の作品をぜんぶ読んでいるの？」

「デビュー作からひととおりね」

「〈多元戦記グラフニール〉も？」

「もちろん、一番のお気に入りさ」

「ミユキのモデルってわたしなんだけど。あと、妹さんもすこし入ってる」

「……マジで？」

だけど言われてみれば、彼女はまさしくミユキだった。

金輪際先生にとっての、もうひとりの妹。

失ったはずの大切な人で、だけどまったく別人の——もうひとりの妹だ。

小説の世界から飛びだしてきたミユキは、ぼくの隣でつらつらと語る。

「〈多元戦記グラフニール〉には金輪際先生の魂がこもっているの。すべてをそそいで書いた作品なの。でも、だからこそ、出来栄えに満足していなかったみたい。めんどくさい人だから」

「そっか……。でも、ぼくは好きだったよ」

「めちゃくちゃ影響を受けてるもんね、デビュー作」

今さら否定するつもりはない。ぼくは無言でうなずいた。

すると彼女はちょっと照れくさそうにこう言った。

「わたしは好きよ。先生の劣化コピーなんて言う人もいたけど、あれはまぎれもなくあなたの作品。そのせいで嫉妬《しっと》しちゃうくらいだったし」

「……なんで?」

「認められているから。あの人にも」

そうなのだろうか。実感はなかった。

とはいえ新人作家が大勢いる中で、金輪際先生がぼくだけを構い続けているのは事実だ。彼の作品の熱心な読者だからか、作風が似ていて気が合うからか、色々と理由はあるのだろうけど、もし彼女の言うように認められているのだとすれば、素直に嬉しい。

「欧山の原稿が目的で近づいたのは認めるけど、兎谷くんのことだって知りたかったの。謝恩会でも言ったけど、あなたの作品のファンってのは本当だし」

「その言葉だけは信じることにするよ。でなけりゃショック死しちゃう」

ぼくが苦笑いを浮かべると、彼女はブラウスを着直して、はだけていた胸もとを隠してしまう。残念な気もするけど、今は真面目な話をしているのだからこれでいいのだろう。

「まちがっていたらごめんね。もしかすると兎谷くんも、金輪際先生と同じような経験をしているんじゃないかな」

「どういう意味？」

「だって、そうじゃないと魂を込められないでしょ。あの人みたいな、〈多元戦記グラフニール〉みたいな――なにかを失った人のための小説に影響を受けて、自分も書いてみようなんて思わないし、ほかでもない金輪際先生に認められるような作家に、なれるはずがないもの」

嫉妬のまじった声で、まことさんは問いかける。

ぼくは以前、小説を書きはじめたきっかけを、彼女に話していた。

だからなんとなく察したのかもしれない。

中学生のころ、ぼくが重度の引きこもりになった、理由について。

「そんなに珍しい話じゃないよ。好きだった子が交通事故で、さ。と言っても親しかったわけでもないし、中学生のころだし、本気で恋をしてたのかどうかすら怪しいくらいだ」

「でも悲しかったんでしょ。ずっと引きずっているくらいには」

「どうだろ。怖くなったのかもしれない。だって急に、いなくなるんだから」

だけど失うことを恐れていては、なにも得ることはできない。

〈多元戦記グラフニール〉だけじゃない、いろんな物語にそう教えてもらったから、ぼくは今、ここでこうしている。

そこでふと、紛失した原稿——今はどこにあるのかすらわからない、〈絶対小説〉の序文に書かれていた言葉を思いだす。

小説を読むというのは、幸福ではない人間が現実から逃げるための行為だ。

しかし小説を書くというのは、現実から受けた傷を癒やすための行為であると。

当時のぼくに必要だったのは、漠然とした喪失から逃げるための読書だった。

そして〈多元戦記グラフニール〉を書いていたころの金輪際先生に必要だったのは、喪失の傷を癒やすための創作だったのだろう。

「兎谷くんと先生は似たもの同士なのかもね。だとしたら、もうひとりのリュウジかな」

「その理屈だとぼくはともかく、主人公のほうのリュウジがスキンヘッドのおっさんになっちまうよ。君はそのままで、ミユキとしちゃ問題ないだろうけどさ」

ぼくらはそう言って、クスクスと笑う。

まことさんはたぶん、ぼくの中に金輪際先生を求めている。

ぼくは彼女の中に、いったいなにを求めているのか。

中学のころにいなくなってしまった、初恋の女の子。

それとも大好きだった、〈多元戦記グラフニール〉のミユキだろうか。

いずれにせよ、お互いになにかを求めていて。

若い男女が肌を重ねる口実は、それだけで十分だった。

「大丈夫。兎谷くんは童貞だろうけど、わたしは慣れてるから」

「そんなふうに言われると、複雑な気分だな……」

とはいえ草食系男子としては、女の子にリードしてもらったほうが安心だ。

真面目な話はこのへんでお開きにして、彼女と甘い一夜を過ごすことにしよう。

◇

こうしてぼくはめでたく童貞を卒業することができた。なにもかもがうまくいったように思えたのだけど、実は最後に意外なオチが待っている。

なんと、まことさんも処女だったのだ。

不思議に思ってそのことについてたずねると、彼女は悪気を感じさせない顔で、

「……まさかとは思うけど、移植の話も本気にしてないよね？」

ぼくのほうは身も心も丸裸にされたのに、彼女のほうは嘘まみれだったわけだ。

というよりずっと、もてあそばれていただけだったのかもしれない。

第四話　ネオノベルクロニクル

1　本音を言えば原稿に集中したいんですよ

謝恩会を終えて、数週間が経った。

結局あの日は金輪際先生と話をつけるという目的を果たせなかったし、今や謎めいた女の子となってしまったまことさんに、もてあそばれるだけに終わってしまった。

彼女はいったいなにがしたかったのだろう？　あの日から一度も会っていないし、どころか唯一連絡を取れる手段だったTwiggerのアカウントは、いつのまにか削除されていた。

だけどなんとなく、そう遠くないうちに会える気がしている。

自分でも不思議なのだけど……まことさんとは運命的なものを感じるというか、甘い一夜を過ごしただけで終わってしまうような出会いとは思えなかった。

もちろん、気にならないと言えば嘘になる。

しかし今は〈絶対小説〉と金輪際先生の件に、早くケリをつけなくちゃいけないのだ。

ところがこちらも例によって、うまく事が運ばない。

スマホに何度かけてもつながらないし、こうなったら最終手段だと——彼の担当でもあるNM文庫の編集長様に電話をしてみたのだが、

『むしろ俺が連絡を取りてえよ……。新シリーズは来月の刊行予定なのに』

「え、じゃあ」

『あいつ、またバックレやがった！　どこ探しても見つからねえ！』

困ったことに、金輪際先生は失踪していた。

編集部でさえ行方を知らないとなれば、完全にお手上げだ。

向こうが忙しそうだったので早々に通話を終えたあと、ぼくは虚空に向かって呟く。

「結局また宙ぶらりん地獄じゃないか……。メメ子先生からも報告が来ないし、どうなっているんだよ。あれで売れっ子らしいし、仕事が忙しくて手がまわらないのかな」

そう思い彼女が経営している占いの館のホームページを開くと、意外な事実が発覚した。トップメニューに謝罪文とともに、

「うわ……火事だって？」

なんと、お店が全焼していた。

突然の凶報に戦慄しつつ詳細を読み進めていくと、幸いにも本人は無事だとわかる。ひとまずほっと安堵の息を漏らすものの、これでは原稿の行方を探すどころの話じゃなさそ

うだ。

「音信不通、失踪、店が全焼、か。欧山概念の怨霊《おんりょう》に呪《のろ》われているんじゃないかと思うくらい、不穏な情報ばかりだなあ。ぼくも悪いことが起きなければいいけど……」

なんて呟いた矢先にスマホが着信を知らせたので、びくっと震えてしまう。

手にとってみると、担当の鈴丘さんからだった。

編集長に電話したばかりだし、また上司の愚痴でも吐かれるのかと身構えていたら、

『やー、兎谷先生！　おめでとうございます！』

「へ……？　いきなりなんですか。今のところめでたい話はないですけど」

しいて言えば、謝恩会の日の夜に童貞を捨てたことくらいか。とはいえ編集者といえど担当作家の恋愛事情を把握しているはずもないし、それとは別の話だろう。

そこでぼくはこの一年、なにをやっていたのかを思いだす。

「会議にとおったんですか？　新シリーズの企画」

『そうそう！　えーと、数日前に送ってきてくれたプロットの中で、あれ。ファンタジーのやつ。ほかの編集からダメ出しされることもなく、すんなりオッケーいただけましたよ』

「マジですか！　やった！　じゃあ修正ポイントとかもなしで？」

『プロットそのままで問題ないですから、さっそく初稿に取りかかってください。締め切りは一ヵ月後に設定しておきますんで、なるべく早め早めに進行しましょう』

「本が早く出せるなら嬉しいのでがんばります！　ありがとうございます！」

ぼくが興奮してそう返すと、鈴丘さんはスマホごしにハハハと笑う。

そして最後に、

『兎谷先生は一年間、新人さんでは誰よりも精力的にプロットを出してくれましたし、そのぶんいい作品になると思います。私も読者として楽しみにしていますので、がんばってください』

と言ってくれるものだから、「はい、はい」と返事をしつつホロリとしてしまう。

なにせ一年間ずっと不合格の烙印を押され続けていたのだ。

おかげで電話を切ったあとも、新作が書けるという事実をうまく認識できない。

しばらくして実感がわいてくると、

「よおし、やってやるぞ！　最高傑作を書いてやる！」

さっそく初稿に取りかかろうと、ぼくは執筆ソフトを開く。

しかしそこで鳴り響く、ピンポーンの音。

なんでこう、やる気が出たときにかぎって邪魔が入るのか。不用心にも来客が誰か確認せずドアを開けると――いきなり金髪のねーちゃんに蹴飛ばされた。

「げふっ！」

「鳴らしたらはよ出ろ、売れておらんくせに待たせるな」

クソ占い師、襲来。

ぼくがわけもわからず悶絶していると、メメ子先生はなぜか焦りをにじませた声で、

「困ったことにメメ子たちは今、やばいやつらに狙われている。拷問されて廃人になりたくなかったら、ただちにこの場から逃げるのじゃ」

この女はいったい、なにを言っているのか。

逃走用のボストンバッグまで用意しているし、ドッキリにしちゃあまりにも本格的すぎる。

◇

「いちいち説明しないとだめか？　メメ子ほどの美少女が逃げろと言っているのだから、黙ってついてくるのが正解だと思うのだが」

「いきなりマンションに押しかけてくるようなやばい女のなにを信じろと」

「ふざけたことぬかすと火をつけるぞ。うちの店は燃えたのにお前んとこは無事とかマジ理不尽じゃと思わんか」

店が全焼という災難にあったばかりだからか、メメ子先生はだいぶ荒《すさ》んでいた。言動が危なすぎて余計に信じられないものの、うかつに刺激すると本気で爆発しかねない。

ぼくはあくまで穏やかに、

「実は新シリーズの企画がとおったばかりでして、本音を言えば原稿に集中したいんです

よ。だから説明もなしに逃げろと言われても困ります」

「なるほど、急に押しかけてすまぬ。しかしメメ子とてふざけているわけではない」

ようやく謝罪の言葉が出てきたので、ぼくはため息を吐く。

それを見て彼女も冷静になったのか、

「ネオノベルを知っているか？」

「最近できたばかりのレーベルでしたっけ。主にＷｅｂ小説の出版を手がけているという。今度ＡＩ執筆の作品を書籍化するとかで、話題になっていましたよね」

「ほかの噂は聞いておらぬのか。Ｗｅｂ作家を脅して人気作品の出版権をむしり取ったり、印税の仕組みをよく知らんアマチュア作家と詐欺まがいの契約書をかわしたりとか、作家を監禁して作品の権利を奪い取る、なんて話もあったかの」

「……冗談ですよね？」

「すべてが事実とはかぎらぬだろうが、ありえぬ話ではあるまい。なにせネオノベルの母体は、今や闇の出版業界人の巣窟《そうくつ》と化してしまった講談社。それも選《え》りすぐりの悪党を集めた文芸第四出版部よ。現にメメ子の店は火をつけられたし、ベストセラーを生みだすためならやつらは手段を選ばぬ」

この女、店が燃えたことで頭がおかしくなったのだろうか。

講談社になんか恨みでもあるのか？　と疑うレベルの被害妄想だし、闇の出版業界人という単語からして意味不明である。

「信じられぬか？　しかしアコギな商売をやっとる連中は、業界のいたるところに存在しておる。ほかの出版社にしても、世間の常識では考えられぬような悪逆非道な行いをする編集者のエピソードは山ほどあるであろ」

「まあ……それは、はい。最近じゃ作家連中も不信感を募らせちゃって、編集者不要論まで語られるレベルですから。この前なんてクソ編集アンソロジーなんてコミックスが出版されていましたし。ぼくは幸いにも経験したことないですけど、業界にやばいやつがいる、という話は実際に何度か聞いたことがあります」

「そういった一部のクソ編集のせいで、まっとうな編集者が肩身の狭い思いをしておるのが現状じゃな。しかしすべては大手の版元を隠《かく》れ蓑《みの》に私腹を肥やしておる、闇の出版業界人の仕業。やつらは戦後まもないころより業界の裏側に潜む、まごうことなき秘密結社よ」

早口でまくしたてるメメ子先生の瞳《ひとみ》を、じっと見つめたあと。

ぼくはゆっくりと首を横にふって、こう告げる。

「カウンセリングを受けましょう。陰謀論まで唱えだしたら完全にアウトです」

「嘘だと思うのなら構わん。ただメメ子としては、お前が拷問されて廃人になったり東京湾に沈められたりしたら夢見が悪いからのう」

「またそうやって不穏なことを……。そもそも狙われる心当たりがありませんて」

「せやな。売れてないからの」

「じゃあ帰ってください」

「待て待て待て！　本当にないのか、心当たり。作家かどうかというのはこの際、関係ないぞ。だからメメ子もやつらに狙われておるわけで」

言われてみれば……ベストセラーを飛ばすために、犯罪行為にすら手を染める過激な編集者がいるという話だけなら、占い師である彼女はまったく関係がない。

「さては〈絶対小説〉ですか？」

「ネオノベルの連中は、欧山概念の原稿を狙っておるのじゃ」

比類なき文才を宿す原稿だ。手に入れたときの経済効果はばかにならない。というよりジンクスの真偽がどうであろうと、名のある文豪が残したいわくつきの代物なのだ。話題性のために欲しがっていたとしても、不思議はない。

「でも紛失しちゃってるから、ぼくは関係ないですけど」

「やつらはそう思っておらん。だから兎谷に目をつけておるのじゃ」

彼女はそこでなぜか、部屋のコンセントをガチャガチャといじりだす。

そしてぽいっと小さな部品みたいなものを投げてきて、

「ほれ、盗聴器があったぞ。やつらが部屋に押しかけてくるのも時間の問題では？」

げ、マジかよ。ついに物証まで出てきてしまった。

2　逃げるってどこにですか

部屋に仕掛けられた盗聴器まで見せられてしまった以上、やばい連中に狙われている事実を認めるほかあるまい。

ぼくはすぐさま荷物をまとめると、メメ子先生とともにマンションを出る。

「ていうか警察に相談したほうがよくないですか？　あるいはネオノベルの人にぼくが原稿を持ってないことを説明してみるとか」

「それでどうにかなるようなら、最初からそうしとるわ。警察内部にも闇の出版業界人の仲間は潜んでおるから、下手に相談すると逆効果になるぞ」

店を燃やされた人間の言葉だけにいやに説得力がある。彼女は続けて、

「やつらはかつてノストラダムスの大予言なる終末論を喧伝《けんでん》し、この国を混沌《こんとん》の渦に叩き落としたことさえある。本を売るためなら世間を騙すことをも厭《いと》わぬ連中が、他人の話を素直に聞くわけがなかろう。作家として価値のないお前なんぞ、拷問部屋に直行じゃ」

「ええ……。めちゃくちゃ容赦ないですね……」

「原稿が手もとにないと理解してもらえたとしても、そのときは非人道的な拷問を受けたあと。お前の精神はズタボロに崩壊し、作家としての未来は永遠に断たれておる」

ぼくを脅かそうと、おおげさに言っているのだろうか。闇の出版業界人だとか拷問され

て廃人にされるだとか、小説の設定だってもうちょいリアリティがあるし、真面目に考えようとすればするほど騙されているような気分になってくる。

しかしメメ子先生の顔にも恐怖がにじんでいるのを見て、これはマジかもしれないと思いなおす。いよいよ危機感が芽ばえてきたところで、

「狙われている理由が〈絶対小説〉がらみなら、金輪際先生やまことさんも危ないような」

「まこちゃんは大丈夫だな。あの子の実家もやばいから、下手に手を出すと戦争じゃ」

できれば知りたくなかった情報がぶちこまれて、ぼくは内心ショックを受けてしまう。まことさんて仁義なき家系だったのか。

温厚そうに見えて破天荒なところが、イメージにマッチしているから困る。

「金輪際くんのほうはあかんな。失踪癖があるとはいえ、このタイミングで音信不通はよろしくない。下手すると拉致《らち》されたか、あるいはもはや――手遅れやもしれぬ」

「いやいやいやいやいや、やめてくださいよ！　縁起でもない！」

ぼくは冷や汗をたらして否定する。

先生が失踪しているのは事実なので、本気でシャレになっていない。

「まあたぶん、あのおっさんも大丈夫であろ。おおかた狙われているのを察知して、自ら行方をくらませたのではなかろうか。なにせお前を囮に使うくらいだしの」

「はあ……。それならいいのですけど」

安心してそう言ったところで、ぼくはひとつ引っかかりを覚えた。

「ぼくを、囮に？」

「おっと、うっかり口をすべらせてしまったな。ハハハ」

「説明してください」

「聞くところによると、金輪際くんは『兎谷くんに原稿を譲った』と周囲に吹聴《ふいちょう》していたようでの。欧山の魂に選ばれたとかナントカ、よくわからんことを話していたとか」

そういえば以前は担当の鈴丘さんと話をするたび、紛失した原稿のことで文句を言われたのに、近ごろはまったく触れられなくなっていた。

ぼくのために〈絶対小説〉の件を水に流してくれた、とも考えられる。ただ実際は、

「雲行きが怪しくなってきたから、ぼくに厄介ごとをなすりつけてバックレたと」

「あいつマジ最悪よな」

毎度毎度、どうしてこうも金輪際先生に振りまわされてしまうのか。

メメ子先生も「まったくなあ……」と困りはてたように吐き捨ててから、

「おかげでお前から依頼を受けて、色々と調べていたメメ子も仲間だと思われたようでの。とばっちりを食らったおかげで八方塞《はっぽうふさ》がりだし、もはや逃げるほかあるまい」

「逃げるってどこにですか」

ぼくが足を止めてたずねると、彼女は駅のある方角を指さした。

「欧山概念がこよなく愛していたという、とある温泉地に向かう。メメ子たちもそこに身

を隠しつつ、紛失した原稿の手がかりを探すとしよう」

「お目当てのものを渡せば、ネオノベルの連中だって満足するわけですからね」

「やつらのいいように使われるのはシャクだがの」

しかし……作家ゆかりの地とはいえ、原稿の在処《ありか》とつながりがあるとはかぎらない。

だというのに彼女は、温泉地に行けば手がかりがつかめるとでも言いたげな雰囲気だ。

ぼくが首をかしげていると、

「かの温泉地にはいまだ、欧山概念の残留思念がとどまっておるやもしれぬ」

「残……？　今なんと？」

「メメ子のイタコ術を使って、彼の霊を呼びだしてみるのじゃ」

イタコ。ひさびさに聞いたな、その単語。

メメ子先生は占い師、いわばオカルトの専門家。スピリチュアルな手段を使ってどうにかしようというのは、彼女からすれば自然な考えなのだろう。

困ったな。うまくいきそうな気がまったくしないぞ……。

◇

ともあれ今は、メメ子先生のほかに頼る相手はいない。

ぼくらは目的地をめざして、電車で移動する。

平日の昼間。車窓から外の景色を眺めていると、夏の終わりごろにまことさんと取材に行ったことを思いだす。思えばあのときも、欧山概念ゆかりの地へおもむいたのだ。

しかし今回の旅のおともはメメ子先生なので、いまいち心がおどらない。

「なんじゃ、じろじろ見て」

「いえいえ。そういえば件の温泉地って群馬なんですね。めっちゃ地元ですよ」

「お前の個人情報なんぞどうでもええわ。プロの作家ならもっと面白い話をしろや」

そう言ってメメ子先生は、座席で足をプラプラさせる。

見たところ二十代後半から三十代前半くらいなのに、仕草がどうにも子どもっぽい。

「すみませんね、これでもけっこう忙しいんですよ。問題がかたづくまで自宅にいないわけだし、念のためその旨を担当さんに伝えておかないと」

ぼくはそう言いつつ、鈴丘さん宛《あて》にメールを送る。

『執筆に専念するため、しばらく温泉地に滞在します。諸事情でバタバタしているので急な連絡に対応できないかもしれませんが、締め切りには間に合わせます』

こんなところで大丈夫だろうか。

スマホから目を離すと、隣でじっと見ていたメメ子先生が、

「そういえばお前、どんな新作を書くのだ」

「……え、気になりますか？」

「ヒマだし聞いてやる。編集者ではない、読者の忌憚《きたん》なき意見があれば参考になるじゃ

ろ」

「そうですね。じゃあせっかくですから、かいつまんで話しましょう」

というわけで目的地に着くまでの道すがら、新シリーズのあらすじを語ることにする。

その名も――〈偽勇者の再生譚《リバイバリー》〉

ぼくがタイトルを告げたところ、

「いかにもライトノベルという感じだな。察するにファンタジーか」

「流行のジャンルですからね。舞台はベタに中世ヨーロッパ風の異世界。主人公の少年ライルは勇者の生まれ変わりでして、国王より聖剣エウレーカを託され、三百年ぶりに復活した魔王を倒すべく冒険の旅に出かけます」

「設定にヒネりがなさすぎでは？」

「まあ聞いてくださいよ。オリジナリティがあるから企画はとおったわけですし」

「言われてみればそうじゃな。口を挟んですまなんだ」

メメ子先生が素直に謝ってきたので、ぼくは笑ってしまう。

ここから徐々に王道路線から外れていくわけだが――はたして彼女の評価はいかに。

「勇者が旅に出るといっても、この世界の人間たちは魔王が復活するまでぼーっとしていたわけではないんです。三百年もあったのですから入念に準備を重ねていて、パーティーの仲間たちは選びに選び抜かれた精鋭で、道中の魔物もあらかじめ討伐されたあと。だからとくに困難もなく、どんどん先に進んでいきます」

「実戦を経験しないまま魔王と戦って大丈夫か。だってレベル1のままじゃろ、勇者」

またもや話の途中で、ツッコミを入れてくるメメ子先生。

とはいえ読者の心の動きがわかるから、よい参考になるとも言えよう。

「もちろん、主人公のライルも不安に思います。しかし聖剣エウレーカを持って戦えば、すぐに勇者の力に目覚めるから大丈夫、と仲間に言われてしまうわけで」

「都合がよすぎて逆に不穏だのう」

「で、ライルたちはやがて四天王のひとり、宵闇《よいやみ》のガルディオスと戦うことになります」

「いかにも強そうな名前じゃの。全滅するのか、全滅するんだろ」

「……あの、いちいち先の展開を読もうとしないでください」

まったく、厄介な読者サマである。

ぼくは気を取りなおして、あらすじの続きを語った。

「ガルディオスは四天王の中で最弱。だからライルたちは苦戦することなく、相手を倒せるはず。ところが――こちらの攻撃はまったく通用せず、精鋭揃いだった仲間たちは次々と敗れていきます。ライルは一縷《いちる》の望みをかけて聖剣エウレーカをふるうものの、その一撃はガルディオスにたやすく受けとめられてしまいました」

「おかしな話じゃな。聖剣を持てば、勇者の力に目覚めるのではなかったのか？」

「本来であれば、そうなりますね。でもライルは勇者の生まれ変わりじゃなかったので」

メメ子先生はわかりやすく、首をかしげてみせる。

反応がおおげさなので、子どもに話を聞かせているような気分になってきた。

「敵のほうも魔王復活に向けて入念に準備をしていたんですよ。勇者の生まれ変わりがこの世に現れたばかりのころ、密かに平民の赤子とすり替えておいた。つまりライルは」

「偽物だった、というわけか」

ぼくはうなずいてみせる。

ここで『偽勇者』というタイトルの意味が回収されるわけだ。

「しかも勇者ユリウスの生まれ変わりだったはずの少年は、今や魂を失った抜け殻の状態。いずれはその肉体に、復活した魔王が宿ることになります。すると唯一魔王を倒すことのできる聖剣の力をほかでもない魔王が手にする、という絶望的な状況になりまして」

「なかなかに容赦のない展開じゃな。それでライルはどうなるのだ」

「メメ子先生の予想どおり、ガルディオスに殺されます。これにて勇者たちは全滅。人間たちの未来は、もはや闇に閉ざされる運命となってしまいました……とさ」

「ふーむ。王道の邪道という感じでツカミとしちゃ悪くないかもしれん。むろん敵にやられたまま終わり、というわけではなかろうな」

「そりゃもちろん。むしろここからが物語のスタートですから」

「けっこうけっこう。目的地に着くまで時間はある。もったいぶらずに最後まで話せ」

この反応からすると、ひとまず序盤の展開は満足していただけたのだろうか。

ぼくは内心でガッツポーズを決めたあと、彼女に物語の続きを語ることにした。

「だからな……ライルの親友になるキャラは、同性にしたほうが自然ではないか」

「でもこれ、ハーレム系ですから。基本的に全滅したあとで加入するメンバーはみんな女の子になります。金髪の清楚おっぱいエルフ聖女、黒髪ショートのクール盗賊、あと赤髪のやんちゃ半竜ガールてな具合に」

「カーッ！　ライトノベルはもっと男キャラを出せ！　でないと妄想できぬであろ！」

「それはそれで、別のジャンルになってしまう気が……」

◇

電車を降りて、温泉地最寄りの駅にてバスを待つ間。ぼくは新シリーズの内容について、メメ子先生からのアドバイス？　というよりほぼ個人的な要望に耳をかたむけていた。

彼女が自販機で買ったコーヒーを片手に熱心に語るものだから、

「気にいっていただけたのならよかったです。メメ子先生の反応を見るかぎり手応え《てごた》は感じたので、これからさらに面白くなるよう努力してみます」

「お前の新シリーズが無事に刊行できるよう、メメ子も一肌脱いでやるぞい。ネオノベルの連中に捕まったら、構想だけで終わってしまうやもしれぬからの」

「あはは……。ぼくも早いとこ執筆に集中したいですよ」

なんて話していたところで、目的地に向かうバスが到着する。

メメ子先生はコーヒーの空き缶をゴミ箱にぽいと投げ捨てると、

「思い描いたものはやはり、かたちにしておくべきじゃや。神様がもし人間を作るのを途中でやめていたら、メメ子たちはこの世に存在していなかったわけだしな」

「そりゃまたずいぶんとスケールの大きな話ですね。ぼくが神様だったら、たぶん室町時代あたりで投げてますよ」

彼女は「ハハハ」と大きな声で笑ったあと、自分のボストンバッグをひょいと担いでバスに乗りこんでいく。そのあとを追いながら、ぼくは小声で呟く。

「……なんだかんだでいい人じゃないですか、メメ子先生」

「ばかめ。今さら気づいたのか」

げ、かなりの地獄耳。イメージどおりといえば、そのとおりかもしれないが。

今後はうかつに陰口を叩かぬよう、気をつけなくては。

3　欧山概念て本当に死んでいるんですか

「群馬は温泉地が多いからのう、ここは草津あたりのメジャーどころと比べると若干マイナーよな。しかしちょい寂れたところも風情があってよいし、牧場やら美術館やら温泉以外にも楽しめるところがある」

「ぼくは小学生のころに遠足で牧場に行ったとき以来ですね、このあたりに来るの」

温泉地に到着し、宿のチェックインをすませたあと。イタコをするには時間が早いということで、観光がてら周囲を散策することになった。

昭和レトロな木造家屋が立ち並ぶ石段街を歩きつつ、メメ子先生と他愛《たわい》のない会話をかわしていると、闇の出版業界人とかいう不条理な輩《やから》に狙われている事実をついつい忘れそうになってしまう。

「石段をもうちょいのぼった先に、細い道があってな。そこをさらにずっと進んでいくと欧山概念の記念館というのが、ひっそりと佇んでおるのだ。イタコ術で彼の残留思念を呼びだすのであれば、できるかぎりシンクロ率を高めておきたいからのう」

よくわからないけど、オカルトにも色々と理屈があるようだ。やがてメメ子先生はお土産屋さんと喫茶店の間の、人ひとりがギリギリとおれるくらいの路地に足を向ける。

「この先に記念館があるんですか？　道と呼ぶにはあまりにも……」

しかしメメ子先生は構わず、野良猫のごとき身軽な足取りで先に進んでいく。ぼくが四苦八苦しながらあとを追うと、彼女は金髪ツインテールを揺らしながら、

「記念館、といっても小さいからな。個人の邸宅を改築して作っておるから展示物もしょぼいし、わざわざ足を運んだ欧山概念のファンのほとんどが、がっかりして帰っていく」

「読者がカルト集団化してしまうような文豪のくせに、記念館のほうはオンボロって」

「運営しておるのがクラスタではないというのもあるが、まあこんなもんであろ。夏目漱石《なつめそう》

石《せき》やらとちがって生前はさっぱり売れず、世界的に評価されたのも死後だからのう。作品の内容があまりにも先鋭的すぎたがゆえに、一般大衆の理解を得るには時間が必要だった。いわゆる早すぎた天才というやつじゃの」

「そう聞くとまるで、ゴッホみたいですね」

「夭折したくらいだし運のない男だったのだろうなあ。——ほれ、見えてきたぞ」

メメ子先生が指さしたので、ぼくは路地の先に目を向ける。先に知らされてなければ古い民家だと思ってしまいそうな、こぢんまりとした木造の建物が佇んでいた。

「これが……記念館？　でも看板は出ていますね。入館無料」

「ほとんどオバケ屋敷《やしき》よな。展示物もマジでたいしたことないから覚悟しとけ」

じゃあなぜ足を運ぼうなんて言いだしたのか。

いや、欧山概念にまつわる史跡をまわるという趣旨は理解しているけど。

◇

記念館に入ってから数分後。

展示物の目玉のひとつ『欧山概念の胸像』を眺めながら、ぼくは乾いた声で呟く。

「ほんとにクオリティが低い……。入館料がないのも納得ですよ」

「肌の塗料が剝《は》げてゾンビみたいになっとるもんな。しかも本人の写真とか肖像画がないから、一から十まで想像で作ってるんだぞ、これ」

そういえば欧山概念がどんな人物だったのかについては、今なお謎に包まれているのだった。しかし少なくとも、目の前にある邪神像のような姿でないことは確かだろう。

「ていうかしょぼい以前に、ありえないくらい展示物が少ないですよ。手書きの年表とか椅子《いす》とかはありますけど。この椅子って欧山本人が使っていた品なんですかね？」

「んなわけなかろう。そもそも愛用していた品々は概念クラスタが独占しておって一般に公開されとらん。だから余計に飾るものが少ないのだ」

「ここでも例のカルト団体が出てくるわけですか……」

というわけで苦肉の策なのか、館内の展示物のほとんどは欧山本人ではなく、彼の代理人であった女性が使っていたものばかりだった。

欧山とかわした書簡、愛用していた机と椅子、かんざしなどなど――今からおよそ百年前、欧山だけでなく数多の文豪たちが生きていた時代。その空気を感じるのには一役買っているので、しょぼいなりに見るところはあるかもしれない。

「欧山の代理人であった女性は美代子《みよこ》といってな。生まれつき身体が弱く、この温泉地にて療養している折に欧山概念と知りあったという。詳しいところはわかっておらぬが、ふたりが恋仲であったという説が一般的だな」

「今で言うなら作家と編集さんが付きあっていた、てな具合ですか」

「あるいはアイドルとマネージャーじゃな。そんなわけで欧山と美代子はとくにつながりが深い。最期を看取《みと》ったのも彼女のようだからの」

メメ子先生の解説を聞きながら、ぼくは展示物に添えられた年表に目をとおす。

「ふむふむ……美代子という女性は欧山が発表していた同人誌を、新聞社に勤めていた兄に紹介し、のちの出版にいたるきっかけを作った。そして欧山自身が夭折するまで、彼の代理人として出版社とやりとりをしていた、と」

「しかしあるときを境に、美代子との連絡がぱったり途絶えてしまうのじゃ。編集者が不思議に思って彼女のもとをたずねると、欧山がすでに他界していたこと、そして美代子も病《やまい》にかかり死に瀕《ひん》していた事実を知らされたという」

メメ子先生はそこで言葉を切ってから、しみじみとした表情でこう言った。

「時代的に結核《けっかく》かなにかであろう。どちらが先に罹患《りかん》したのかわからぬが、親密に接していたからこそ同じ時期に病に倒れ、そのまま帰らぬ人となったわけだ。とはいえ美代子はともかく、欧山の死因は推測にすぎぬ。病死というのが通説になっておるがな」

「あー、おかしいとは思っていました。経歴すらわからない人物なのに死んだ時期がはっきりしているというのは、なんだか矛盾していますもんね」

ぼくはそう呟いてからふと、ひとつの疑念を抱く。

それはすべての前提を覆すような、突拍子のない考えだ。

「……欧山概念て本当に死んでいるんですか」

「なに言っておるのだお前。百年前の文豪じゃぞ、生きておるとしたらもはや文豪ではなく妖怪のたぐいであろうに」

オカルトはやたらと信じるくせに、こういうときは乗ってこないのか。

欧山概念がまだ生きていたら――それこそホラーだというのに。

ところが奥に進んでいくと、ぼくは冗談ではなくホラーな気分を味わうことになった。

メメ子先生が一枚の写真を指さして、

「中央のちょい右にいるのが美代子じゃ。今の基準で見てもたいそうな美人だろう」

「この女性が――」

ぼくは言葉の途中で、美代子という女性の姿に見入ってしまう。

古めかしいモノクロ写真を拡大しているせいか輪郭《りんかく》がぼやけているものの、それでも彼女が整った顔立ちをしているのはよくわかる。家族と撮った記念写真なのだろう、百年前の女性らしく髪を結い、着物に身を包んだ艶姿《あですがた》。カメラに向かって可憐《かれん》な笑みを浮かべているが眉はキリリと太く、どことなく気の強そうな印象を受ける。

この笑顔と同じものを、前に見た覚えがあった。

「まことさんにめちゃくちゃ似てませんか……？」

「そうかあ？　むしろメメ子にクリソツでは」

メメ子先生はそう言って笑うものの、美代子はまことさんにそっくりだった。

でも、もしそうなのだとしたら。

これはいったい――どういうことになる？

「よしんば美代子とまこちゃんがよく似ていたとしても、ふたりとも美人だからそう見えるだけかもしれん。たかがモノクロ写真一枚で、騒ぐほどのことではあるまい」

「言われてみればそうですね。撮る角度とか光の当たり具合で、印象ってだいぶ変わってしまいますし」

◇

宿に戻ってきたあと。豪勢な夕食の席で再び美代子の話題をふったところ、メメ子先生はあからさまに興味がなさそうな態度を見せる。

そのうえ新鮮な山の幸や上州和牛、地元群馬で醸造された日本酒を堪能していると、記念館で見た写真の記憶は徐々に薄れ、やはり気のせいだった気もしてくる。

ていうかメメ子先生、ネオノベルの連中に狙われていてやばいとか言っていたわりに呑《のん》気《き》なものだし、本当はただ温泉地を観光したかっただけだったりして……。

「そういえば、宿泊費とか食事代はどうなっているんでしょう」

「安心せい。メメ子は売れっ子占い師。クソ作家の滞在費くらい払ってやったところで痛くもかゆくもないわ。……兎谷、お酌《しゃく》」

「ハイッ！」

というわけでこの瞬間、明確な主従関係ができてしまった。

占いも短編一本の原稿料でやってくれたし、元々気前のいい人なのだろう。

そして夕食のあと。早くも舎弟の立場に慣れてしまったぼくがメメ子先生の肩を揉《も》んでいると、彼女はふいにすっと立ちあがり、こう言った。

「さて、そろそろはじめようぞ」

「へ？　なにを？」

「バカタレ。イタコ術に決まってるであろう」

そうだ。欧山概念の残留思念とシンクロして、現世にさまよう彼の魂を呼びだすのだ。

あらためて言葉にすると、半端なくうさんくさいな……。

一応ただの観光ではなく原稿の行方を探すつもりではあるらしいメメ子先生は、奥の部屋に消えていく。やがて戻ってくるといかにも霊媒師っぽい白装束に着替えていた。

「欧山の代理人である美代子が、編集者に宛《あ》てた手紙によると――彼は温泉地に滞在する折、しばしばこの宿に泊まっておったという。さすがにどの部屋かまでは特定できぬが……メメ子たちがいる部屋は宿の中で唯一、当時からほとんど内装が変わっていないらしい。シンクロ率が高そうなこの部屋で、彼の残留思念を呼びだしてみるとしよう」

「なにげに色々と下調べしてあるんですね。てっきり行き当たりばったりなのかと」

ぼくが正座して見守る中、メメ子先生はボストンバッグを漁り、あれよあれよとスピリチュアルな品々を取りだした。アフリカの少数民族がかぶっていそうな木の仮面、なんともいえない香りのハーブ、釘のささった人形、セガサターン、白磁の壺などなど……それらを部屋のいたるところに並べると、彼女は怪しげな身振りで儀式をはじめる。

「イエ～エエエエ……（こんき～ん、こぉん……）ヲィ～ヲィィ～イィイィ～（イィイ……）だんだっ、だんっだ、だららららっ！　どぅっだだらだ、だんだっ、だらららっ！」

「…………」

「どぅっだだらだ、どらだった、どぅっだだらだ、どらだった（しゃらーら！）ゴォォ（ハッ！）ズズ（ハッ！　ハッ！）ズズ（ハッ！）ゴォォ（ハッ！）ズズ（ハッ！）ずぅしゅるりるりるっ！」

「…………」

「だーった、たた、しゅぅ。ガー、だーった、たた、しゅぅ、きん、ガー、だーった、たた、しゅぅ、きん、ガー、がばっ！」

どうしよう。いつまで経っても終わらない。

金髪のねーちゃんが面妖なリズムを取りながら一心不乱に踊っている姿を、正座でずっと眺めていなければならないわけで、これはいったいなんの罰ゲームなのかと思う。

しかし本人は真剣そのものだから、途中でツッコミを入れるわけにもいかない。たまにチラッと目があうときがあって、気まずい空気が漂うのがこのうえなくしんどい。

ようやく儀式が終わったころには、一時間ほど経過していた。

我ながらよく耐えられたものだと思いつつ、彼女にたずねる。

「どうなんです。降りてきました？　欧山概念の霊」

「ちゃ、ちゃうねん……」

「だめでしたか」

最初からわかっていただけに、残念とは思わなかった。ぼくはふうと息を吐いてから、

「さて、温泉にでも行こうかな」

「待ていっ！　さっきのは調子がよくなかっただけで！」

さすがにもう一度アレを見せられるのは勘弁してほしい。

追いすがってくるメメ子先生の手を払いのけると、ぼくは浴場に向かった。

◇

「はー……。なんだかんだで今日は疲れたなあー……」

ぼくはひとりごとを呟きながら、露天風呂の中で大きく息を吐く。ありがたい効能がありそうな白濁した湯につかっていると、身体だけでなく心までぽかぽかと温まり、みるみるうちに生きかえっていくようだ。

時刻は夜十時。徐々にほかの入浴客が去っていき、浴場が貸し切り状態になると、ぼくは湯の中で両足を伸ばし、お気に入りのアニメの主題歌を口ずさむ。

「ふんふふーん♪　ふんふーん♪　ふー……おっと」

誰かきた。遠慮なく大きな声を出していたので、かなり恥ずかしい。

新たにやってきた客はバシャバシャと音をたててシャワーを浴びたあと、露天風呂のスペースは余っているのに、わざわざぼくの隣にちゃぽんと腰をおろす。そしてひとこと、

「奇遇だね、兎谷くん。ずいぶんと調子がよさそうじゃないか」

「へ……?」

夜空の月が舞い降りてきたかのように、湯気の向こうでピカピカとスキンヘッドが輝いている。ぼくは目を疑う。今、隣で湯につかっているこの男は——ぼくに〈絶対小説〉という厄介ごとを押しつけた張本人だ。

「ど、どうして金輪際先生が……」

「ふふふ、驚いているようだねえ。君は欧山概念の足跡を追って、ここまで来たのだろう。メメ子くんもいっしょのようだし、なかなか隅《すみ》に置けないなあ」

呆然として見つめる中、金輪際先生はにやりと妖怪めいた笑みを浮かべる。

今までまったく会えなかった先輩作家に、露天風呂でばったり出くわす。

偶然という言葉で処理するには、あまりにも出来すぎた話である。

「金輪際先生も同じ目的でこの宿に滞在していたのですか?」

「あるいは原稿に喚《よ》ばれたのかもしれないね」

彼の煙《けむ》に巻くような返事を、ぼくは肯定と受け取る。

まさかこれほど簡単に、相手のほうからやってくるとは……。

今までの苦労はなんだったのか。拍子《ひょうし》抜けしてため息を吐いていると、

「しかし君たちの場合、アプローチの仕方がよろしくないな。欧山の残留思念を呼びだそうとしたところで、うまくいくはずがなかろう」

「そりゃイタコですからね。ぼくは最初から信じちゃいませんでしたよ」

「いやいや、メメ子くんの腕は確かさ。聞くところによると、相性のいい人間となら一時的に肉体を明け渡すことすらやってのけるらしい」

「なんていうか、余計に信じられなくなってきましたよ」

ひさびさに会ったと思ったら、いきなりオカルト話なのだから頭が痛い。

しかし金輪際先生はクソ真面目な表情で、ぼくにこう言った。

「君とて不思議に思っていたはずだ。なぜあのとき、〈絶対小説〉は消え失せたのだろうかと。誰かに奪われた、ということはありえない。だとすれば、原稿はどこにいったのか」

「ぼくにとっては原稿の在処を探すことのほうが重要でしたから、紛失した理由については深く追及してきませんでしたけど……ずっと疑問には感じていたかもしれませんね」

「フーム。だとすれば、君は見るべきところをまちがえていたのだな。なぜならあの場で紛失した理由こそが、原稿の在処を示す重要な手がかりとなっているのだから」

「待ってください！　金輪際先生は原稿が今どこにあるのか、ご存じなんですか⁉」

ぼくは驚いて聞きかえす。

もし知っているのであれば、〈絶対小説〉をネオノベルの連中に渡すだけでいい。危険を感じて行方をくらます理由もなければ、温泉地で手がかりを探そうとする理由もない。

しかし金輪際先生はニヤニヤと笑ったまま、なぜかオカルト話を再開させる。

「欧山概念という男の魂は百年の月日を経た今なお、現世にとどまっている。残留思念ではなく確固たる意志を持つがゆえに、本人の許可なしに呼び寄せることは難しいのだよ」

「だからイタコ術では、アプローチの仕方が悪いと言ったのですね。しかし今の口ぶりからすると、欧山概念が実はまだ死んでいない、というふうにも聞こえるのですけど」

記念館で抱いた疑念について、ぼくは思いきってたずねる。金輪際先生はきれいに剃りあげた頭を手のひらで撫《な》でながら、面白い冗談を耳にしたような表情を浮かべた。

「なるほどなるほど、そういう解釈をしたのか。君もやはり小説家なのだなあ。既成の事実をつなぎあわせ、突拍子のない話を作りあげる」

「ということは、欧山概念はすでに死んでいるわけですか」

「生きていれば百歳以上か。それはそれで、面白い筋書きになったかもしれないな」

金輪際先生は訳知り顔で、欧山概念のことについて語る。

しかし肝心なところはもったいぶったまま、なかなか教えてくれようとしない。

「先生のお言葉から察するに、〈絶対小説〉が紛失した理由や原稿の在処について、おおよそのことはつかんでいるのですよね？　個人的にはもう、欧山ナントカに振りまわされたくないので……早いところ原稿を見つけて、厄介ごとから解放されたいのですが」

「これは失敬。君としては執筆に集中したいだろうからねえ」

金輪際先生はどうやら、ぼくの新シリーズの企画がとおったことまで知っているようだ。失踪してから編集部とは連絡を取っていないはずなのに、どこでそんな情報を仕入れたのか。原稿の在処についても把握していそうな話しぶりといい、メメ子先生よりよっぽどスピリチュアルな雰囲気を漂わせている。

そのうえ彼が続けたのは、よりいっそう怪しげな言葉だった。

「欧山の原稿とはすなわち今の君自身であり、こうしている最中にも記述され続けている。〈絶対小説〉を探そうとするのではなく、自らの内側に目を向けなさい」

「どういう意味ですか、それ……?」

「欧山概念に選ばれたというのに、まだ気づいていないのかい。己が小説を書いているとき、小説もまた己を書いているのだと」

金輪際先生はそう言って、ぼくの胸もとを指さす。

眉をひそめて視線を移してみると、肌に模様のようなものが浮かんでいた。

欧山概念の。

クセの強い文字。

それがぼくの胸もとから浮きあがり、白濁した湯の中を藻くずのごとく漂っている。

「ひっ……！」

たまらず叫んだ。上半身ががくっと沈み、湯の中に思いっきり顔を突っこんでしまう。

慌てて体勢を立てなおすと案の定、文字はあとかたもなく消え失せていた。

ぼくは怖くなって、金輪際先生に助けを求める。

しかし――周囲をきょろきょろと見まわしても、彼の姿はどこにもなかった。

4　書きはじめると予定どおりに進まない

ぼくは露天風呂からあがると、ろくにタオルで身体も拭《ふ》かず、逃げるようにして浴場を飛びだした。

部屋に誰もいなかったらどうしようと不安だったものの……幸いにもメメ子先生は温泉に行っておらず、ふてくされた表情で缶ビールに口をつけているところだった。

ぼくはびしょびしょの身体で浴衣を湿らせたまま、泣きべそをかいてすがりつく。

「出た、出た、マジやばいってアレ……助けて。もう無理、ほんと無理だから」

「ちょっ、戻ってくるなりどうした。ひとまず落ちつけ、どうどう、どう」

しかし金輪際先生が忽然《こつぜん》と姿を消したこと、自分の身体から文字がドバドバ浮かびあがるという正真正銘のホラーを目の当たりにしたぼくは、今にも失禁しそうなほど怯えていた。おかげでうっかり足をすべらせ、メメ子先生を押し倒す格好になってしまう。

「いや、マジ怖くて……限界なんですよぼくっ！」

「ええかげんにせえや！　このド変態がッ！」

罵声《ばせい》とともに顔面に強烈なパンチがぶちこまれ、ぼくは思いっきりうしろにぶっ倒れてしまう。鼻を押さえながら顔をあげると、メメ子先生が乱れたスウェットの襟を直しながら、冷ややかなまなざしで見下ろしてくる。

「お前のほうが怖いっつの。あわや犯されるかと思ったわ」

「ちがうんです……。そういうつもりは全然なくって」

「わかっておるわバカタレ。とにかくなにがあったのか話せ」

呆れたような顔でメメ子先生がそう言うので、ぼくはさきほど露天風呂で起こった出来事について、あますことなく話すことにした。

◇

「さてはメメ子のイタコ術で、金輪際くんの魂のほうを呼びだしてしまったか」

「やめてくださいよ。死んでいるわけでもあるまいに」

そう言ったあとで、最悪の可能性が頭をよぎる。金輪際先生がネオノベルの連中に拷問されて、すでに東京湾の底に沈められているとしたら……。

あらためて先生の様子を思いかえしてみると、まさに亡霊という感じだったから困る。

しかし表情を曇らせるぼくを見て、メメ子先生は陽気な顔でこう言った。

「生き霊《いりょう》という可能性もある。なんだかんだで金輪際くんも得体の知れぬところがあるからのう。幽体離脱くらいはやってのけるかもしれん」

「んな、めちゃくちゃな」

とはいえ、死んでいるよりはマシである。厄介ごとを押しつけたあげくバックレた男といえど、ぼくにとって金輪際先生は大切な先輩なのだ。

「お前、身体に文字が浮かびあがったとも言うておったな。以前にも似たような幻覚を見たという話だが、それはもしかして――」

「ええ、〈絶対小説〉を読んだ直後からです。たまーにそういうことがあって、紛失した原稿のことでかなりのストレスを抱えていたし、ノイローゼにでもなっているのかなあと」

「そりゃ単に怪奇現象が怖いから、自分でそう思いこもうとしておるだけであろう。ぶっちゃけ欧山の怨霊にも取り憑かれておるのではないか、お前？」

そう言われてふっと頭に浮かんだのは、スキンヘッドのおっさん（金輪際先生）と欧山概念（ミイラみたいな老人）の霊が、右肩と左肩に乗っかっている恐怖映像だった。

ぼくは泣きべそをかいて、

「勘弁してくださいよお……。どうしてこんな目に……」

「いずれにせよ、考えたところで答えは出ぬだろうな。メメ子はこれからひとっ風呂《ぷろ》浴びてくるゆえ、その間になにかあったらまた聞くとするかの」

「いっしょにいてくださいって！　ひとりでトイレも無理です今！」

「じゃあ漏らせ。YouTube で拡散してやる」

冗談ではなく本気で言ったのだが、彼女には軽くあしらわれてしまう。

そして――ぼくは部屋でひとりきりになった。

百年以上前から営んでいるという、古めかしい宿である。年季の入った木造の内装は時代劇のセットのようで、平時であればインスタ映えしそうだなと思うくらいだろう。

しかし今の精神状態だと、掛け軸をめくると壁にお札が貼ってあったらどうしようと、いらぬことばかり考えてしまう。

「あーいやだなあ……。怖いなあー……」

静寂に耐えきれずひとりごとを呟いたところ、稲川淳二《いながわじゅんじ》のモノマネみたいになって余計に恐怖が増してくる。

そうだ、ほかのことに意識を集中しよう。新シリーズの原稿に取りかかるとか。

ファンタジーなら幽霊とか関係ないし、アンデッドは聖属性の魔法に弱いから大丈夫。

なにが大丈夫なのか自分でもわからなかったものの、恐怖と不安から目を背けるためにぼくはノートパソコンを開き、小説の執筆に意識を集中することに決めた。


――――――

ライルは赤子のころに勇者の生まれ変わりとして王城に招かれて以後、後宮の女たちによって掌中の珠のごとく大事に育てられてきた。

そんな彼にとって、屈強な仲間たちとの冒険は目新しい体験の連続だった。

馬に乗ることもはじめてなら、山道を越えていくのもはじめてだ。

草木の匂いを嗅《か》ぎながら、彼方に見える白い尾根に目を細めていると——馬術の覚えがないライルのために同乗してくれたクロフォードが、話しかけてくる。

「旅をはじめて一週間だ。鞍《くら》のうえで揺られることにも慣れてきたのではないかな」

「おかげさまで。馬に乗るというのがこれほどお尻が痛くなるものだとは知りませんでした。魔王と戦う前に、鞍の固さに殺されるのではないかと思ったほどです」

「勇者の生まれ変わりともあろうものが、情けないことを言うでない。いずれはひとりで乗れるようになってもらわなければ、王都に凱旋《がいせん》したときに格好がつかぬぞ」

クロフォードの屈託のない笑い声を聞いて、ライルもまた頬をゆるめる。

王城にいたころは、魔王を倒すべくして生まれたライルに対して媚びへつらうようにヘラヘラと笑いかけてくる商人や、勇者であるならばこうあるべき、民の希望となるべく威《い》厳《げん》を持てと、ことあるごとに小言を吐く貴族たちばかりであった。

しかしクロフォードはちがう。騎士として最低限の礼節を保《たも》ちながらも、勇者の生まれ変わりであるライルに下からでも上からでもなく、あくまで同じ目線で接してくれる。

だからライルは、彼にだけは正直に自らの不安を打ち明けた。

「ぼくは本当に、魔王を倒せるのでしょうか。生まれてこのかた馬に乗ったこともなければ、あなたたちのように命を賭けて魔物と戦ったことすらありません。だというのに勇者の生まれ変わりだから大丈夫だと、みなはそう言ってぼくを旅に送りだしたのです」

「古《いにしえ》の時代、我らの始祖が神々より授かった聖剣エウレーカには、悪《あ》しきものどもを討ち滅ぼす力が宿っている。勇者の生まれ変わりである君が強大な魔物に刃をふるえば、たちまち真の力に目覚め――私の剣術など歯牙《しが》にもかけぬほどの、圧倒的な強さが備わるはずだ」

ライルは落胆する。クロフォードの言葉が、王城にいた大人と同じものだったからだ。

ところが彼はすぐに「しかし」と、続ける。

「自分は選ばれた存在なのだからと、呑気に構えていられるような若者であったなら、私は君という人間に幻滅していたことだろう。与えられた力をただ享受《きょうじゅ》するのではなく、自らの意思で苦難を乗りこえようとするからこそ、真の勇者たるのではなかろうか」

「そんなたいそうなものではありません。ぼくはただ、恐ろしいのです。勇者として生まれたにもかかわらず、魔王を前にしてなにもできなかったら……」

「その歳で世界を守るという重責を負っているのだ、君の気持ちも理解はできる。だが、これだけは覚えておいてほしい。君がたとえ力を発揮できなくとも、隣には我らがいる。王より賜りし白騎士の称号にかけて、必ずや魔王を討ち滅ぼしてみせようぞ」

「頼もしいかぎりですね。そのときはぼくも助太刀いたします」

「ハハハハ！　それでは立場が逆ではないか。旅は長い。自分の腕に不安があるというのなら、あとで剣の手ほどきをしてやろう。さすれば勇者を鍛《きた》えたのは白騎士クロフォードだと、末代まで語ることができるからな」


そこでふうと息を吐き、キーボードを打つ手を休める。

するとタイミングよく、メメ子先生が部屋に戻ってきた。

「ひとりで寂しくなかったか。……おっと、すまぬ。原稿を書いていたのな」

「休憩しようと思っていたので大丈夫ですよ。おかしなこともなかったですし」

「ならよい。執筆の邪魔をしても悪いし、メメ子はさっさと寝るとしよう。しかし原稿に向かっておるときの真剣な表情、仕事のできる男のようで笑えたぞ。さすがに添い寝はしてやらんがな」

メメ子先生はそう言ったあと、いつのまにか隣りあわせに敷かれていた布団を引き離すと、モグラのように毛布の中に潜りこんでいく。

その姿を見て笑いながら、ぼくは執筆を再開させる。

当初の予定では旅はあっさりと佳境に入り、早い段階で宵闇のガルディオスと対峙《たいじ》することになるのだが……序盤の展開だけで思いのほかページ数がかさんでいる。

「不思議だよなあ。あらすじはちゃんと考えてあるのに、書きはじめると予定どおりに進まない。次の場面とうまくつながらなかったり、プロット段階では気づかなかった矛盾がぽこぽこ出てきたり、どうしてこういうことが起こるのか」

これはぼくにかぎった話ではなく、小説を書いていれば誰もが経験することだ。アイディアを考えるだけなら、誰にだってできる。しかしそれを小説というかたちにすることこそが、なによりも難しい。

企画書を提出するだけの日々を送っていたころは、早く新作を書きたいと願っていた。なのにいざ原稿に取りかかると、己の技量が凡庸なものであることを実感し、うまく書けない歯がゆさに、悲鳴をあげそうになる。

頭に浮かんだ物語を、理想のイメージどおりに書くことができたなら。あるいは自らのイメージすら凌駕《りょうが》するほどの、傑作を書きあげることができたなら——作家であれば誰しも、感動のあまり打ち震えるかもしれない。

「そうか……。つまりはそれを、金輪際先生は求めていたのか」

あれだけ否定していたというのに、〈絶対小説〉の力を求めそうになっていた自分がいることに気づいて苦笑してしまう。

目の前の原稿と格闘しているうちに、気がつけば時刻は午前二時。

今や部屋に響くのは、時計の針のカチカチというリズム、メメ子先生のくかーくかーといういびき、そしてキーボードを叩く音だけだ。ぼくは思い描いた物語をすこしでも理想に近づけようと、ひたすら原稿に文字を打ちこみ続ける。

「……待て。近くに魔物がいる」

「え？　そんな雰囲気は全然しませんけど」

うす暗い洞窟を進む中、ライルは周囲をきょろきょろと見まわす。

しかしほかの仲間たちは早くも武器を構えている。卓越した索敵技能を持つ狩人《かりゅうど》のロイがそう言っているのだから、姿は見えずとも必ず魔物は存在するのだ。

「注意しろライル。白騎士である私が気づかぬ相手となれば、かなりの強敵だ」

「ほとんど喋《しゃべ》らないし、普段はパーティーにいることすら忘れちゃいそうだけど、こういうときばかりはロイのありがたみを実感するわよね」

「わしも今、魔物の邪悪な気配を感じたぞ。こりゃオーク……いや、もっとでかいな。トロルか、あるいはさらにその上の——」

魔術師のブランが目を閉じ、姿の見えぬ敵が放つ魔力を、逆からたどろうと試みる。

一同は武器を構えたまま待つものの、いつになっても次の言葉は返ってこない。

しびれを切らした僧侶《そうりょ》のマリアがうしろを振りかえって、

「結局どの魔物なわけよ、ブラン爺《じい》。……え？」

うす暗い洞窟に、すっとんきょうな彼女の声が響く。尋常でないものを感じた一同がばっと最後尾に目を向けると、ブランは武器の構えを解いて地べたにしゃがみこんでいた。

ライルは最初、魔物が潜んでいるというのになぜ休んでいるのだろうと、眉をひそめただけだった。しかしそのあと、なにかがおかしいことに気づく。

ブランの、首がなかった。

「——うわあああ!」

「落ちつけ、ライル! 敵に位置を気取られるぞ!」

「ロイ、早く魔物を見つけて! 素早いやつなら鈍化の術をかけるから!」

「まかせろ」

混乱の最中、洞窟という暗所での戦いに慣れたロイだけは冷静だった。彼は獲物を探す豹《ひょう》のように四つんばいになると、暗がりの中にふっと消えていく。

ブランの死を受けいれきれていなかったライルも、頼もしい狩人の背中を見て、わずかに心の平静を取り戻す。目の前に——彼の腕がぽとりと落ちてくるまでは。

「ロ、ロイさんが……」

「くそっ! ライル、マリア! この場は一旦《いったん》退くぞ!」

「あ……」

クロフォードが叫んだ直後、マリアのか細い声が漏れる。もはや目を向けることすらできなかったが、ライルにはなにが起きたのかわかってしまった。

ぐちゃっ……ぐちゃっ……という、獣が獲物を咀嚼《そしゃく》するような音とともに、姉のように優しかった女性の苦悶《くもん》に満ちた叫びが、どこからともなく響いてくる。

そして——。

『我は魔王軍四天王の末席、宵闇のガルディオス。どれほどの精鋭がやってくるのかと指折り数えて待っていたというのに、これでは狩りの愉《たの》しみすら味わえぬではないか』

おどろおどろしい声が明瞭《めいりょう》に聞こえてくるというのに、一向に魔物の姿を見つけることができない。自然とライルの歯はガタガタと震え、下履きのうちからじわっと生暖かい感触が広がり、革靴の中にまで垂れてくる。

仲間が死んだことのショックよりも、自分も同じ目にあうかもしれないことがただ恐ろしくて……クロフォードに頬を打たれるまで、ライルは正気を失いかけていた。

「しっかりしろ！　こうしている今もネオノベルはすぐそばまで迫っているのだぞ！」

そうだ、早く逃げなくては。

闇の出版業界人たちは、ライルが考えていたよりもずっと恐ろしい存在なのだから。

「なんだこりゃ。こんな文章、書いた覚えはないぞ……」

ぼくはキーボードを打つ手をとめ、眉をひそめる。

小説を書いていると、キャラクターが勝手に動きだしたように、作者自身ですら考えていなかったような台詞が飛びだしてくることがある。

といっても頭の端っこに眠っていたアイディアやイメージがなにかの拍子でぽこっと出

てくるだけなので別に不思議なことではないし、あとで読みかえしたら頭を抱えてしまうような駄文だったりすることも珍しくはないから、必ずしもいいこととはかぎらない。

今回の場合はまちがいなく後者だろう。休憩中にうっかり欧山概念のことを思いだしたのがよくなかったのかもしれない。

……ていうかネオノベルって。世界観がブレすぎだろ。

ぼくは書いたばかりの台詞を削除すると、気を取りなおしてキーボードを叩きはじめる。


『ククク……驚いているな。貴様らがのうのうと暮らしている間、我々は社会のいたるところに手下を潜りこませ、密かに根を張り続けていた。すべては魔王復活のために』

ガルディオスの哄笑《こうしょう》が、うす暗い洞窟のどこかから聞こえてくる。

隣で剣を構えるクロフォードが、姿の見えぬ敵に向けて忌々《いまいま》しげに言った。

「人間たちと同じように、魔物たちも入念に準備を重ねていたということか……」

『貴様の友人の中にも、我らの仲間がいるかもしれないぞ？　王城に住む貴族の従者として、世界各地を旅する商人として、はたまたセキュリティ会社の警備員や、大手出版社の雑用バイトとして――闇の出版業界人はどこにでも潜んでいるのだから』

「そ、そんな……。じゃあNM文庫の中にも……」

姿なき敵の恐ろしさを理解して、ライルは地べたにへたりこむ。

クロフォードの顔にすら動揺の色が浮かび、絞りだすような声でこう呟いた。

「うかつにも兎谷は、鈴丘氏に宛てたメールに『温泉地に滞在します』と書いた。編集部の雑用バイトなら、その情報を得るのは難しいことではないだろう」

「ネオノベルの連中がそこまで知れば、欧山概念ゆかりの地に向かったのだと容易に気づいてしまいます。もしかすると今ごろ、この宿のすぐそばまで来ているかもしれません」

だとすれば猶予はない。

あと数分もしないうちに、荒事に慣れた輩が部屋に押し寄せてくる。

ライルが途方に暮れる中――ガルディオスの声が響き渡った。

『理解せよ。ひとたび闇の出版業界人の手に落ちれば、兎谷の未来は潰《つい》えるのだと』

そうなれば、この世界は永劫の闇に葬り去られてしまう。

ライルは願った。

たとえ己のいく道に、幾多の苦難が待ち受けていたとしても。

この物語が最後まで、紡がれることを。


「ええ……？　なんで……？」

一旦は削除したのに、気がつけばまた変な文章を書いていた。

これは絶対、頭に浮かんだイメージやアイディアではない。恐怖に駆られたぼくはメメ子先生のところに駆け寄り、布団でぐーすか寝ている彼女の肩をぐらぐらと揺する。

「やばいやばいやばい！　やばいことがありました今！」

「ふああ……？　なんじゃ、うんこでも漏らしたのか」

「そんなのじゃありません！　もっとやばいことです！」

ぼくの鬼気迫る様子を見て、寝ぼけ眼《まなこ》だったメメ子先生もすっと真剣な表情になる。彼女は布団から這《は》いでると、ノートパソコンの原稿に目をとおした。

「指が勝手に動いて、これを書いただと？　マジか」

「マジもマジです。ぼくもうだめかも。たぶん憑依《ひょうい》されてますよこれ」

でも、誰に？　欧山概念に？　それとも金輪際先生に？

おろおろするぼくを尻目に、メメ子先生は冷静に原稿を吟味する。

「怨霊の仕業だとしても、悪いものではなさそうじゃな。ざっと読んだ感じメメ子たちに危機を伝えようとしておらぬか」

「でもこれ、本当なんですかね。いや、鈴丘さんにメールを送ったのは確かですけど」

そう言った直後、ドアの向こうから大勢の足音が響いてくる。

まさか原稿に書かれているように、ネオノベルの連中が押し寄せてくるのだろうか。

切迫した状況の中、メメ子先生が困ったように呟く。

「……逃げろと言われても、いったいどうすればいいのだ？」

ぼくは力なく首を横にふる。

残念ながら原稿のどこにも、それは書かれていない。だから怪しげな男たちが部屋に乱入してきたとき、ライトノベル作家と占い師は拘束される以外に道はなかった。

5　選ばれたのはぼくなんですよ

「――ひっ！」

全身を針でさされたような激痛が駆けめぐり、ぼくは意識を取り戻した。

背中がのけぞるほど激しく痙攣《けいれん》するものの、パイプ椅子に縛られているためその場でガクンガクンと震えるしかない。

これは電気ショックだ。ぼくは今、スタンガンをぶちこまれている。

「おはよう、兎谷くん。気分はどうだね？」

「う、うう……。お前は……誰だ……」

激痛の波がようやくおさまると、顔を前に固定されたまま、背後の人物に問いかける。

温泉宿で起きたことが夢であったなら、どんなによかったか。部屋に押し寄せてきたスーツ姿の連中に拘束されたぼくは、どこかのオフィスに監禁されていた。

「一般的には編集長と呼ばれる立場にあるのだが、今はネオノベルのボスと称したほうが適切かな。本名を教えるわけにはいかないから、グッドレビュアーと名乗っておこう」

男は隅に置かれたパイプ椅子を持ってくると、背もたれを前にして向かいに座る。髪はオールバック、上等そうなスーツに身を包み、オペラ座の怪人めいたマスクをつけている。常識外れの人間が多い出版業界といえど、クソ真面目な顔でボスとかコードネームとか言いだす輩はそういない。あきらかにやばいやつ。しかも重度の中二病だ。

ぼくは眼球だけを動かし、周囲をきょろきょろと見まわす。

いっしょに捕まったはずのメメ子先生の姿がない。別の部屋に囚われているのだろうか。ネオノベルの連中に、ひどいことをされていないといいが……。

「我々の目的は承知しているね。〈絶対小説〉はどこにある」

「頭おかしいんじゃないですか？　ただのオカルトを信じてこんなことをするなんて」

「私が質問しているのだから、それに答えるだけでいい」

「……んぎ！」

グッドレビュアーは顔色ひとつ変えずに、スタンガンを向けてくる。激痛のあまり口からよだれを垂れ流し、ぜえぜえと息を荒らげたあと、ぼくはだめもとで事情を説明する。

「原稿は持っていません。金輪際先生も持っていないはずです。あれはどこかに紛失してしまったんです。本当です、嘘はついていません」

「その言葉を鵜呑《うの》みにするとでも思っているわけではあるまいな。我々は君が〈絶対小説〉を所有していると確信を持っている」

「金輪際先生がそう言ったからですか？　あの人が嘘をついているかもしれませんよ」

ぼくが苦しまぎれにそう言うと、グッドレビュアーはフフッと笑う。

彼がおおげさな身振りでパチンと指を鳴らすと、天井からスクリーンが降りてきた。部屋の照明が落ち、なにが上映されるのかと身構えていると——ぼくと同じように椅子に縛られた、金輪際先生の姿が映しだされる。

「まさか……⁉」

「金輪際くんは原稿の在処を知っていた。たっぷり薬を投入したからね、彼が嘘をついていないことは明白だ。おかげでこの有様になってしまったのは、非常に残念だが」

グッドレビュアーがそう言った直後、スクリーンに映しだされた金輪際先生の顔がアップになる。瞳がぐりんと裏返ったかと思えば、口から大量の泡《あわ》を吹きだしながら、

『あは、あはは、あはははっ！　おいしい……おいしいよお……チーズケーキおいしい、チーズケーキおいしい……ねえねえ、ママ。今度はアップルパイを作ってよ……ヒヒッ』

ぼくは言葉を失った。どう見たっておかしくなっている。

現実とは思えぬ光景をスクリーンごしに眺め、ただただ呆然としていると、赤ん坊のようによだれをたらしていた金輪際先生は、ふっと真面目な表情になる。

『この世界に存在する神はひとり、私と、兎谷くんと、そして欧山概念だ。いやはや、まったく気持ちが悪いものさ。なにもかもが自分の……ヒヒッ！　おいしいからねえ……ママのチーズケーキ！　やったあ！　今日の夜はカレーだって！』

そこでぶつっと映像が途切れると、スクリーンは再び天井にあがっていく。

ぼくはたまらず、こう叫んだ。

「どうしてこんなことをっ！　お金を稼ぎたいだけならほかにやりかたがあるでしょう！　金輪際先生は優れた作家でした！　最近はスランプで書けていませんでしたけど、そのうちやる気を取り戻して、面白い作品をもっともっと世に送りだしていくはずでした！　いや……そうでなかったとしても、廃人にするなんてありえないっ！」

「君はあの原稿の価値をまるで理解していないようだな。手にしたものを文豪に変える力が存在するとすれば、いったいどれほどの名作が生まれることか。実績のある作家のひとりやふたり、犠牲になったとしてもやむを得まい」

グッドレビュアーは悪びれもせず、そう言って笑う。

ベストセラーを出版するためだけに、これほどの非道を行う編集部が存在しているとは。こうして目の当たりにしていなければ、絶対に信じられなかったはずだ。

正気の沙汰とは思えない状況だけに夢オチを期待したくなるものの、スタンガンの痛みやパイプ椅子の冷たさが、どうにもならない現実であることを否応なく突きつけてくる。

「それに〈絶対小説〉が持つ魔力はオカルトではない。なぜならネオノベルの母体である闇の出版業界人の秘密結社を設立したのは、かつて原稿の力を得た人間だからだ」

「え……？　じゃあ……？」

「フフフ、つまりは名の知れた文豪さ。欧山概念の担当編集であり、のちに出版業界の中枢を担うことになったその人物は、〈絶対小説〉によって比類なき文才を宿し、数えきれぬほどのベストセラーを世に送りだした。君とて名前くらいは知っているのではないかな。すでに亡くなられているがね」

グッドレビュアーが饒舌に語ったのは、〈絶対小説〉の力を得て文豪になった男のヒストリーだった。こんな状況でなければただの妄想だろうと思ったかもしれないが、ネオノベルが組織立って犯罪行為に手を染めている以上、笑って聞き流すことはできない。

ぼくは驚愕《きょうがく》に目をみはりながら、無言のまま彼の言葉に耳をかたむける。

「彼はあまりにも影響力を持ちすぎたがために、世間からとにかく疎《うと》まれてしまった。ありもしないスキャンダルを報じられたこともあれば、作品の過激な内容がやり玉にあげられ、原稿を直さねばならぬこともあった。ゆえに彼は小説で得た多額な資金を用いて、とある組織を設立した。それが――闇の出版業界人さ」

メメ子先生は、彼らのことを利益を貪《むさぼ》るだけの悪党だと話していた。

しかしグッドレビュアーは、そうではないという。

「我々は目的のためならばためらうことなく犯罪に手を染めるし、真に価値ある作品だと思えばその権利を強引に奪い取ることさえある。しかしただの金儲《かねもう》けのためなら、もっと別の方法がある。ではなぜネオノベル編集部は、闇の出版業界人は、自らの手を汚すのか。……君はもうわかっているだろう？　小説を愛しているのなら」

ぼくは恐れおののいた。グッドレビュアーたちはメメ子先生が考えていたような、出版社を隠れ蓑に私腹を肥やすだけの、下衆《げす》な連中ではない。

もっとタチが悪く、もっとイカれた人間たちなのだ。

「闇の出版業界人とは——あらゆる外圧から表現の自由を守る秘密結社であり、超法規的措置によって小説という文化にさらなる飛躍をもたらす、守護天使なのだよ」

グッドレビュアーはいったいなにがおかしいのか、ククッとふくみ笑いを浮かべる。

そして急に椅子から立ちあがると、つばを飛ばしながらこう言った。

「小説の価値は今、不当に貶《おとし》められているッ！　Ｗｅｂの小説投稿サイトにしてもそうだ。金銭の発生しない読書体験によって活字の価値はジャンクフード以下になりさがり、ウケを狙って書き捨てた粗製乱造の作品ばかりがネット上にあふれている。だからこそ我々はアマチュア作家どもから人気タイトルの権利を奪い、ネオノベルに在籍する優れた編集者の手で真に高尚な作品へと生まれ変わらせているのだッ！」

薬をキメているわけでもなさそうなのにいろんな意味でキマりまくっている男に怯えて、椅子に座ったまま呆然としてしまう。

……ぼくの想像をはるかに超えた、ぶっちぎりのクソ編集者が目の前にいる。

そのうえグッドレビュアーは、耳を疑うような計画を説きはじめた。

「闇の出版業界人による革命はまだはじまったばかりだ。我々ネオノベルを尖兵《せんぺい》とし、いずれは文芸第四出版部が直々に革新的文芸復興《ノベル・ルネッサンス》を推進していく。偉大なるあの御方の手にかかれば……すべての小説の権利を講談社が掌握し、あらゆる作家が闇の出版業界人のもとで執筆する未来とて夢ではないだろう」

「あの御方とか革命だとか、誇大妄想もいい加減にしてください。ぼくたち作家は、編集者の奴隷じゃない。作品を私物化するような連中に支配されるなんてごめんですよ！」

「ふん、君は業界の窮状をまったく理解していないようだな。今や情報を得る手段は雑誌ではなくインターネットに、娯楽は紙ではなくスマートフォンに流れている。出版社は優れた作品を世に知らしめるという本来の役割を忘れ、ただのコンテンツホルダーになり果ててしまった。小説という媒体そのものが――アニメや映画、ＳＮＳやソーシャルゲーム、その他ありとあらゆるエンターテインメントに押され、力を失いつつある」

頭のねじが飛んだ男の言葉なんて認めたくはないものの……グッドレビュアーの言うとおり、出版業界は今、苦境に立たされている。

ＳＮＳでは本が売れなくなった作家の叫びがあふれ、編集者たちは出版社の力が弱まりつつあることを嘆いている。小説の未来は暗く、その前途は疑いようもなく険しい道となる。新人作家であるぼくとて、薄々と感じていたことである。

「ゆえに出版社は生まれ変わらなくてはならない。小説という媒体の存在感を高め、その文化的価値を復興させるには力が必要なのだ。ベストセラーという、わかりやすい力が」

「だから〈絶対小説〉を？」

「そのとおり。かつて生みだされた数多の傑作、欧山概念が書きあげた〈化生賛歌〉のような、百年という月日を経ても色褪せぬ作品が次々と世に送りだされたなら、小説という媒体は息を吹きかえす。文庫を片手に持つ人々が街にあふれかえり、高価なハードカバーが飛ぶように売れる。日々の話題は誰それの最新作で占められ、過去の名作も再び脚光を浴びる。名だたる過去の文豪はロックスターのように、あるいは聖人のごとく敬《うやま》われるようになる。退屈な現実に小説という彩《いろど》りを添えることで、人々の生活はより豊かなものへと変わっていく。そうして世界はいつしか、我々編集者が送りだした物語を中心にまわっていくようになるのだ」

目的が金儲けのためだけであったなら、まだ救いがあったろう。

しかしネオノベルは、その母体である闇の出版業界人は――小説が持つ力を心の底から信じている団体であり、それゆえにどこまでもゆがみきっていた。

彼らは〈絶対小説〉で新たな文豪を生みだし、その経済効果によって出版社を、業界全体を再起させようとしている。

怪しげなマスクからのぞくのは、目的に向かって邁進《まいしん》していく、理想主義者のまなざし。

グッドレビュアーは恐ろしいほど穏やかな声で問いかけた。

「――もう一度だけ聞こう。〈絶対小説〉はどこにある？」

◇

ぼくがぷるぷると首を横にふると、グッドレビュアーはため息を吐く。

「しかたがない。いいものを用意しよう」

「は……？」

直後、スーツ姿の男どもがなにかを抱えてワラワラとやってくる。

彼らがぽんとオフィスの床に放りなげたのは、縄で縛られたメメ子先生だった。

椅子に固定されたままの姿勢で、ぼくがぎょっとして見下ろす中、

「手荒なことはしていない。今のところは、ね」

メメ子先生は薬で眠らされているのか、すぴーすぴーと穏やかな寝息を立てている。その姿を見て安堵《あんど》するものの……彼女の無事は保証されたわけではなく、こうして囚われている以上、ネオノベルの連中がなにをするか、わかったものではない。

「我々はいかなる犠牲を払ったとしても欧山の原稿を、文豪を生みだす力を手に入れる。必要なのはただのヒット作ではない。途方もない経済効果を叩きだす、絶対的な作品——すなわち〈絶対小説〉さ」

そう言ってグッドレビュアーがパチンと指を鳴らすと、背後に並んで待機していたスーツ姿の男たちが、怪しげな道具を準備しはじめる。彼はニタニタと下品な笑みを浮かべて、ぼくに甘い声でささやきかけてくる。

「女性に対して行う拷問は、君の想像をはるかに超えているよ。おっと、こう言うとむしろ興味がわいてしまうかな？」

「やめろっ！　彼女はぼくとは関係ないんだっ！」

「だったら別に構わないじゃないか。表の世界ではまずお目にかかれない過激なショーを愉しもう。……しかしこの女性のあられもない姿を見るのがしのびないというのなら、君の返答次第ではショーの上演を取りやめてもいい。最近は規制が厳しいからね」

金輪際先生を廃人にしてしまった反省からか、グッドレビュアーは薬ではなく人質を使って、ぼくに〈絶対小説〉の在処を白状させるつもりのようだった。

メメ子先生は依頼を受けて調べていただけで、紛失した原稿の件とは無関係だ。それにあれこれ文句を言いながらも、最初からずっと親切にしてくれた。そんな彼女をひどい目にあわせるわけにはいかない。

だとすれば、この状況をどうやって切り抜けるべきか。

原稿がどこにあるのか知らなくとも、ネオノベルの連中にそれを教えなければならない。彼らが納得しうる真実とやらを、今ここで用意しなくてはならないのだ。

ぼくは目を閉じ、覚悟を決めた。

「ほんとにどういうことなんでしょうねえ！　今こうして原稿の在処を示して――いや、目の前にぽんと置いているのに、あなたはクソ真面目な顔で『原稿はどこにある？』と脅してくるわけですから、もう無理……マジウケる……草生えすぎて大草原」

「なんだと……？」

急に態度を変えたぼくを見て、グッドレビュアーが困惑したような声を出す。

そんな彼の反応を鼻で笑うように、椅子に固定されたままの姿勢でふんぞりかえると、

「あなたのほうこそ〈絶対小説〉の価値を理解できていないのでは？　原稿はどこに消えたのか、いったい誰に奪われ、どこにあるのか。そうやって頭を抱えていること自体が、固定観念に凝《こ》り固《かた》まった凡人の限界でしょう」

「それはいったい、どういう意味かな」

「好事家たちの間では、文才を与える力についてこういう説が唱えられています。〈絶対小説〉の原稿には、欧山概念の魂が宿っている。夭折した文豪が死の間際に遺した怨念が、魔術的な力となって所有者にインスピレーションを与える、そういう仕組みなのだと」

「そうだ。しかし選ばれたものでなければ、〈絶対小説〉はただの骨董品でしかない。ゆえに我々は原稿を手に入れたのち、それをしかるべき作家に渡すつもりでいる」

「はて？　でも金輪際先生はこう話していたはずです。欧山概念の魂は、兎谷三為を選んだ。つまり〈絶対小説〉に選ばれたのはぼくなんですよ」

グッドレビュアーはじっと、こちらを見すえる。

この男も最初から、その可能性について考えていたにちがいない。

だからとくに驚いた様子もなく、

「売れない作家が選ばれたのは実に意外な話ではあるが、そうであるならばなおのこと、〈絶対小説〉は君が所有しているはずだ。早く原稿の在処を教えなさい」

「はいそうですねと、簡単に話が進むと思いますか？　ぼくとしちゃ実に魅力的な提案なんですけど、欧山に選ばれたが最後、原稿を手放すことは不可能なんですよ」

「それはいったいなぜなのかね。まさかそういう呪いがかかっている、などとゲームのようなことを言うつもりではあるまいな」

「当たらずも遠からず、といったところでしょうね。〈絶対小説〉のオカルト話がささやかれるようになって以後、原稿はたびたび紛失し、新たな所有者を求めて転々としている。でもどうして毎度毎度、同じようなことが起こるのか。不思議に思ったことはありませんか？」

「言われてみれば……妙だな。尋常ならざる力を秘めたアイテムなのだ、普通に考えれば厳重に保管し、可能であれば身内の人間に相続させるはずだ。しかし闇の出版業界人の創設者をふくめ、所有者の死後、原稿は必ずといっていいほど紛失している」

「深く考える必要はありません。原稿が消える現象もジンクスの、というより〈絶対小説〉に組みこまれたシステムのひとつというだけの話ですから。そして今回も同じことが起こった。内に秘められた力が発現し、原稿は紛失、いえ——消失した」

マスクをつけていても、グッドレビュアーが驚いた表情を浮かべたのがわかった。

目の前の男は今、ぼくのペースに呑まれかけている。

「あなたは物質的なアイテムだと考えているようですが、あれは欧山概念のさまよえる魂が別の形態となって具現化したものなのです。ゆえにこの肉体に憑依した今、〈絶対小説〉の原稿と呼べるものはこの世に存在しません」

「つまり〈絶対小説〉とは、欧山概念の魂を転送するための道具だと……そう言いたいのか」

「あれれ、信じられませんか。まあ無理もないですよね、ぼくたちの常識をはるかに超えた代物ですから。でもだからこそ、あなたがたはその力を欲しているのでしょう？」

ぼくはそう言ったあとで自信たっぷりに、ククッとふくみ笑いを浮かべてみせる。

しかし内心は恐怖でいっぱいだ。なぜならすべて、口から出まかせだからである。

かつて河童の楽園で、夢の中のまことさんはこう言った。

上手に嘘をつくのが、作家の仕事だと。

露天風呂で、幻か生き霊の金輪際先生もこう言った。

既成の事実をつなぎあわせ、突拍子のない話を作りあげるのが作家だと。

だったらここで今、突拍子のない話を作りだせばいい。

なにせネオノベルの連中は、オカルトを本気で信じているような輩なのだ。ありもしない与太話のほうが、彼らの求める真実に近いかもしれない。

すると奇跡的にうまく事が運んだのか、

「にわかに受けいれがたい話ではあるが、ひとまず君を信じてみよう。欧山概念の魂は兎谷三為という作家を所有者に選び、役目を終えたがために〈絶対小説〉はこの世から消失した。そして今、君の肉体に彼の力が宿っている、と」

「なのですみません、原稿を渡すのは無理です。ハハハ」

「だとすれば……欧山概念の文才を手にした君が小説を書いたとき、爆発的な経済効果を叩きだすほどの傑作が生まれる、ということにもなるわけだな」

「んん？　まあ、そういう話にもなりますかね？」

しまった。煙に巻くことだけに集中していたから、先のことまで考えていなかった。

再び窮地におちいったぼくは、ごにょごにょと言葉を濁《にご》しつつ、

「でも力を手に入れたばかりですから、そのときのコンディション次第になるかも。十分に休息を取りながら、余裕のあるスケジュールで、なるべくストレスのない環境で、資料とかいっぱい読みこんで、何度か手直しして……調子がよければなんとか」

「できる、ということだな？」

「た、たぶん」

「曖昧な返事では困るなあ。君は仕事を受けておきながら、あとから無理でしたがとおると思うかね。はいかイエスかで、はっきり答えたまえ」

「はい……」

作家に有無を言わせぬことにかけては、編集者はプロである。地雷レーベルの長ともなれば、その威圧感は独裁者さながらの凄《すさ》まじさであった。

グッドレビュアーは挑戦的な声音で、念を押すようにこう告げる。

「ならば書いてみるがいい。いかなる読者をも圧倒する、絶対的な小説を」

書きあげたものが満足のいく内容でなかったら、そのとき彼はどうするつもりなのか。

マスクごしにのぞく剣呑《けんのん》なまなざしに、断頭台の姿が映っているかのように見えた。

6　今は信じよう。自分が思い描いた、物語の力を

出版業界の都市伝説としてたびたび語られる、缶詰部屋。締め切りを間近にひかえた作家を、外界と隔絶《かくぜつ》された場所に閉じこめ、小説の執筆に専念させる。

そんな非人道的かつ合理的な空間は、ネオノベルのオフィスに実在していた。

「マジかよ……。これじゃほとんど独房じゃないか……」

広さは四畳半ほど。部屋の大半を占めるのは飾り気のない長机とパイプ椅子。卓上に社用と思わしきノートパソコンがぽつんと置かれているが、ほぼ確実に外と連絡が取れないように対策がほどこされているはずだ。

室内の設備はトイレだけで、表面の黄ばみ具合や台座の傷から、自分が閉じこめられる以前にも使われていたことがわかる。おまけに換気が悪く、なにもしていなくても息苦しさを覚えるほど。

ぼくは新シリーズの執筆を進めたいだけだったのに、なんで監禁されなくちゃいけないのか。しかも文句なしの傑作を書かないと、拷問されるなんて理不尽すぎる。

己の境遇に頭を抱えたくなるものの、トイレで用を足したときのことを想像するだけで陰鬱《いんうつ》な気分になる。

己の境遇に頭を抱えたくなるものの、なんとか気持ちを切り替えてノートパソコンに向かう。しかし机に違和感を覚えて目を向けると、木目に『正正正正正正……』『オウチ

ニカエリタイ』『モウイヤダシニタクナイ』などという文字がいくつも刻まれていた。

筆跡を見るかぎりこの部屋を使った作家は少なくとも過去に三人いて、そのうちのひとりは三ヵ月以上も囚われていたようだ。

その後、彼らがどうなったのか定かではない。考えたくもない。

「アハハハ……ハハハ。無理、これはマジ無理。でもやらなければ、書かなくちゃ」

これがぼくだけの問題であったなら、机に刻まれた先住者の苦悶を目にした時点で、心が折れていたかもしれない。しかしメメ子先生も巻き添えを食らって人質となっている以上、自分だけ正気を失って楽になるわけにはいかなかった。

「期限は三日、ジャンルは不問か。さすが地雷レーベル、スケジュールまで正気の沙汰じゃないな。新たに構想を練っているヒマはないから、今あるものを使うしかない、か」

NM文庫に不義理を働くことになってしまうものの……納期とクオリティの両立を図るなら、執筆中の〈偽勇者の再生譚〉を最後まで仕上げて提出するほかない。

原稿のデータは手もとにないから、温泉宿で書いた内容を思いだしつつ、ライルが旅に出るところからまた書き直しだ。

でも……また身体を乗っ取られたらどうしよう。

グッドレビュアーに語った話のすべてが作り話というわけではなく、ぼくの身体には本当に文豪の怨霊が憑依しているのかもしれないのだ。

自身を取り巻く厄介ごとの数々に頭がパンクしそうになったとき——心の奥底にくすぶ

っていた怒りに火がついた。

こうなったらやけくそだ。限界まで追いつめられた作家の底力を見せてやる。命を賭けなきゃいけないこの状況なら、小説に魂だって込められるはずだ。

「怨霊がなんだって言うんだ！　こんなうす暗い部屋で、たった三日で小説を書きあげなきゃいけないんだぞ！　失敗すれば薬漬けの拷問だ。これ以上怖いもんがほかにあるかよ、ねえだろうがっ！　クソ文豪め、ネオノベルの連中の拷問を食らって地獄に落ちたら、トイレでひねりだしたクソを顔面になすりつけてやるからな！」

すべての元凶となった欧山概念に呪詛《じゅそ》を吐きつつ、ぼくはキーボードを叩きはじめる。


「ライルよ……。あなたはまだ死すべき定めにありません……」

慈愛に満ちた声を聞いて目を覚ましたとき、ライルは天国にいるのだと思った。

しかし目の前に立つ金髪の少女は女神アルディナではなく、エルフ族のようだった。

「わたしはマナカン。世界樹より聖女の称号を授かりしもの。この三年間、あなたの亡骸をずっと探していました。生涯で一度のみ使える奇跡、蘇生《そせい》術をほどこすために」

ライルは彼女の言葉を聞いて驚愕し、同時に運命の皮肉さを呪った。

マナカンは魔王に対抗するために、勇者の生まれ変わりをよみがえらせようとしたのだ。

しかし……。

「ああ、なんてことを！　ぼくはちがうんだ！　だって――」

「落ちついてください。あなたが赤子のころにすり替えられたことも、聖剣エウレーカの力が発現せず、ガルディオスに敗れたことも知っております」

「ではなぜ、よみがえらせたんですか！　真の勇者ではなく、こんな偽物を！」

死の淵からよみがえり、漠然とした意識が鮮明になるにつれ、消え去りつつあった記憶の数々がよみがえっていく。

ブラン、ロイ、マリア、クロフォード。彼らは勇敢に戦い、そして敗れていった。

しかしライルはなにもできずに逃げだし、生き延びることさえもできず、洞窟の中でのたれ死んだのだ。

これほど哀れなことがあるだろうか。これほど無力なものがいるだろうか。

「聞きなさい、ライル。あなたの魂は偽物として見いだされるほどに、真の勇者であるユリウスと近い存在なのです。長きにわたり亡霊となっていたユリウスの魂はひどく損傷し、肉体を魔王に奪われてしまった今、世界樹の力を以《もっ》てしても復活させることはできません。だから――足りないものを補うほかありませんでした」

彼女の言葉の意味を考え、やがてライルは理解する。

勇者を復活させるために必要なものは、己が持っていたのだ。

ユリウスの魂を補うための、偽物の魂。そして彼の受け皿となる、この肉体。

「じゃあ今のぼくは、ユリウスの魂と同化しているのですか……？」

「世界を救うためにはそうするほかなかったのです。あなたの中に眠る勇者の魂を目覚めさせることができれば、聖剣の力を引きだすことができるはずです。しかしそのとき――あなたの意識はユリウスの中に溶けこみ、彼の一部となって消えてしまうでしょう」

「そ、そんな！」

「だとしても魔王を倒すためには、真なる勇者の魂を目覚めさせなければなりません。ほかでもない、あなた自身の意志で」

マナカンは神妙な面持ちのまま、語り続ける。ライルの中に眠るユリウスを目覚めさせるには、エルフ族に伝わる厳しい試練を乗りこえなければならない。

世界各地に散らばる七つの霊結晶を集め、その中にねむｒｄさああ

ふいにがくっと肘《ひじ》が折れ、額を勢いよく机にぶつけてしまう。

危ない危ない。油断して寝てしまうところだった。

ぼくはカキポキと首を鳴らしたあと、大きく背筋を伸ばして深呼吸。モニターに表示された時刻を見るかぎり、六時間くらいぶっ通しで執筆していたようだ。

「そりゃ頭も痛くなってくるよな……。でもまだまだ先は長いから休んでもいられないし、ぼくもライルと同じくらいの窮地に立たされている気がするよ」

危機的状況にあってアドレナリンが大量に分泌されているのか、ぼくはかつてないほど集中していた。反動で頭の奥からガンガンと痛みが響いてくるし、キーボードを打ちっぱなしだから手首がしびれてきている。突貫工事もいいところだから、誤字脱字だって多かろう。

しかし不思議と内容についての不安はなかった。

書けば書くほど、面白くなっていく気がする。欧山概念の作品に匹敵するものになるかどうかはわからないけど、自分にとっては最高傑作になるはずだ。

過酷な現実を忘れ、心に思い描いた世界を文章にするごとに――ライルの心とシンクロし、一歩一歩、前に進んでいく。

ネオノベルの連中の要求なんてどうでもいい。拷問なんぞ知ったことか。

早く、早く、続きを書きたい。

より面白く、より刺激的に。とにかく頭と手を動かして、物語を紡げ。

カタカタと文章を打ち続けていると、視界の端に自分の手が映る。

表面にびっしりと刻まれた模様のようなものが、街灯に誘いこまれていく羽虫のように、モニターの中に流れこんでいるように見えた。

だからどうした。

いつもの怪奇現象じゃないか。

そんなことより早く、小説を書かなくては。

◇

「今のところはなかなかよく書けていると言っていいだろう」

グッドレビュアーは原稿を机に置き、脇に置いていた缶コーヒーに口をつける。

三日間ぶっ通しで書いてなんとか原稿を完成させたものの、身体の限界はゆうに超えている。だというのにぼくはまた椅子に縛られた状態で、彼が合否判定をくだすまで、待ち続けるほかないのだった。

「しかし、エルフの聖女と旅に出るところからが本編なのだろう？　ここにいたるまでに全体の四分の一以上ものページ数を使っているじゃないか。序盤はもっとスムーズに進めるべきではないか。……君はどう思う？　忌憚なき意見を聞かせてくれ」

グッドレビュアーはそう言って、並んで座っている女性に声をかける。彼女は可愛らしく小首を傾げてから、

「導入が長いぶん仲間たちとの絆《きずな》を深めていく様子が伝わってくるし、ガルディオスとの戦いに絶望感が出ているから、あえて調整しなくていいんじゃないかな。途中までしか読んでいないから、今後どういう評価になるかはわかんないけど」

普通に喋っているので「誰やこいつ」と思ってしまいそうになるが、グッドレビュアーといっしょに原稿を審査しているのはなんと、人質になっていたメメ子先生である。

ぼくが執筆している間に彼女は目を覚ましていたらしく、ネオノベルの連中から事の経緯を聞いたところ「メメ子も審査がしたいぞい！」と駄々をこねたという。

薬漬けにされて陵辱されかねない立場だというのに……ゴネにゴネまくって最終的に許可を得たのだから、そのバイタリティたるや尊敬に値する。ていうかぼくは縛られたままなのに、メメ子先生だけ拘束が解かれているのは理不尽じゃないか？

ともあれ饒舌に語る彼女を見て、グッドレビュアーも感心したのか、

「公平に審査するつもりがあるらしいな。自分の命がかかっている状況で酔狂なことだ。場合によっては編集部にスカウトしてしまうかもしれん」

「それはそれで悪くないかもね。うふふふ」

……あ、この女。自分だけ助かろうとしていやがる。

メメ子先生に呆れた視線をそそぐと、どういうわけかウインクが返ってくる。

なんだその合図。どう受け取れと。

ぼくは深くため息を吐いてから、

「序盤が長いのは自覚していたんですけど、削るよりはその後の展開とうまく絡めてドラマ性を高めていこうかなと考えたわけでして」

「ほう、どういうことかね？」

「一巻の最後で戦うボスが魔王の手先になったクロフォードなんです。ネクロマンサーみたいなやつに操られたゾンビ騎士みたいな感じで」

ぼくがネタバレ覚悟でそう説明すると、

「なるほど、あのキャラをそう使うわけか」

「前に聞いていたあらすじだと、鎮魂のオルダスはアンデッドを操るだけで、クロフォードは絡んでこなかった気がするのだけど」

「書きはじめたら白騎士のキャラが立ってきたし、ライルにとって精神的な支柱としての役割も生まれたので。どうせならクロフォードを活《い》かしきってみようかと」

「確かにぽっと出のボスを倒すより、盛りあがるかもしれないわ。それにしても——偽物の勇者、魂の同化、そして死者との対峙と、この物語は兎谷くんの体験がそのまま反映されているみたいね」

「言われてみれば、そうかもしれないです。まったく意識していませんでしたけど」

ぼくはそう答えて、力なく笑う。

ライルとユリウスの魂が同化しているアイディアは確か、まことさんから聞いた移植の話が着想の起点になっていた気がする。

金輪際先生の〈多元戦記グラフニール〉からまことさんの移植話が生まれ、彼女の嘘を聞いたぼくはライルの設定を着想し……と、誰かの作った話に触発されて、別の誰かがまた話を作って、そうしてつながった先に〈偽勇者の再生譚〉があるのだから、考えてみれば不思議な話だ。そもそも原稿の紛失というきっかけがなければ、まことさんと出会うこともなかったわけだし——そういう意味では欧山概念という百年前の文豪に導かれて、ライルの物語は誕生したことにもなるだろう。

とはいえ、書いたのはぼくだ。

だから絶対的な評価が得られるとはかぎらないし、グッドレビュアーが作品の出来に満足してくれず、兎谷三為という人間は悲劇的な結末をむかえるかもしれない。

だとしても……今は信じよう。自分が思い描いた、物語の力を。


「見ろ、この忌《い》まわしい姿を！　目玉は振り子のように垂れさがり、肉は腐りはてて剝がれ落ち、露出した骨は風雨に晒《さら》されて赤茶けている。すべてはお前が偽物であったがゆえに、私は呪われた存在になり果てたのだ！」

「くっ……」

オルダスの秘術によって屍鬼と化したかつての師は、ライルに呪詛をかけるように罵声をまき散らし、錆《さ》びついた剣で連撃を仕掛けてくる。

アンデッドとなり果てた男の攻撃はどこまでも荒々しく、力まかせに振りおろされる刃は、盾で受けただけで腕の骨ごと砕《くだ》けるのではないかと思うほど、重い。

ライルは冥騎士クロフォードの剣技に圧倒され、じりじりと後退していく。

そこで背後から、マナカンの声が響いた。

「怨霊の言葉にまどわされてはいけません！　白騎士の魂は魔物の秘術によって汚され、

もはや原形をとどめぬほどゆがみきっています！　ライル……あなたは彼をどうしたいのですか？　なにを為すべきなのですか⁉」

「ぼ、ぼくは……」

クロフォードの亡骸に刃を向けることを、ライルはためらっていた。しかし目の前の敵は本気で戦ったとしても、勝ち目がないかもしれない相手なのだ。

屍鬼と化したことで肉体の限界を超えたクロフォードの苛烈《かれつ》な攻撃は、幾度となく傷を負わせても衰えることなく、どころか次第にその勢いを増していっているようにすら感じられる。

戦いの最中、マナカンの脇腹から血が滴《したた》り落《お》ちているのを見たライルは、かつて仲間の死に直面したときの記憶を思いだし、己の無力さに再び打ちひしがれそうになった。

しかし、そのときだった。


（――お前が恐れているものはなんだ？）


どこからか、ライルに問いかけてくるものがいた。

今にも消えそうなほど小さく、だというのに途方もない力強さを感じさせる声。

剣と剣がぶつかり火花を散らす刹那《せつな》。

ライルは戸惑いつつも、その言葉に耳をかたむける。

「ぼくが恐れているもの……？　それは……」

変わり果てた姿のクロフォード。あるいは冥騎士となった彼の底知れぬ力だろうか。

いや、ちがう。

ライルが恐れているのは、自分自身の弱さだった。


（恐怖を受けいれ、絶望に打ち勝て。目に見えるものだけが、敵ではない）


ライルははっと我に返り、そして理解する。

自らの内側に宿るユリウスが、語りかけているのだと。

「冥騎士は負の感情を糧《かて》にして強くなっているんだ！　だからぼくたちが追いつめられれば追いつめられるほど、敵の力は増していくっ！」

内なる魂に勇気づけられ、ライルは再びクロフォードと対峙する。もはやその瞳には一片の迷いもなく、凄まじい勢いで連撃を繰りだしていく。

ライルが一撃を放つたびに剣はまばゆく輝いていき、数多の流星となって冥騎士の身体に降りそそいでいく。

誇り高き白騎士が編みだした奥義。それは弟子であった少年に受け継がれ、厳しい修練の果てにさらなる高みに到達しつつあった。

ライルは叫ぶ。与えられた力を享受するだけでなく、自らの意志で道を切り開き――そして強くなっていくのだと、かつての師に示すために。

「王国騎士団流、秘奥義！　――――夢幻流星剣《ディヴァイナル・バースト》！」

―――――

原稿を机に置いたときの、ぱさりという音で目を覚ました。

やはり睡魔には耐えきれず、数十分ほど眠りこけていたらしい。ぶっ続けで書いていたせいか、寝ているときでさえ夢の中で、ライルたちのことを考えていた気がする。

ぼくが居眠りしていたことに気づいているだろうに……グッドレビュアーはあえてそのことには言及せず、ふんと鼻を鳴らしてから、不服そうにこう告げる。

「前言は撤回してやる。売れない作家だからといって、君のことを軽んじていてすまなかった。万人に好まれそうな王道のファンタジーではあるし、ライトノベルというジャンルであればこれもひとつの正解だ」

「あ、ありがとうございます！　ということは……」

ぼくが明るい声を出すと、グッドレビュアーはにっこりとほほえみかけてくる。

わずか三日という強行スケジュールの中、ネオノベルの連中が認めざるをえないほどの傑作を、見事に書きあげることができたのだ。

ひとまずメメ子先生ともども、拷問は回避された。今後の待遇がどうなるかわからないものの、身の危険は去ったと考えていいだろう。

しかしそれよりもまず、純粋に評価されたことが嬉しかった。

喜びを抑えきれずににやけ面を浮かべていると、

「だが……苦境に立たされた出版業界を救うほどの力はない。やはり君は〈絶対小説〉の力など得ていないようだな」

グッドレビュアーはそう言ったあと。

ぼくの原稿を、部屋の隅に置いてあったゴミ箱に放りなげた。

◇

目の前が真っ暗になった。

感情を抑えきれず、瞳からぼろぼろと涙がこぼれてくる。

作家としての力が足りなかった。最高に面白いと感じていたものが否定された。自分の作品をむげに扱われたことより、目の前の読者に届かなかった事実のほうが悔しかった。

なにもかも終わりだ。

そう思い、すべてに絶望しかけたとき——ふいに凛《りん》とした声が響いた。

「ちょっと待ってよ、わたしは納得いかないわ！」

ぼくは顔をあげる。

グッドレビュアーの評価に異を唱えたのは、メメ子先生だった。

「納得がいかないからどうしたというのかね。同席する許可こそ与えたが、君に作品の可否を決める権限はない。感想があれば参考にする程度だ」

「だったら読者サマの感想を聞いてくださらない？　この作品はあんなふうにゴミ箱に放りこまれて、闇に葬られるような内容じゃないわ。だってすごく面白かったもの」

熱っぽく語る彼女に冷徹なまなざしを向けながらも、グッドレビュアーは再び椅子に座りなおす。一応は聞くつもりがあると判断したのか、メメ子先生は話を続ける。

「そりゃもちろん、欠点だって多いかもね。王道ファンタジーをめざした結果として、世界観やキャラクターの設定に目を引くところはないし、ライルとユリウスの魂が同化しているところは独自性があるけど、それだって斬新《ざんしん》だとうなるほどのインパクトはない。でも……あなた自身がさっき言っていたように、奇をてらわずストレートに勝負しているからこそ、幅広い世代に愛される物語になると思うの」

「何度も言っているが、我々が求めているのはいかなる読者をも圧倒するような、絶対的な作品だ。出版業界の常識を、小説という媒体の固定観念を覆し、百年もの長きにわたって語り継がれるような名作だよ。……わかるかね？　ただのヒット作ではだめなのだ。十万部、いや、百万部でも足りないくらいなのだぞ」

「でも売れるかどうかなんて、出版してみなくちゃわからないじゃないの。もっと多くの人から意見を求めてみないことには、爆発的なヒットを生む作品かどうかなんて、まともに判断できないんじゃなくて？」

「それこそくだらん。私がそう評価したのだから、それが正しいのだ」

「名作かどうかを決めるのはあなたじゃない。いえ、あなただけじゃないと言うべきかしら。プロの編集者とはいえ……ごくかぎられた人間の評価がどれほど不確かなものか、知らないわけではないでしょう？　ライトノベルの新人賞を見れば、落選した作品が別のレーベルで賞を獲ることだって珍しくない。完成度の高い作品がさっぱり売れないこともあれば、選評でこき下ろされた作品が爆発的にヒットすることもある。独創的であれば売れるわけでもないし、個性が乏しいからといって売れないわけでもない。面白いかどうかは少数の編集者ではなく、多くの読者が決めるの」

「なのでとりあえず、出版してから判断しましょう……とでも言うつもりか？」

「そうね、世に問うてみるべきだわ。続刊が出るごとにどんどん面白くなっていくかもしれないし、わたしとしてはこの物語がどうなっていくのか、最後まで見てみたい」

メメ子先生はすべて言い終わると、ぼくに向かってぐっと親指を立ててみせる。

嬉しかった。作家冥利《みょうり》に尽きる言葉ばかりだった。

彼女は心の底からぼくの作品を楽しんで、そして愛してくれたのだ。

しかしグッドレビュアーの態度は頑《かたく》なで、首を縦にはふろうとしない。

「なんであろうと結論は変わらん。君は自分が助かりたいから彼を弁護しているのだろうが……欧山の魂が憑依したウンヌンは、やはり与太話なのだろう」

メメ子先生の熱弁も虚《むな》しく、ぼくに欧山の魂は宿っていないと断定されてしまった。ネオノベルの連中は当初の予定どおり、メメ子先生ともどもぼくを拷問することに決めたようだ。

スーツに身を包んだ男たちがいそいそと怪しげな道具を準備する中、ぼくは己の力がいたらなかったことを悔しく思い、このあとに待ち受ける未来を憂《うれ》えた。

ところが同じように絶望に打ちひしがれるべきメメ子先生は、どういうわけか不敵な笑みを浮かべて、グッドレビュアーにこう言い放った。

「欧山概念だって長く生きていたら快活な冒険小説を書いていたかもしれないし、現代に生まれていたらライトノベルみたいなファンタジーを書いていたかもしれない。ほかでもないわたしが面白いと感じたのだから、兎谷くんの作品は絶対に認められるべきよ」

「君に認められたからといって、欧山の作品と同等ということにはなるまい」

「いいえ。認めるのは、わたしだけじゃないわ」

直後、オフィスの外が急に騒がしくなった。ドタバタ、ガタンドスンと物音が聞こえたかと思えば、けたたましくサイレンが鳴り響きはじめる。

いったい、なにが起こったのか。

ぼくが椅子に縛られたままの姿勢で戸惑う中、スーツ姿の男が慌ただしく部屋に入ってきて、緊張感をはらんだ声でグッドレビュアーに報告する。

「クラスタが……！　概念クラスタが襲撃を……！」

「そんな、ばかな!?」

グッドレビュアーは驚きをあらわにし、携帯で外部と連絡を取ろうとする。しかし電話はつながらなかったのか、彼は苛立《いらだ》たしげに携帯を投げ捨てた。

やがてパパン、パパンと銃声らしき音が鳴り響き、背後に並ぶスーツ姿の輩たちにも動揺が走る。ただひとりメメ子先生だけは落ちついた様子で椅子から立ちあがると、得意げに言った。

「〈絶対小説〉の力を信奉する仲間として、多少の狼藉《ろうぜき》も大目に見てあげたけどね。あなたがたが欧山概念の名を汚すのなら、我々は総力をあげて報復するとしましょう」

「さては貴様、概念クラスタのメンバーか！　ネオノベルのオフィスを襲撃したとなれば、闇の出版業界人と戦争になるぞ！」

「望むところよ。わたしは敬虔《けいけん》なる読者《クラスタ》の集いを統べる者として、その権限が与えられているのだから」

「……!?」

勝ち誇った顔のメメ子先生に告げられて、グッドレビュアーは絶句する。彼女は目の前の男に興味を失ったかのように視線をそらすと、今度はぼくに向かって話しかける。

「おめでとう、兎谷くん。我々はあなたを歓迎します。欧山概念の遺志を継ぐ作家の創作活動を、クラスタは全力で応援することになるでしょう」

「メメ子先生って、カルト集団の教主様だったんですか……？」

衝撃の事実。

いや、イメージどおりと言えば、イメージどおりかもしれないが。

するとと彼女はぷっと吹きだして、首を横にふった。

「ごめんごめん。わたしはただ、この肉体を借りているだけ。メメ子先生は概念クラスタとは関係なくて、今はイタコ術を使って交信しているの」

「は……？」

ぼくが唖然として聞きかえすと、彼女は急に糸が切れたようにがくっと体勢を崩す。

そして再び顔をあげたとき、

「と、いうわけじゃ。メメ子ともあろうものが、呑気にぐーすか寝ていただけだと思うたか？　あのときからすでに、遠地にいるクラスタの代表とつながっておったのだよ」

「得意げに言われましても……ぼくにはなにがなんだか」

「ぬふふ。あとでじっくり説明してやる。それはさておき、グッドレビュアーとやら」

彼も急な展開にまったくついていけていなかったようで、メメ子先生に声をかけられてはっと我に返る。

そして威厳を保つことを思いだしたかのように背筋を伸ばしてから、こう言った。

「概念クラスタが相手だろうと、売られたケンカは買ってやる。裏稼業の連中をかき集めて、必ずやクソ読者カルトどもに吠《ほ》え面《づら》をかかせてやるからな！」

「おっと、威勢のいいことじゃな。しかしあいつらマジ頭おかしいから、オフィスごと爆破されんよう気をつけろよな」

彼女の言葉を聞いて、誰もがぎょっとした直後——外から激しい爆発音が響いてきて、オフィス全体が地震にあったようにぐらぐらと揺れる。

グッドレビュアーたちが慌ててその場から逃げだそうとする中、椅子に縛られたぼくだけは身動きがとれず、ただ恐怖に震えるほかなかった。

と、窓ガラスがパリンと割れ、外からなにかが投げこまれる。

逃げ遅れていたグッドレビュアーが、ころころと転がってきたものを目にして、

「ばかなっ！　手榴弾《しゅりゅうだん》だと……⁉」

「うあああああっ！」

ぼくが悲鳴をあげた瞬間、ぱっと閃光《せんこう》がほとばしる。

しかしメメ子先生はあっけらかんとした調子で、こう呟いた。

「安心せい。ただのスタングレネードじゃ」

凄まじい轟音《ごうおん》がとどろき、ぼくは意識を失った。

第五話　ビオトープの恋人

1　言うなればポスト欧山概念的ライトノベル

視界が真っ白に染まった次の瞬間。

気がつくと、ぼくは病院のベッドに寝かされていた。

夢見心地のまま主治医らしき人に診察されたあと、メメ子先生が面会にやってきた。

「お前、あれから一週間も目を覚まさなかったのだぞ？　三日三晩不眠不休で執筆したうえに監禁によるストレスもあったのじゃから、心身ともに参っておったのじゃろう」

「そうだったんですか。ご心配をおかけしてすみません……」

ぼくが頭をさげると、メメ子先生はふんと鼻を鳴らす。彼女は見舞いの品らしきリンゴをナイフで剝《む》きながら、ぼくが意識を失ったあとの顚末《てんまつ》について話しはじめた。

「闇の出版業界人が牛耳る編集部とカルト化した読者サークル——業界を代表する二大ゴロ集団の正面衝突は、そりゃもう凄まじいものであったぞ。実際、双方からかなりの逮捕者が出たようじゃが、概念クラスタは最初からカルト認定されとるし屁《へ》でもないじゃろう。しかしネオノベルのほうはそうもいかんな。一応は講談社の傘下なわけだし」

「企業と読者サークルじゃ、事件を起こしたあとの進退はだいぶ変わりますか。最近は世間も不祥事に厳しいですもんねぇ」

メメ子先生は笑みを浮かべながら、皮を剝いたリンゴをむしゃむしゃと食べはじめる。

それ、ぼくのお見舞いで持ってきたやつですよね？

「出版業界は驚くほど閉鎖的であるし、フリーランスの作家に対する非道な行いは黙殺されがちだが、ここまで騒ぎが大きくなれば話も変わるじゃろう。裏で糸を引いていた闇の出版業界人や文芸第四出版部はともかく、ネオノベル自体はそう遠くないうちに解体されるのではないか。ざまあみろ！　バーカバーカ！」

メメ子先生の高笑いを聞いていると、なんだかなあ……と思わなくもないが、地雷レーベルのひとつが壊滅に追いこまれたのは喜ばしい事実である。

グッドレビュアーが語っていたあの御方やら革新的文芸復興やらは全貌《ぜんぼう》が見えないままだし、紛失した原稿の件だって未解決。それに拷問で廃人と化してしまった金輪際先生のことを思うと胸が痛むものの――ぼくは再び、平穏な日常に戻ることができるわけだ。

できれば早いところ渋谷のマンションに帰って、ネオノベルのオフィスで執筆するハメになった〈偽勇者の再生譚〉の改稿作業に取りかかりたい。

やつらの編集部が壊滅状態になった今、ＮＭ文庫で滞りなく出版できるはずだ。

「そういえばここって、どこの病院なんですか？」

ぼくがなにげなくたずねると、メメ子先生はあからさまに視線をそらす。

不思議に思ってまじまじと見つめると、彼女はなぜか関係のない話をはじめた。

「知ってのとおりネオノベルに囚われておったとき、メメ子は概念クラスタの代表者に助けを求めた。イタコ術を使って」

離れ業にもほどがある。

彼女のオカルト能力のおかげで助かったわけだけど。

「しかしクラスタの協力を得るには、彼らを動かすだけの材料が必要になる。だからメメ子は、お前がグッドレビュアーに語った話を拝借して説得することにしたのだ」

「あのときの与太話を、ねえ」

今となっては一週間前になってしまった記憶を、たぐりよせる。

〈絶対小説〉を読んだことで、ぼくの中に欧山概念の魂が憑依した。ゆえに役目を終えた原稿は消失し、今や作家兎谷三為こそ、比類なき文才を宿した選ばれし者である、云々《うんぬん》。

「切羽《せっぱ》詰まっていたとはいえ、我ながら自画自賛っぷりがひどいな……」

「とはいえお前のでっちあげた話を信じたからこそ、概念クラスタはネオノベル襲撃を敢行したのじゃぞ。金輪際くんに盗まれた原稿を、彼らもまた喉から手が出るほどに欲しがっておったのだからなあ」

「そりゃそうでしょうね。でも今の話、この病院がどこなのかってことと関係があります？　できれば当分〈絶対小説〉の件については考えたくないんですけど」

ぼくがうんざりした顔でそう言うと、メメ子先生はきょとんとする。

彼女はあからさまに呆れたような表情で、

「まだ理解できておらぬのか。概念クラスタが求めておるのは〈絶対小説〉——つまり欧山概念の魂が宿った原稿じゃ。それは今どこにある。というより、ほかならぬお前がでっちあげた与太話の中では、どこにあることになっている？」

彼女にそう問われて、ぼくははっとして自分の胸もとを見る。

「お前の質問に答えてやろう。この病院は公共のものではなく、概念クラスタが所有する施設のひとつじゃ。……頭のねじが外れた編集者に拉致されるのと、カルト集団化した読者サークルに入信するのでは、どっちがよりやばいと思う？」

それは終わりの見えぬ悪夢だった。ネオノベルのオフィスから概念クラスタの施設に変わっただけで、囚われの身である事実に変わりはないということなのだから。

ぼくが愕然《がくぜん》として見つめていると、メメ子先生はイキイキとした声で、

「つっても概念クラスタが欲しがっておるのは兎谷だけだからな、こちとら晴れて自由の身になったわけだ。てなわけで用なしになったメメ子は帰るとするかのう」

「ちょっ待って待って、助けてくださいよお！」

「もう十分助けてやっただろうが、ボケ。お前もそうじゃろうがメメ子とて当分は〈絶対小説〉の件とかかわりあいになりとうないわ。んじゃあとはがんばれな！」

と、めちゃくちゃいい笑顔のまま帰ってしまう。

そしてひとり、概念クラスタの施設に取り残されるぼく。

「マジかよ、これからどうすりゃいいんだ……」

誰もいなくなった病室でぽつりと呟くと、なおさら心細くなる。

ネオノベルの編集長グッドレビュアー（仮面をつけたおっさん）もかなりのびっくり人間だったが――カルト集団の構成員ともなれば、アレと同じレベルかそれ以上の輩がやってくるかもしれない。覚悟を決めておこう。

しかし数分後。

全身をゴールドのポスターカラーで塗りたくった半裸のおっさんが部屋に入ってきて、ぼくはたまらず悲鳴をあげてしまった。

さすがはカルト集団。常識が通用しないにもほどがある。

◇

「尊師が驚きになられるのはご無理もないでしょう。しかしどうか落ちついて我ら読者のささやかな言葉に、その尊き御耳をかたむけていただければと思います。……申し遅れました、私は概念クラスタ評議会のひとり、金色夜叉《こんじきやしゃ》でございます」

突如として部屋に現れた全身ゴールド半裸おじさんは、怯えているぼくを見て、やけに恐縮した態度で自己紹介をはじめた。

奇妙な姿のわりにハキハキとした語り口で、聴衆の前に立って話すことに慣れた人間特有の落ちついた雰囲気をまとっている。

「あの、尊師というのは」

「それは私の前にいらっしゃる貴方様《あなたさま》のことでありますよ。現在クラスタに入信している読者のすべてが、欧山概念大師の御霊《みたま》を継ぎし大作家様がご降臨された奇跡に敬服し、感激のあまり内なる魂を震わせているのです。ゆえにこのたび金色夜叉がみなの代表として、兎谷三為尊師にご挨拶させていただいている次第でして。ちなみにクラスタの理念と活動内容について、尊師がどこまで把握しておられるのか、おたずねしてよろしいでしょうか？」

「ええと……欧山概念の作品をこよなく愛する読者の集まりで、彼の小説に登場する世界観やキャラクターを現実に再現することを主な活動内容としている団体だとか」

「よくご存じで！　ほかならぬ欧山大師の御霊を継ぎし貴方にクラスタの活動をご認知していただき、恥ずかしながらパトスを抑えることができません！」

金色夜叉さんはぷるぷると震えて涙を流したあと、塗料の流れ落ちた目もとをゴールドのペンで塗りたくる。

この時点で泣きながら逃げだしたくなるものの……カルト施設のど真ん中に収容されている以上、おとなしくベッドのうえで話を聞くほかなかった。

「欧山大師の愛用していた、あるいは大師にまつわる品々の収集や文化的保全、作品の素晴らしさを広く世に知らしめるべく地道な布教活動、内容の理解をより深めるべく読者同士のシンポジウムなどなど。しかし今しがた尊師自らがおっしゃった内容こそ、クラスタがもっとも誇るべき活動でありましょう。欧山大師の夢想を現世に体現するべく、私ども敬虔なる読者は日々研鑽《けんさん》を積んでいるのでございます。このように」

金色夜叉さんは満面に笑みを浮かべて、両手を広げてみせる。

相手はカルトの偉い人。今のところ友好的とはいえ、機嫌を損《そこ》ねたらなにをされるかわかったものではない。ぼくは頭をフル回転させて、話の趣旨を理解しようとする。

「あなたが全身ゴールドなのは、欧山作品に出てくるキャラのなりきりプレイをしているから、という解釈でいいのでしょうか。その、ファン活動の一環として」

「ご理解が早くて助かります、尊師！　私めの奇天烈《きてれつ》なふるまいはすべて〈化生賛歌〉の収録作、〈金色夜叉〉に登場する怪物を再現しているのでございます。クラスタの理念をご存じない方にはよく驚かれてしまうのですが、これもまた我らの行きすぎた愛ゆえの道化的ふるまいでございますゆえ、なにとぞご容赦のほどお願いしたく存じます」

「一応、やばいことやってる自覚はあるんですね……」

「いやはや、お恥ずかしいかぎりです。欧山的世界観を体現する行為は、クラスタの間では『誰よりも作品を愛している』という信仰心を示すポーズでありまして。そのふるまいが奇矯《ききょう》であればあるほど、再現度が高ければ高いほど、序列が高くなるのです。ちなみに私が演じております金色夜叉なるキャラクターは、さる農村で金色に輝く赤子として生まれ落ち、その奇天烈な姿ゆえ人々に疎まれた哀《かな》しき怪物でございます。ゆえにこの姿を見て悲鳴をあげたり怯えたりされるというのは実に作品再現度が高い、すなわち欧山的世界観を見事に体現したという評価になりまして、さきほど尊師自らがそうされた事実がクラスタ内に広まれば、私の序列はさらに高まりましょう」

ぼくはこめかみから響いてくる頭痛を手で抑えつつ、概念クラスタが独自に作りあげたローカルなルールをかみ砕いていく。

コアなアイドルオタクが推しのグッズを大量に集めて別のオタクにアピールするような——フリークがフリークにマウントを取るために行うフリークな行為がエスカレートした結果、カルトきわまりない集団ができあがってしまった、ということだろうか。

しかし理屈があろうとなかろうと頭のねじが飛んでいる事実に変わりはないし、ぼくは一刻も早くこの場から逃げだしたい。

「クラスタがどういった団体なのかは理解できました。それはそうとして……ぼくは今のところ、どういった状況に置かれているのでしょう？　ネオノベルに拉致されていたところを救出してもらったうえ、こうして療養させていただいたことには大変感謝しているのですけど、個人的には早いところマンションに戻って自分の仕事を進めたいというか」

「尊師のご希望とするところは重々承知しておりますゆえ、ご安心ください。概念クラスタは献身的に貴方様の創作活動を応援させていただきます」

ぼくはその言葉を聞いて、心の底から安堵する。

創作活動を応援してくれるということは、体調が回復したあとは普通に解放してもらえるのだろう。全身ゴールドなわりに思いのほか良心的な人でよかった。

「偉大なる欧山大師が遺した御霊稿、すなわち〈絶対小説〉なる作品の超然たる力については、評議会でも長らく議論がなされていたのですが、よもや原稿そのものがほかならぬ大師の御霊が別の形態をまとったものであり、文才の継承とともに現世から消失してしまう代物であったとは、クラスタ一同にとっても驚くべき事実でありました」

「ぼくとしても驚きでしたよ、まったく」

だって口から出まかせなのだし。

むしろ金色夜叉さんが件の与太話をなんの抵抗もなく受けいれていることに、今さらながら驚いてしまう。たぶんまだ、ぼくの作品を読んでいないのだろう。でなければ、こうも素直に信じてくれるはずがない。ところが、

「実はさきほど、尊師が紡がれた夢想を拝読させていただきました。生きているうちにかのような傑作に再びめぐりあえるとはと、自らの幸運を噛《か》みしめた次第でございます」

「読んだのですか？　ぼくの作品を？」

「もちろんですとも！　ネオノベルのオフィスより我らの同胞が回収した御霊稿にて、しばしその素晴らしき作品世界に浸らせていただきました。やはり貴方様こそ真なる御霊の継承者であると、膝《ひざ》を叩いて感服した次第でございます」

ぼくは驚きのあまり、とっさに謙遜《けんそん》の言葉が出てこなかった。

金色夜叉さんは〈偽勇者の再生譚〉を読んだうえで——あのライトノベルが欧山作品に匹敵しうる内容だと、彼が書いたような作品だと、評価しているらしいのだ。

「でもあれって中高生向けに書いたものですから、〈化生賛歌〉のような難解な作品を好む読者の皆さんにはご満足いただけないのではないかという不安もあったのですが……」

「いいえいいえ！　いーえいえいえいえ！　〈偽勇者の再生譚〉はまさしく現代によみがえりし欧山概念の作品だと、誰もが評価すべき内容でしょう！」

ええ……。なんだこれ……。酷評されるのも辛いが、ここまで全力でヨイショされるとそれはそれで戸惑ってしまう。

しかし金色夜叉さんは、金色の顔にくっついた黒目を爛々《らんらん》と輝かせながら、

「もちろん〈化生賛歌〉とは雰囲気が異なる内容であるのも事実でしょう。しかしながら中世ヨーロッパ風の世界観の随所に欧山的なエッセンスがふくまれており、さらには現代的なアレンジがなされ、全体的な筋書きはエンターテインメント精神をふんだんに盛りこみつつもときに思慮深く情緒的で、嗚呼《ああ》……言うなればポスト欧山概念的ライトノベルだというのが、クラスタ評議会の一致した見解でございます」

「ポ、ポスト欧山概念的ライトノベルですか……」

「左様でございます、尊師。あれほどまでに欧山的な作品を生みだすことができうるのは、貴方様の身のうちに大師の御霊が宿っているからこそでありましょう。ゆえに何度も

申しあげますが、クラスタはニューウェーブ欧山概念的ライトノベル作家である兎谷三為尊師と専属契約を結び、その創作活動のすべてを独占することに決めたわけであります」

ニューウェーブって。さっきはポストなんちゃらだったような。

さてはこのおっさん、テキトーなことを言っているのではあるまいな。

作品がベタ褒めされるのは悪い気がしないものの、やたらと欧山概念が引き合いに出されるのは釈然としない。〈偽勇者の再生譚〉はぼくの小説として素直に評価してもらいたいし、金色夜叉さんの熱弁は先走りすぎというか、『原稿の力を得た人間が書いた』という先入観に囚われすぎているように感じられる。

こうなってくると与太話で騙くらかしていた事実がバレたときの反動も怖いし、ボロが出る前に逃げたほうが賢明だ。そう思い今一度、早く帰りたい旨を伝えようと口を開きかけたとき――ぼくはふと違和感を覚え、眉をひそめて聞きかえす。

「クラスタと専属契約……？　独占……？」

「本来であればほかならぬ大師の魂を宿した御霊稿もそのひとつにふくまれるわけでございますが、貴方様の御身に憑依――すなわち尊師ご自身が〈絶対小説〉ということになりますと、さすがに資産として扱うわけにはまいりません。そのため作家として専属契約をかわし、今後はクラスタの全面的バックアップのもと、私どもが運営しております施設にて、ご自身の創作活動に励んでいただければと思います」

「待ってください！　ぼくを帰してくれるのでは……⁉」

「ええ、ともに帰りましょう。我らの故郷《ビオトープ》へ」

ビオトープ。

その単語を聞いたぼくは、ネットで見たニュース記事のことを思いだす。

概念クラスタは東京都の孤島を買いとり、土地全体を使って欧山作品の世界観を再現するための大型施設を作りあげた。しかしながら一般公開はされておらず、その実態は多額の資産を用いて築いたカルトの総本山。

絶海の孤島であるぶん、ネオノベルのときより状況が悪化しているような……。

2 無意味なお芝居をしなくちゃいけないの？

数日が経って体調が回復すると、ぼくはさっそく自家用ヘリに乗せられてビオトープに連れていかれることになった。

これまでに幾度となく常軌を逸《いっ》した出来事に巻きこまれてきたからか、不思議と気分は落ちついていた。もはやなるようにしかなるまいと、諦観《ていかん》に似た覚悟が決まっている。

やがて隣に座る金色夜叉さんが、

「到着する前に、今後のご予定をお伝えしておきます。ビオトープにて尊師は美代子様と面会し、そののち偉大なる大師の御霊を継承せし大作家様として、自らの創作活動に専念していただくことになっております」

「……へ？　美代子様？」

「おっと失礼。クラスタの代表者のお名前を、まだご存じではありませんでしたか」

クラスタの代表者。つまりネオノベルに囚われていたとき、メメ子先生のイタコ術で彼女の身体に憑依して救ってくれた人物だ。

そして百年前に欧山概念の代理人であった『美代子』と、まったく同じ名前。

彼女が生きていた？　いや、そんなわけがない。

ぼくはクラスタの理念を思いだし、こう問いかける。

「その人は欧山作品に登場するキャラクターではなく、現実に存在した代理人の役を演じているというわけですよね。いわゆる、なりきりコスプレとして」

「お察しのとおりでございます。彼女はクラスタの代表者であるとともに、巫女《みこ》としての役割を担っているのです」

言葉の意味がよくわからず、ぼくは首をかしげる。

金色夜叉さんはまばゆい顔面をくしゃくしゃにゆがめて、得意げに説明する。

「欧山大師の才能を見いだし、世界的な文豪に押しあげた立て役者こそが、ほかでもない美代子様。ゆえに彼女の遺志を継ぎしクラスタの代表者も、同じ役目を背負っているのです。新たな欧山概念――すなわち今私の目の前にいる貴方様のような才能を、この広い世界から見つけだすという」

彼がなにを言っているのか、今度は理解できた。

そして絶海の孤島にて待っているという、概念クラスタの代表者の人物像についても、なんとなく察することができた。

◇

やがて自家用ヘリは目的地にたどりつき、ぼくは潮風の吹きつけるヘリポートに降り立つ。すると遠くから手をふってくる、着物姿の人物が見えた。

カルトの総本山に知りあいなんていない。いてたまるものか。

だけどぼくの足は彼女のもとに進み、ごく自然に挨拶をかわす。

「もしかしたらと思っていたけど、やっぱり君だったんだな」

「ビオトープにようこそ、兎谷くん」

まことさん、あるいはマクガフィン先生——今ではクラスタの代表者である美代子さんは、以前に会ったときと変わらぬ、見惚《みほ》れるような笑顔を浮かべていた。

「貴方様はこのたび欧山概念大師の御霊を継ぎし作家であると認められ、評議会より兎谷三為尊師としてビオトープに招かれました。微力ながら尊師をクラスタに導く手助けをさせていただいたわたしとしても、今回のことはとても喜ばしく思っております」

まことさんは謝恩会のときのようなくだけた口調をやめて、概念クラスタの代表者『美代子』として流暢《りゅうちょう》な挨拶をする。

どう呼ぶべきか迷ったあげく、ぼくはあえて以前と同じように、

「今の台詞はどこまでが本当でどこまでが作り話なのかな、まことさん。君の名前が変わるのも二度目だし、素直に信じてあげることができないんだけど」

「そのような喋りかたをしてはいけません。多くの読者にとってポスト欧山概念的ライトノベル作家である兎谷三為尊師は、かの文豪と同等にミステリアスかつ威厳あふれる存在でなければならないのですから」

「そんなこと言われても、フランクに話しかけてきたのは君のほうじゃないか。ていうかぼくも君や金色夜叉さんみたいに、無意味なお芝居をしなくちゃいけないの？」

「ご存じのとおりクラスタには過激な読者が大勢おります。貴方様が理想とする作者像にそぐわない場合、彼らがどういった行動に出るかわかりません。当面は文豪らしくふるまうべきでしょう」

ぎょっとして周囲を見まわすものの、まことさんと挨拶をかわした時点で金色夜叉さんやほかのクラスタの信者は場を離れたらしく、今いるのはぼくたちだけだった。

酔狂きわまりない行為とはいえ……カルトのど真ん中にいる以上、彼女の忠告に従っておいたほうがよさそうだ。ぼくは文豪っぽい態度がどんなものか考えあぐねたすえ、

「う、うむ。そういうことなら吾輩《わがはい》も、ロールプレイをやってみるとしよう」

眉間《みけん》にしわを寄せてそう答えると、まことさんは小ばかにしたようにぷっと吹きだす。

いや、笑うなって！　ヘタクソな芝居なのは自覚しているから！

ぼくが理不尽な反応にがっくりとうなだれると、彼女は再び真面目な表情を作って、

「それでは今よりビオトープの中をご案内いたします。およそ常識的な世界で生きてきた貴方様からすると、幻想的かつ退廃的すぎる欧山概念的世界観の奔流に面食らうかもしれませんが、どうか悲鳴をあげて取り乱したりはせず冷静に対処していただきたく存じます」

「できればご遠慮願いたいところではあるが、どうせそうもいかぬのだろうし。ちゃちゃっと終わらせるとするか」

ぼくが渋《しぶ》い表情でそう言うと、まことさんはにっこりとうなずく。

彼女は相変わらずのイタズラ小僧めいたまなざしで、こう言った。

「でしたら極端にやばいエリアを中心に見ていきましょう。尊師は当面の間ビオトープに滞在するのですから、ショック療法的に慣らしていったほうがいいかもしれませんし」

「ちょっ……待っ……!?」

危機感を覚えて後ずさるものの、まことさんはぼくの手をがっしりと握ると、ヘリポートの外にぐいぐいと引っぱっていく。

カルト集団が作りあげたマジカルミステリーなテーマパークを、虚言癖のある教主様が直々にガイドする。この世でもっとも心がおどらないデートのはじまりだ。

◇

「で、この人はいったいなにをやっているのかね」

「ごらんのとおり、全身にカブトムシを貼りつけているところですね」

いきなりパンチが強すぎる住民を紹介された。

目の前にいるのは頭に巻いたハチマキから枯れ枝を生やした半裸の男性で、薄茶色の肌に樹液を塗りたくり、虫かごのカブトムシを一匹ずつ身体に貼りつけようとしている。

唖然として眺めていると、期待に満ちた視線をちらりと向けられる。キツい。

「彼はクラスタの理念に基づいて、欧山大師による初期の傑作〈桃源郷〉に登場する樹精の魂を現世に顕現《けんげん》させようとしています。作中に登場する樹精はこのように表皮から樹液を分泌し、甲虫たちと共存しているという設定ですから」

「ギギギ……。ソンシニアエテ、ウレシイデス……」

カブトムシをうじゃうじゃ貼りつけたグルートのような枯れ枝男は、甲高《かんだか》い裏声で握手を求めてくる。これで取り乱すなというのも無理があるものの、すでに金色夜叉さんで耐性をつけていたぼくは、なんとか笑みを浮かべて彼の手を握る。

「コンゴトモヨロシク……ゴホッゴホゴホッ！」

裏声を出すのがきつかったのか、彼は盛大にむせてしまう。咳をするたびに肌に貼りつけたカブトムシがボトボト落ちて、それを慌てて拾う様子がなんとも不条理だ。

まことさんが無表情で眺めているのもしんどい。せめてツッコミを入れてくれ。

「樹精を再現しようとしているビオトープの住民はほかにもおりますが、現在では彼が一番完成度が高いかもしれません。以前はもっとすごい方がいらっしゃったのですけど、原作を忠実に再現しようとするあまり自力で肌から樹液を分泌しようと考え、大量の蜜《みつ》を飲用する生活を続けた結果、重度の糖尿病にかかり現在はクラスタの施設にて療養中です」

「そ、そうか。どうコメントしたらいいかわからんぞ」

というわけで樹精の男と別れ、次のエリアに向かう。

中に入るとまず目の前に飛びこんできたのが、壁に埋めこまれた無数の白い顔だった。

「ほとんどオバケ屋敷じゃないか、これ」

「こちらも樹精と同じく〈桃源郷〉に登場する、最後の大伽藍《だいがらん》を再現した部屋でございます。世俗の喧噪《けんそう》に疲れた若者が老人に導かれ、霧深い森をさまようちにたどりつく仙人の里。そこでは僧たちが、このように壁と一体化して悟りを開く修行をしているのです」

真っ白な壁面に彫刻された大理石の顔はどれも精巧に作られており、のべ数百はあることから相当な予算がかけられていることがわかる。

触っても大丈夫だというので手を伸ばしてみると、冷たい石の感触ではなく生暖かい柔らかな質感が伝わってきて、ぼくはぎょっとして後ずさった。

「まさかこれ、ぜんぶ?」

「すべて彫刻ではなくクラスタの住民でございます。彼らはパントマイムの技法を応用し、完璧《かんぺき》に壁と一体化しようとしています。尊師がおとずれるからスタンバイしていたわけではなく、何年も前から瞑想《めいそう》を続けているのですよ。さながら〈桃源郷〉に住まう僧のように」

心を無にせよ……みたいな感じなのだろうか。壁に埋めこまれた無数の顔は禅僧のごとく静かに目を閉じていて、ぼくに触られても微動だにしない。

いよいよ本格的に宗教の香りが漂ってきたところで、まことさんが次の部屋へ案内してくれる。するとさきほどの無機質な部屋とは趣が変わり、ゴツゴツした岩盤が四方に張り巡らされた、おどろおどろしい空間が広がっていた。

「見てのとおり、ここは〈外道〉に登場する地獄です。本来の設定では大釜《おおがま》に満ちているのは沸騰する鬼の生き血なのですが、再現するのが難しいため赤く染めたお湯を使っています。四十度前後を維持してあるので入浴もできますよ。試してみますか？」

「遠慮しておこう。吾輩はそこまで物好きではない」

「死人が出たこともありますから、そのほうがよいかもしれません。欧山的世界観を完璧に再現しようとした読者のひとりが、釜のお湯を沸騰させて飛びこんだのでございます」

「どうなるか想像がつくだろうに、自殺願望でもあったのだろうか……」

「金色夜叉から聞いていませんか？　原作を忠実に再現すればするほど、あるいは払った犠牲が大きければ大きいほど、クラスタでは読者としての序列が高くなるのです。閉鎖的な環境でもあるビオトープにおいて、欧山作品への愛の深さは絶対的な価値がありますから。中には思いあまって命を賭けてしまう住民も出てくるのです」

またもや常軌を逸した話を聞かされて、ぼくは顔をしかめてしまう。

とはいえなまじSNSに触れているせいか、自己顕示欲のためだけに——フォロワーやいいねの数を競うあまり——自らの命を危険に晒したり悪質な犯罪に手を染める人間がいるという事実を、思いのほか素直に受けいれることができてしまった。

「理想を追い求めるあまり極端な行動に走ってしまうのは、芸術家や作家とて同じかもしれないな。しかし何度も驚かされてきたせいか、限界人間コンテストにも慣れてきたよ。ハードコアな連中が出てくると覚悟しておけば、耐えられる気がするぞ」

「あとは全身こぶ人間とか冷凍マグロを頭にかぶる女とか、馬糞《ばふん》をこねて妖精《ようせい》を作ろうとしている老婆などがいますね。目が完全にイっていて怖いやつ」

「耐えられるかどうか、さっそく自信がなくなってきたなあ……」

素に戻って弱音を吐いたところで拒否権はなく、ぼくはやんごとなき立場としてビオトープの中を案内され、奇天烈きわまりない空間や様々な扮装《ふんそう》に身を包んだフリークスたちを紹介されることになった。

そうしてしばらくビオトープの施設を見てまわると、歩くのと驚くのとで忙しくて身も心もへとへとになってしまう。

まことさんはここらで一旦休憩というような感じで、ぼくに振りかえってこう言った。

「このあたりならわたしのシンパしかいないから、普段どおりにして大丈夫よ、兎谷くん」

「そうかい。ばかみたいな文豪プレイをしなくていいのなら助かるな」

「で、イカれた連中のお花畑を見学した感想は？」

「とんでもないところに来ちゃったな、としか言えないよ。ていうか君もこの島がどうかしてるって自覚があるんだね。なのになんでカルトの教主サマなんてやっているのか、そろそろ教えてほしいんだけど」

「ほかの選択肢がなかったから、と答えるべきかしら。だってわたし、ここで育ったのよ。六歳のころから」

その言葉を聞いてぎょっとする。

今しがた見てきたのは、倒錯的芸術めいたカルト施設以外のなにものでもない。

彼女はこんな異常な世界で、物心ついたときから暮らしていた……？

「おかげでごらんのとおり、性根がねじ曲がってしまいましたとさ。ビオトープができたのが今からちょうど十五年前、当時からここに住んで、成人するまで一度も外に出たことがなかったわけだから、まっとうな人間に育ったほうだと思わない？」

「自分で言っちゃうのかよ、それを」

「想像してごらんなさい。いついかなるときも、自分が自分であることを許されなかった少女のことを。わたしは幼いころからこの嘘にまみれた島で、欧山作品のようにふるまわなければならなかった。小説のように生きなければならなかったの」

「両親はなにをしていたのさ。そんなふうに育てられるなんてどう考えてもおかしいよ」

「でもビオトープではまかりとおるの。ていうか親の顔なんて見たことないし」

まことさんは笑ってそう語るので、ぼくはそれきりなにも言えなくなった。

彼女はさも満足そうにこちらを見つめながら、

「そうでなくてもカルトの親を持った子どもがどんな生活を強《し》いられるかなんて、あなたにだって察しはつくでしょ。宗教のもっとも罪深い事柄のひとつね、弱い立場の人間は信仰を強要され、本来あるべき自由を束縛される。わたしはその極端な例でしかない」

まことさんが近づいてきて、ぼくの手を握る。

彼女がどこまで真実を話しているのかわからない。

嘘であってほしいとすら、思えてくる。

「欧山的世界観を再現したいと考える過激な読者の矛先が、自分以外の人間にも向いたとき、どんなことを試みると思う？　たとえば伴侶《はんりょ》を得て子を持つ親となったら、あるいは成果を求め、作品の完成度をどこまでも突き詰めていく求道者となったら」

彼女がなにを言わんとしているのか、ぼくにはいまいち伝わってこない。

だけどいやな方向に、とてつもなく不穏な方向に、話が進んでいる気配だけはあった。

「せっかくビオトープに来てくれたのだし、わたしの生まれ育ったところに案内するわ」

3　悪い夢ならいい加減、覚めるべきだ

　まことさんが向かった先にあったのは、病院のような建物だった。

　外観はぼくがネオノベルのオフィスから救出されたあと、療養していた施設に近い。しかし中に入ると、実験に使うような小さな動物が入ったプラスチック製のカゴがいくつも陳列されていて、病院というより研究所のような趣が漂っている。

「クラスタの創設者は、美代子の主治医だった医者の息子よ。彼は父のコネクションをとおして欧山概念の足跡をたどり、やがて〈絶対小説〉とめぐりあい文豪としての力を得た。その後は病院を経営する傍《かたわ》ら文筆業でも多大な功績を残し、莫大《ばくだい》な資産を元に大規模な欧山概念の読者サークルを結成するにいたったの」

「聞いた感じだと闇の出版業界人たちに近いね」

「闇の出版業界人とわたしたちは欧山概念という親から生まれた双子のようなものね。もっとも今の彼らは出版社が持つ権力に取り憑かれ、作家を奴隷のように扱う独裁的な編集者の団体に落ちぶれてしまった。一方のクラスタは占有権こそ主張するとはいえ、あくまで作家の人格と創造性を信奉している。だからそりが合わないのよ」

「どっちにしろぼくは首輪でつながれるんだからひでえ話だよな……」

「兎谷くんの立場からしたらそうかもね。でも拷問されるよかマシでしょ」

まことさんは消毒液の香り漂う通路を歩きながら、そう言って肩をすくめる。

道すがら白衣を着た人とすれ違うことがあり、彼女を見るなり慌てて会釈をすることから、前を歩く女性がこの施設の主であることがわかる。

「クラスタが出資する研究は、当然のごとく欧山の世界観を再現することを目的としたものが多いの。たとえば遺伝子操作で〈化生賛歌〉に登場する妖怪を生みだそうとするとか」

「ええ……。マジで頭おかしいんじゃないの……」

急に話が大きくなってきたので、ぼくは呆れて聞きかえしてしまう。

しかしそこでふとばかばかしい考えが頭に浮かんで、

「もしかして木霊とか作ろうとしたりしてなかった？　河童の楽園の」

「あれは欧山じゃなくて兎谷くんの創作でしょ。〈真実の川〉にはアボカドの化け物なんて出てきやしないわよ」

「そういやそうだったな。ていうかアボカドじゃないって」

ひとまず今の話を聞いた感じでは、概念クラスタが遺伝子操作で肉食植物の化け物を作ろうとしていた、という事実はなさそうだ。

いや、あってたまるか。あきらかに話が現実離れしてきている。まことさんの流暢な語り口に乗せられて、うっかり真に受けそうになっていた。

「あっぶねえ……。イカれた連中のお花畑を観光してきたばかりのせいか、油断すると信じてしまいそうになるな。どこから真実でどこから創作なのか、最後にちゃんとネタばらししてくれるんだよね？」

「そうね。じゃないと不親切だもの」

まことさんがふっと鼻で笑ってそう言うので、ぼくは安堵の息を吐く。

現実的に考えるならクラスタの創設秘話や医療とのつながりまでが事実で、遺伝子操作以降は作り話なのではないか。流れるように嘘をつきやがるから、油断できない。

「兎谷くんて子どもは好きかしら。ランドセルに欲情しちゃうとかだと逆に困るけど」

「ぼくをなんだと思っているのさ……。普通に好きだけど急になんの話？」

「この先に進めばわかるわよ。でもロリコンは入室厳禁」

ぼくは返事のかわりに肩をすくめ、まことさんにうながされるまま突き当たりの扉を開ける。するとなるほど、そこは託児所のような一室だった。幼稚園児から小学校低学年くらいまでの女の子たちが、仲良くお遊戯《ゆうぎ》をしている。

「わあ！　おねえちゃーん！」「その人だあれ？　カレシ？」

「ねえねえ、あそぼあそぼ」「みてみて、わたしってかわいいでしょ」

コロボックルみたいに小さな身体が、ぼくらを見るなり一斉に群がってくる。

お手玉やケンダマ、独楽《こま》にメンコ。わりかし古風な遊びをしているようで、それらを手に握りしめたまま走り寄ってくる姿は、自然と頬がゆるんでしまうくらい可愛らしかった。

まことさんは慣れた手つきで、女の子のひとりをひょいと抱きあげる。ぼくも「やあ」とご挨拶するものの、少女ははにかんで顔をうつむかせてしまう。

抱きあげられた少女は顔立ちから仕草まで、まことさんにとてもよく似ている。彼女を十歳以上幼くすれば、きっとこんな感じになるはずだ。

そこでぼくは違和感を覚えて、群がってきたほかの女の子たちの顔を眺める。

「ていうかみんな、そっくりだね……？」

「えー、ちがうよお」「こいつらといっしょにしないでよ」

「わたしのほうがかわいいでしょ」「は？　かがみをみてみなさいよ、ぶーす」

「いまわるいことをいったわるいこがいます！」「うわ、ちくりだちくり。さいあくだ」

一斉にピーチクパーチクわめきだす少女の群れ。彼女たちの顔はうりふたつで、同年代の子同士で並んでいると見分けがつかないくらいだった。

「もしかして全員、君の妹とか親戚《しんせき》なの？」

「似たようなものかしら。遺伝子情報的には同じだし」

まことさんはぽつりと呟いて、抱えていた女の子を床におろす。その子が着ているワンピースには名札がつけられていて、末尾に三桁《けた》の番号が印《しる》されていた。

【美代子／０３０】

ぼくがまじまじと見つめていると、まことさんはこともなげに言った。

「だからクローンと呼ぶのが正しいかも、わたしたち」

その言葉に反応したかのように、一斉にこちらを見る無数の顔。

美代子、美代子、美代子、美代子、美代子、美代子、美代子。

美代子、美代子、美代子、美代子、美代子、美代子、美代子。


名札に印された文字と無機質な番号を見て、ぼくは理解する。

この場にいる少女たちはみな、欧山の代理人を再現するために作られたのだと。

「嘘だろ……。こんなのって……」

「だったらよかったのにね。でも、わたしのネタばらしはこれでおしまい」

まことさんが打ち明けた内容は今までに語られたどの話よりも小説じみていて、だからこそそのすべてが、まっかな嘘であってほしいと願った。

目の前に確固たる証拠が並んでいても――ぼくはそう願ったのだ。

◇

研究所めいた施設を出たあとも、ぼくはショックのあまりひとことも口を利くことができなかった。一方のまことさんは驚くべき出生秘話を語ったばかりだというのに、口笛を吹きながらぼくの手を引っぱって島を案内してまわる。

そのうちにビオトープに来たときへリで着陸したヘリポートのちょうど反対側、島全体を一望できる小高い丘にたどりつく。

背後は断崖絶壁《だんがいぜっぺき》だ。真相を打ち明けるのに、これほど適した場所もないだろう。

「こんなの信じられるわけないよ……って顔ね」

「当たり前だろ。いまだに受けいれきれているかどうか自信がない」

「出会ったばかりのころから、わたしが嘘ばっかりついていた理由にも納得できたでしょ。あなたがこういう反応をするのはわかりきっていたから」

そう言われてしまうと、ぐうの音も出なかった。まことさんが最初から正直に打ち明けていたとしても、ぼくはまともに取りあおうとはしなかったはずだ。

「はあい、兎谷くん。わたしはイカれた読者サークルで教主をやってるまこちゃん（仮）どえす☆　欧山概念の代理人である美代子の墓をあばいてクローンとして培養されたので同じ顔の妹がたくさんいるけど、両親の顔は見たことがありませえん！　だってパパとママ試験管だし？　みたいな感じで自己紹介するハメになるのよ、無理オブ無理でしょ」

「悪い冗談はよしてくれよ。いや、冗談じゃないのか……」

だからこそなおさら、救いようがなかった。

まことさんの口から真実が語られるたびに、彼女という人間は理解しがたいものになり、夢か幻のように、現実離れしていく。

そのうえ今やぼくも兎谷三為尊師として、虚実交じりの世界の渦中に囚われている。

これを悪夢と言わずなんと言おうか。しかも一向に覚める気配がないのだ。

「でもすべてが嘘ってわけじゃないの。謝恩会の夜に見せたとおり、胸を手術したのは本当だし。美代子は生まれつき身体に欠陥を抱えていて、それはクローンであるわたしたちにも遺伝した。評議会もせっかく完成させた美代子を病死させるわけにはいかなくて、再現性をゆがめたとしても手術に踏み切ったわけ。おかげでオリジナルとちがって健康そのものだから、医学の進歩には感謝しないとね」

「じゃあ金輪際先生の妹云々はでたらめか。やっぱり不謹慎きわまりないじゃないか」

「あの人には手ひどく騙されたんだから構いやしないわよ。わたし自ら才能を見込んでビオトープに招いたのに……あのおっさん、〈絶対小説〉の原稿を盗んで逃げだしたのよ？そのせいで足取りを追跡するハメになって、東京まで出て行けたのだから悪いことばっかりじゃなかったけど。メメ子先生と知りあったのもそのころね」

そう言われてようやく、あの占い師とまことさんのつながりを把握する。失踪した金輪際先生を探すために占いを依頼した話は、あながち嘘ではなかったわけか。

「そんなこんなで金輪際先生をなんとか捕まえたのはいいのだけど、そのときにはもう原稿が紛失していた。あの人は兎谷くんが盗んだと言っていたから――今にして思うと完全に責任を押しつけてのバックレよね――今度はあなたにターゲットを絞ったわけ。でも兎谷くんてばあきらかに〈絶対小説〉のジンクスに否定的だったし、お金目当てで原稿を盗んだというのも無理あるかなってことは、最初からなんとなく感じていたかも」

「そりゃそうだろ。ぼくは盗んじゃいないのだし」

「でもふたりで取材に行って、そのあと河童の楽園の短編を読んだとき、もしかしたら……って思ったの。兎谷くんは欧山の文才を得ているのではないか、〈絶対小説〉に選ばれたのではないか、そういう片鱗《へんりん》を作品の中に感じたから」

だとしたら、過大評価もいいところだ。あの短編は最初から二次創作として書かれたものので、欧山概念にインスパイアされた作品、それ以下でもそれ以上でもない。

なのにまことさんは、ぼくの作品をかの文豪に匹敵しうるものだと考えている。

「あなたは原稿の秘密を解き明かしたのよね。〈絶対小説〉とは欧山概念の思念が原稿というかたちで具現化したものであり、選ばれた人間は肉体にかの文豪の魂が記述される。そうすることで彼が持っていた文才を、というより欧山概念そのものを継承する」

まことさんは既知の事実であるかのように、ぼくの与太話について嬉しそうに語る。

しかし彼女が自らの異常な出生を打ち明け、今までについた嘘のネタばらしをしたのだから、ぼくもすべてを打ち明けなければならない。ビオトープにおける自分の立場が危うくなったとしても、そうしなければフェアじゃない。

「ちがうんだ。あれはネオノベルに捕まっていたときに苦しまぎれに作りあげた話で、ぼくは〈絶対小説〉に選ばれてなんかいないし、欧山概念の魂だって継承しちゃいない。だから原稿は行方不明のままだし、ぼくはただのクソ作家のままさ」

「……本当に？　それこそ嘘でしょ。じゃあ兎谷くんは作り話の信憑性を高めるためだけに、物語としての完成度を備えたうえで、欧山概念の文体を完全にコピーしたわけ？」

「待ってそれ、どういうこと」

「あなたと欧山概念の作品が、文体の比較においても同一と呼べる代物だということよ。あなたが欧山概念の魂を継承していないのだとしたら、無意識にやったなんてこと、あるわけないでしょ」

言葉の意味が、よくわからなかった。

ぼくの戸惑った表情を見て、まことさんは納得したような顔をする。

「やっぱり無意識なのね。いいえ、自覚があろうとなかろうと、現実的に考えてありえない。だって〈偽勇者の再生譚〉は、名詞に形容詞に動詞、あまつさえ句読点の位置にいたるまで、欧山概念が書いた〈化生賛歌〉の文体と完璧に一致しているのよ。作風が似ているなんてレベルじゃない。偶然であるはずがないし、狙ってやるのだって不可能だわ。超常的な力を借りたのならともかく」

まことさんはさっきから、なにを言っているのだろうか。

〈偽勇者の再生譚〉はライトノベルで、王道のファンタジーなのだから、本来であれば百年前の文豪が書いた世界的な名作と比較すること自体がナンセンスだ。

めざすべき方向性も読者層もなにからなにまでちがうのだし、なによりぼくが書いた作品である以上、欧山概念の作品と文体が一致するわけがない。

「わかったぞ、君はまた嘘をついているんだな」

「残念だけど、本当の話。クラスタの評議会があなたを尊師として認定したのは、文章構成のすべてが欧山概念と同一だったから。人知を超えた力——すなわち〈絶対小説〉の継承者となった証拠として、十分すぎるほどの説得力を持っていた」

まことさんは追い打ちをかけるように「解析ソフトで調べればわかるわ」と続ける。

ぼくが望みさえすれば、確固たる証拠を突きつけてやろうという構えだ。

「いい加減、ドッキリ大成功のプラカードを出してくれよ。ぼくはもう、君の与太話に付きあいきれない。他人のことならいくらでも嘘のつきようがある。だけど——」

「この期におよんでもなお、〈絶対小説〉の力を得たことを認めたくないの？　それともとっさに思いついた作り話が、偶然にも真実を言い当てていたのかしら。もしそうなのだとしたら、それこそ欧山概念の小説みたいな筋書きね」

「君はこんなイカれた場所にいるから、現実と虚構の区別がついちゃいないんだ。クローンの話も今の話も、ぼくにはわからないだけでトリックがあるんだろ？　お願いだから本当の本当に、真実を話してくれよっ！」

ぼくが取り乱してそう言うと、まことさんはわずかに身体を震わせる。

はじめて目にする、彼女の動揺。あるいは——悲しみ。

自分の言葉が彼女を深く傷つけたことを、理解してしまう。

「ごめん……」

「いいの、あなたの気持ちもわかるから。わたしは生まれついたときからずっと、小説のように生きてきた。大人たちは口を開くたびに、美代子のような病弱な少女としてふるまえと強要してきたし、モノクロ写真に写された彼女にできるかぎり近づけようと、整形手術をほどこしたりもしたわ」

生まれながらにして別の誰か、虚構の存在であることを押しつけられてきた彼女の表情は——目を背けたくなるほど痛々しく、皮肉にも病弱な美代子のイメージそのものだ。

まことさんは語る。託宣を告げる巫女のように。

「欧山概念の魂が憑依したという話だって、あなたが一から考えたとは思えない。兎谷くんは文豪の魂に誘われて、示唆《しさ》されていた答えを導きだしただけ」

ちがう。そう言いたかった。なのに、考えてしまう。

河童と冒険する夢も、温泉で見た金輪際先生の幻も、〈偽勇者の再生譚〉の登場人物が原稿の中から語りかけてきた怪奇現象も、現実だろうとそうでなかろうと自分で経験し、ぼくは頭の中に記憶したことだ。それらの情報をパズルのピースのように組みあわせて、ぼくは〈絶対小説〉の与太話を作りあげた。

もしそれが、最初からそうなるべく仕組まれていたのだとしたら……。

一時、目を瞑《つぶ》ってみる。

再びまぶたを開いたとき、視界に飛びこんできたのは無数の文字だった。

欧山概念の。

原稿に書き記された。

クセの強い。

文字。

気のせいではない。幻覚ですらない。

なぜならタトゥーのように浮かびあがった腕の文字を指さして、彼女が呟いたからだ。

「ほら、やっぱり。あなたの中に原稿の力は宿っているのよ」

悪い夢ならいい加減、覚めるべきだ。

それとも他人に見えるのだとしたら、これが現実だというのならば――もはや認めるほかないのだろうか？

今はぼくこそが、〈絶対小説〉なのだと。

4　この世界にたったひとりでいい、誰かに伝わってほしい

「旦那《だんな》様。そろそろお目覚めになってください。今日はお日柄もよく、絶好の散歩日和でございます。たまには外に出かけてみてはいかがでしょう」

「んん、それも悪くないかもしれんな。しかしまずは朝食だ。腹が減っては戦はできぬと言うし、君の料理を食べずに一日をはじめるのは、合戦に勝つより難しい」

「あらお上手ですこと。村の衆から大根をいただいたので、湯がいてからポン酢で食べましょう。あとはご飯とお味噌汁《みそしる》。ほかになにかお出ししましょうか？」

「十分だ。これほどのご馳走《ちそう》もそうあるまい」

そう言って寝床から起きあがり、美代子がもらってきた採れたての大根を眺める。

ぼくは……いや、吾輩は今この島で、文豪として暮らしている。

◇

海に囲まれた孤島だけあってビオトープは風が強く、冬である今の時期はとくに寒さが厳しい。吾輩は着物のうえに半纏を羽織って外に出ると、二週間ほど寝泊まりしている住処を眺める。

古めかしい木造の家屋がびゅうびゅうと吹きつける風に耐えている様は、群馬の実家を彷彿《ほうふつ》とさせ、ともすれば長い年月を過ごしてきたかのような錯覚におちいってしまう。

クラスタは美代子との同棲《どうせい》生活をお膳立てすることで、欧山概念が為しえなかった幸福な暮らしを、兎谷三為という作家を介して再現しようとしているのだろう。

ひとり暮らしをしているときとちがって煩わしい家事は美代子がやってくれるし、こちらから言わずとも、ビオトープの住民が新鮮な食材を届けてくれる。

ぬるま湯のような環境の中で、ぼくは諦観にも似た居心地のよさを感じていた。すべての用事を投げだして二度寝をするように、このまま文豪として生きていくのだろうか。

髪はボサボサ、眉間にしわを寄せ、背を丸めて小走りにひょこひょこと――吾輩はクラスタの信者が喜びそうな文豪の姿を再現しつつ、美代子と連れそってあぜ道を進む。

するとと遠くから歩いてくる、島民の一団が視界に映った。

彼らはこちらに気づくやいなや、早足で駆け寄ってきて、

「嗚呼っ！　現世によみがえりし大師の御霊が貴方様の頭上に見えまするっ！」

「再来じゃ！　欧山概念大師の再来じゃあ！　お願いします！　小説を！　我らしがない読者に小説を授けたまへ！」

涙ながらに訴えかけてくる島民たちの顔は、一様にそばかすとあばたで荒れた畑のようになっている。彼らはこのビオトープで作物を育てつつ、欧山概念の描いた農村の暮らしを再現している、序列の低い信者たちだ。

吾輩が書きあげた〈偽勇者の再生譚〉はネオノベルのオフィスで読まれた原稿しか現物がなく、評議会のメンバーの間でまわし読みされているような状況だ。

クラスタの会誌に全編を掲載させてほしいと打診も受けたのだが――あの作品はＮＭ文庫のために書き下ろしたものだからと断ったうえで、あらためて新作を書くという条件で納得してもらっている。だからこそ多くの信者たちは、伝聞でしか知らぬ兎谷三為の作品

を早く読みたいと、涙ながらに訴えてくるのである。

「ここだけの話、傑作になる予感がある。今しばらく待たれるがよい」

「は、はい……っ！　御身に宿る欧山概念大師の夢想を紡いでくださることを、我々一同は心待ちにしておりまするっ！」

吾輩の言葉を聞いた島民たちは平伏《ひれふ》したのち、畑作業に向かうのか慌ただしく去っていく。彼らの姿が見えなくなるまで文豪らしく腕を組んでいると、隣の美代子がひとこと、

「大丈夫なのですか？」

そう問われても、吾輩はむっつりと黙りこんだまま。

クラスタの評議会にもたびたび催促されているというのに……長編はおろか短編すらまだ一度も書きあげていないことについて、弁明すらしない。

お互いしばし見つめあったのち、美代子は観念したようにため息を吐く。

「散歩でもすれば気も晴れるだろうと淡い期待を抱いておりましたが、そのご様子ですと余計に追いつめられてしまいそうですね。いっそ丘のうえにある図書館に足を運んで、静かな空間で思う存分、読書に浸ってみますか？」

「そうしよう。道化のごとく戯れるのは、さほど向いているとは思えないからな」

吾輩がそう答えると、美代子は図書館に向かって歩きだす。

周囲に渦巻く虚構から逃れたいがために、読書という名の虚構に没頭しようと考える。

それはまさに欧山概念の短編にありそうな、皮肉な寓話《ぐうわ》めいた筋書きだった。

◇

ビオトープの図書館だけに、いったいどれほど摩訶不思議《まかふしぎ》な空間かと身構えていたものの、小高い丘のうえに立つそこは思いのほか飾り気のない建物だった。

しかし中に入ると壮観で、天井近くまでそびえ立つ書架が歓迎してくれた。

美代子が薦めるだけあって本好きなら一日中、いや、何週間だって時間を潰せそうだ。

「芥川龍之介、夏目漱石、太宰治、三島由紀夫《みしまゆきお》……読んだことはないけど教科書で名前を知っている作家ばかりだ。こういう小説を読んだほうがいいと金輪際先生に言われていたのだが、気がつくとライトノベルばっかり手にとってしまってな」

文豪らしさが微塵《みじん》もない発言をしつつ文庫を中心に蔵書を閲覧していると、美代子が親切な書店員のお姉さんのような口ぶりで、

「最近の本も揃えてありますし、ライトノベルでデビューした作家の文芸作品から試してみてはいかがでしょう。冲方丁《うぶかたとう》や桜庭一樹《さくらばかずき》あたりがよいかしら」

「ではそうしようと言いたいところだが、お目当ての本にかぎって見あたらないぞ」

「さては講談社のものですか？」

「かもしれない。うろ覚えではあるが」

いちいち版元まで意識していなかったものの、あらためて眺めてみると蔵書の中に講談

社の本がない。新潮や岩波はもちろんのこと、集英社や小学館、どころか同じ系列の光文社はあるのに、講談社だけが抜け落ちているのは不自然だ。

「金輪際先生にお薦めされた森博嗣《もりひろし》や京極夏彦《きょうごくなつひこ》、西尾維新《にしおいしん》の本も見あたらぬな。講談社で書いている作家ばかりだし、なにやら作為的なものを感じるが……どういうことだ？」

「お察しのとおり、大人の事情というやつですね。かつて概念クラスタと講談社は蜜月の関係にあったのですけど、十数年前にさる事情で袂《たもと》を分かってしまいまして。彼らの多くが闇の出版業界人に鞍替《くらが》えしてしまったこともあり、以来この図書館では暗黙の掟《おきて》として講談社の本を置かなくなったのです」

「カルト読者サークルと大手出版社の癒着、そして決裂か。興味深い話だな」

「きっかけとなったのは、ある女の作品でした。内容については覚えていますか？」

どの作品だろうと考えたあと、それが〈化生賛歌〉に収録されている短編のタイトルだと気づく。欧山の代理人である美代子をモデルとした一篇《ぺん》——〈或る女の作品〉だ。

「もちろんだとも。吾輩が一番好きな話かもしれない」

「欧山の最高傑作とも言われていますしね。江戸の後期、病弱な少女が絵筆を手にしたことで創作の喜びに目覚め、浮世絵師として開花します。しかしより華やかな、誰もが称賛する傑作を描こうとするあまり魂を削り、描きかけの作品を遺したまま、息絶えてしまうのです」

美代子の流暢な解説に耳をかたむけながら、吾輩は記憶をたぐりよせる。

最初に読んだときこそ難解すぎてピンとこなかったが……河童の楽園で夢とも現実ともつかぬ冒険を経たあと、かの作品の凄《すご》みは実感を伴って胸に刻まれるまでになっていた。

圧巻なのは物語のラスト、浮世絵師の少女が事切れた瞬間――その身体が絵画の中に吸いこまれていく場面だろう。生と死、現実と虚構の境界が曖昧になっていく結末は、クラスタが言うところの欧山的世界観に満ちている。

「実はこの短編にはふたつの解釈がありまして。評議会の一派と講談社に籍を置く信者との間で議論が紛糾し、両者は決別するにいたったわけです」

「カトリックとプロテスタントのようなものか。欧山概念の小説がクラスタにとっての聖書なら、そういうことも起こりうるのだろうな。して、対立のきっかけとなったふたつの解釈とは、いかなるものなのだ」

「わかりませんか？　浮世絵師の少女は自らの描いた虚構に呑まれてしまったのか。それとも虚構に身をゆだねることで魂の救済を得たのか。件の物語は解釈によって、バッドエンドにもハッピーエンドにもなるのです」

「ほほう、そこまで深くは考えなかったな」

「でしたらどちらの解釈が正しいと思うか、旦那様のご意見をお聞かせください。御身に宿る欧山大師の魂にたずねても構いませんよ」

「どちらにも取れる、というのがそもそもの狙いだろう。たとえばこのビオトープにいるかぎり吾輩は文豪であり、書きあげた小説は常に称賛を浴びる。作家にとってはまさに理想の暮らし、虚構に身をゆだねることで得られるハッピーエンドだ。そのうえ美しい女性までいっしょにいてくれるのだからな」

「わたしのことをオマケのようにおっしゃらないでください。感謝が足らないようでしたら家事をストライキいたしますよ？」

「おっとすまない、むしろ君のほうがメインだよ。しかし……売れない作家とはいえ、吾輩は自分の作品に誇りを持っている。なのにクラスタの信者にもてはやされた今、ついスケベ心を働かせて、欧山概念のような小説を書いてしまうかもしれない。そうなったとき、はたしてそれは吾輩の作品と呼べるのだろうか。創作者の矜持を、売り渡してしまうことにはならないだろうか」

「それが旦那様にとっての、バッドエンドなのですね。虚構に身をゆだねるか、それとも呑まれるか。すべては受け手がどう捉えるかで幸か不幸か変わってしまう」

吾輩は無言でうなずく。作品の解釈をめぐる議論から話題がそれつつあることに、彼女だって気づいているはずだ。とはいえあえてそのまま、会話を続けていく。

「称賛されたいわけではない。書きたいものを曲げてまで売れたいわけでもない。この世界にたったひとりでいい、誰かに伝わってほしい。そう思ってきたからこそ、どんなに苦しくても耐えてきた。なのにクラスタの人たちが吾輩を文豪のように、欧山概念のように扱うと、自らもそうあることを望んでしまう。吾輩は……いや、ぼくはぼくのまま、ぼくにしか書けない小説を書きたいのに」

「だから兎谷くんは今、小説が書けないの？　自らの魂とも言える小説を、欧山概念が描いた虚構に呑みこまれてしまうのが恐ろしくて」

ぼくが虚構で飾るのをやめたからか、美代子も――いや、まことさんも自然体で語りかけてくる。おかげでありのままの気持ちをぶつけることができた。

「ネオノベルで書きあげた〈偽勇者の再生譚〉でさえ、欧山概念的だなんて評価されているわけだしね。認めたくはないけど……ぼくはあのとき、文豪の力を借りたのかもしれない。そりゃ世界的に評価されている作家のほうが小説を書く技量はずっと上だろうし、その力のおかげでクラスタが絶賛するような傑作になったと考えれば、話の辻褄《つじつま》だって合うだろうさ。でも作品の根幹をなすプロットは――物語そのものが持つ面白さは、兎谷三為という作家がこの一年間必死に考えて、ようやく作りあげたものなんだ。なのにぜんぶ〈絶対小説〉の力を得たから、みたいにされちゃうのは納得できないよ」

話しているうちに答えが出てしまった。

あの作品をもう一度、自分だけの力で生まれ変わらせてやればいい。

文体が一致しているのなら、何度だって書きなおしてやる。欧山の魂が悪さをしてくるなら、うるせえ黙れと突っぱねてやる。文豪が相手だろうがなんだろうが、ぼくの作品はぼくのほうが面白く書けるのだと、証明してみせればいいだけじゃないか。

そんな決意がふつふつとわきあがり、創作に対する熱意もよみがえってきた。

だけど、

「でもね……兎谷くん。あなたにとってはそうでなかったとしても、わたしにとっては今がハッピーエンドなの。この暮らしがずっと続けばいいって、そう願っているのよ」

まことさんはそう言ったあと、懐《ふところ》から一枚の紙を取りだした。

それは目の前の女性と生涯をともにするという意味において、婚姻届でもあった。

すなわち概念クラスタの専属作家となるという旨の、契約書である。

5　そんな現実、壁に叩きつけてやる

今までは口約束でお茶を濁してきたけど、書面で契約を結べば後戻りできない。

兎谷三為という作家は正式に、概念クラスタの所有物となってしまう。

実のところ、契約書以外の面でもタイムリミットは近づきつつあった。

今となっては遠い昔のように感じるものの、メメ子先生とともに逃避行の旅に出てからそろそろ一ヵ月。NM文庫の鈴丘さんとかわした、初稿の提出期限が近いのである。

この異常な状況を考えるとおかしな話と思えるかもしれないが、ぼくは締め切りを破りたくない。連絡も入れずにぶっちぎるのはプロの沽券《こけん》にかかわるし、〈偽勇者の再生譚〉の執筆に入るとき、鈴丘さんはこう言ってくれたのだ。

読者として楽しみにしています、と。

ぼくはひとりの作家として、デビュー以来ともに戦ってきた担当編集さんの期待に応《こた》え

たい。スケジュールを考えると初稿をそのまま提出することになるだろうけど、そのあとで全面的に改稿して、欧山概念の力が介在していない真の最高傑作として書きあげよう。

ただそうなると、早急に島を出る必要がある。

ネットの記事を読んでいたこともあって、概念クラスタの総本山ビオトープ、つまりこの島が本州からそう遠くない位置にあることは事前に承知している。

とはいえ泳いで海を渡るなんて無茶はできない。川太郎でもあるまいし、そんなことをすれば河童の楽園どころか閻魔大王《えんまだいおう》様のところまで直行だ。

それに島から脱出するとなれば、まことさんの気持ちを裏切ることになってしまう。

現実は小説のようにうまくいかないから、ぼくのハッピーエンドは彼女のバッドエンドにつながっていて——ふたりとも幸せになれる選択肢なんて、存在しないのだろうか。

ある日の昼下がり。島の南端にある丘のうえで見知らぬ男に声をかけられたのは、ぼくがそんなふうに悶々と考えていたときのことだった。

「お時間をいただいてもよろしいですかな、尊師」

「ええと、どなたですか？」

気がゆるんでいたこともあり、ぼくは文豪口調を忘れて問いかけてしまう。

ところが男はとがめることもなく、苦笑いを浮かべてこう言った。

「なりきりに興じていないのでわかりませんかな。金色夜叉です」

「言われてみれば面影が」

全身ゴールドのおっさんは、全身ゴールドでないときは普通のおっさんだった。

どういうわけか今日の金色夜叉さんは、散歩中に話しかけてきたかのように自然体で、

「気分転換に釣りをしませんか。なにやら思い悩んでいるご様子でしたし、せっかく島に来たのですから優雅にボートにでも乗ってみたいでしょう」

正直なところ、面倒だなと思った。

とはいえ相手はクラスタのお偉いさんなので、むげにもできなかった。

◇

「このボートは最新型でして、タッチパネルを操作すれば自動で航行してくれます。ほかの船舶が見えたときはブザーを鳴らして、AIが回避してくれたりもするのですよ」

「流行のオートドライブ機能ってやつですか。自動車だけでなくほかの乗り物にもあるんですねぇ。SFって感じで興奮しちゃいます」

学生時代のバイトでよくおっさんの相手をしていたので、高価なおもちゃ自慢にヨイショするのは手慣れたもの。ぼくは金色夜叉さんにもごまをすりながら、海釣りに興じる。

「ビオトープでの生活はどうですか。そろそろ慣れてきたころでしょう」

「ええ。ぬるま湯みたいに快適ですよ」

口に出してから、失言だったかなと後悔する。しかし金色夜叉さんは気分を害した様子

もなく、針に魚がかかったのか、リールを巻きあげはじめる。

「そのわりに執筆が滞っているようですな。ひょっとすると我々は選択をまちがえたのでしょうか。よかれと思って、貴方様をビオトープにお招きしたわけですが」

慣れた手つきで釣りあげた魚（詳しくないので名前すらわからない）をシメつつ、金色夜叉さんはあっさりとクラスタ側の非を認めた。

ぼくはその言葉に驚いて、まじまじと彼を見つめる。

「今のは評議会の総意ではなくあくまで私個人の考えですから、他言はひかえていただけると助かります。うっかりすると立場が危うくなりますゆえ」

「そういうことなら秘密にしておきますけど……。口をすべらせたついでに、もっと詳しく聞かせていただけませんか。わざわざ海釣りに誘ってくれたのも、ほかに誰もいないところで、評議会の方針とやらの話をしたかったからでしょう？」

思いきってたずねると、金色夜叉さんのまなざしに得体の知れない色が宿る。

この人はクラスタの中ではまことさんと同じかそれ以上に、胸襟を開いて話をしてくれている。それはきっと、ぼくの思い違いではないはずだ。

「どこから話せばいいものやら。かねてより私めは兎谷三為尊師のお目付け役として、文豪らしくふるまえ、欧山大師のように威厳を保てと口うるさく言ってまいりました。しかし実のところ評議会にて決定された方針に従っていただけでございまして、私個人は当初より、貴方様にクラスタの理念を遂行させる意義については懐疑的なのです」

「てっきりノリノリでやっているものかと」

「我々の活動に対する理解を深めてほしい、とは常々願っております。とはいえ教義とは強要されるものではないですし、ましてや尊師は敬虔なる読者ではなく、自らの思い描いた世界を体現なさる力をお持ちの、作家様でございます。であれば欧山の登場人物のなりきりに興じる必要はなく、新しく創造なさるのが本来のお役目でありましょう」

そこまで話したあと、金色夜叉さんは深々とため息を吐く。

彼の表情に深い絶望がよぎるのを見て、ぼくは戸惑いを覚える。

「欧山概念的な世界を具現化する……クラスタの理念を遂行するもっとも理想的な手段は、彼のような小説を書くことでございます。かの文豪に匹敵しうる作品の創造こそが、我ら一同の秘めたる願いというわけで」

「だったら書いてみりゃいいじゃないですか。まことさんがそうしたみたいに」

難解な物言いの金色夜叉さんがまどろっこしくて、ぼくは率直な意見を口にする。

彼自身がそう認めたように、作品愛を示すだけならもっと平和で、合理的な手段はいくらでもある。沸騰した湯に飛びこんだり、文豪の才能を見いだした代理人のクローンを生みだすなんて、常軌を逸した行為に手を染める必要はどこにもない。

ほかの文芸サークルがそうであるように、欧山作品の二次創作をするまっとうな団体として活動していればよかったのだ。

「書いてみようとしたところで、我らは我らの創作物に納得できないのです。誰よりも欧山作品を愛していると自負するあまり、唾棄《だき》すべきまがい物を作りあげてしまうという事実を、どうしても直視することができない。美代子にしてもそう、彼女の小説にはかの文豪に対するリスペクトがない。むしろ否定したがっているようにすら感じられます」

「そんなこと言ったらぼくだって、欧山概念的な小説を書こうなんて考えちゃいませんでしたよ。文豪の力を継承したなんて本気で認めたくないですけど……あのクソオカルトが事実だとしても、ぼくはずっと自分の小説を書きたいと願ってきました。なのにあなたがたに欧山欧山言われて、うんざりしているところです」

感情的になって本音をぶちまけると、金色夜叉さんは虚をつかれたような表情を浮かべる。後先を考えずに話してしまったけど、後悔はなかった。

すると彼は納得したような表情を浮かべ、こう言った。

「欧山作品に心酔するものは、どうあがこうと模倣者にしかなれません。かの文豪をあえて意識しないからこそ、兎谷尊師は現代の欧山概念たりえるのでしょうか」

「結局なにを言っても、どう思っていても、あなたがたはぼくをポスト欧山なんちゃらに認定するつもりのようですね……。おかげで頭が痛くなってきましたよ」

「気分を害されたのなら申しわけない。しかし我々が選択をまちがえたのではないかと思うのは、つまりはこういった理由でございまして」

いきなり本題に戻ったので、今度はぼくが虚をつかれてしまう。

そのうえ彼は、さらに突っこんだ意見を口に出した。

「ビオトープのような欧山概念的な空間に身を置くことが、尊師にとって理想的な創作環境なのだと、クラスタの面々は信じている節があります。ところが実際に貴方様のお顔を拝見すると、窮屈なカゴに押しこめられた鳥のごとく覇気がない。そもそもかの欧山概念大師は、この島のような特異な場所で小説を執筆していたのでしょうか？　私めにはむしろ逆に思えるのです。無味乾燥とした、夢想を抱くことでしか人生に希望を見いだすことのできぬような環境にいたからこそ、創作の翼を羽ばたかせたのではないか、と」

金色夜叉さんはそこで一瞬、苦渋に満ちた顔をする。

ぼくは寒々しい冬の海に浮かぶ船上で、彼の言葉に耳をかたむけるほかなかった。

「評議会は多くの信者から求心力を得るべく、貴方様という才能を囲い、クラスタのシンボルとして利用しようとしています。……しかしそれでは結局、闇の出版業界人となにも変わらない。作家を道具のように扱う、傲慢《ごうまん》な編集者のようになってはならない。真に小説を愛する読者なら、その創造性を束縛するべきではない。今の尊師を見ていると、そんなふうに考えてしまうのですよ」

彼はそう言ったあとで操縦席のほうを指す。

これみよがしに、タッチパネルの操作マニュアルが置いてあった。

「私めはズボラな性根でして、たまにボートの鍵を置き忘れることがあるのです。そうなると無断で船を借用されかねませんし、不用心だと思いませんか」

唐突にそんな話をふられた理由を考えたあと、ぼくはあっと声をあげる。

オートドライブ機能搭載の、最新式のボート。

金色夜叉さんの説明が事実なら船舶免許を持っていない素人だろうと、ＡＩ制御で船を操縦できる。そのまま島を出て——本州に渡ることすら。

「みなが寝静まったころ、夜釣りに行くのも風情がありましょう。しかし美代子は誘うべきではないですな。かの娘はクラスタの代表者でありますゆえ、日々の勤めに差《さ》し障《わ》りかねません。貴方様だけならともかくとして、ね」

「つまり、ぼくひとりで島を出ろと」

具体的なことを口にしたぼくに、金色夜叉さんは「しっ」とたしなめる。

そして彼は、銀貨三十枚で聖者を売り渡す背教者の顔を向けて、

「実のところ、いまだに迷っておりまして。貴方様がもし羽ばたこうとなさるのならば、私めも勇気を出して、評議会に新たなる理念を提唱しようかと思います。たとえ唾棄すべき代物であったとしても、模倣者にすぎないとしても……」

「難しく考えずに、とりあえずやってみりゃいいと思いますけどね。全身を金色に塗りたくるよりは、有意義な活動だと思いますよ」

金色夜叉さんは「こりゃ一本取られましたな」と言って、自分の頭をぽんと叩く。

概念クラスタがまっとうな文芸サークルに変わっていくことを祈って、ぼくは会話の締めにもうひとこと、彼らが信奉する文豪の言葉を引用する。

「〈絶対小説〉の序文にも、小説を書くことで幸福は得られると書いてありましたし」

「ハハハ。まさに欧山大師らしいお考えですな」

なのにぼくは小説を書くために、得られたはずの幸福を手放さなくちゃいけないのだろうか。この島を出ていくのなら、愛《いと》しい彼女と別れることになるのだから。

◇

その日の夜、ひさしぶりにまことさんと肌を重ねた。

毛布にくるまって寝息をたてている無邪気な姿を見ていると、罪悪感に押し潰されそうになる。この島から脱出すれば、彼女の想いを裏切った事実をぼくは一生後悔するだろう。

「今日、出ていくよ。小説を書かなくちゃいけないから」

自然と、口から言葉が漏れていた。

まことさんはやっぱりまだ起きていたらしく、

「あなたならたぶん、そうすると思っていたわ」

「ずいぶんとあっさり納得するんだね」

「わたしに怒ってほしいの？　それともわんわん泣いてほしい？」

ぼくは返答に詰まる。彼女の反応に物足りなさを感じたのは事実だ。

我ながらいやな男で、心の底から情けなくなってくる。

「ごめん。いや、謝ったところで許してもらえるとは思えないけど」

「最初からわかっていたし、覚悟もしていたの。全身ゴールドおじさんが手を貸してくれるのなら、安全に脱出できるでしょうし」

「てことはなにもかも筒抜けだったわけか。昨日のうちに独占契約の書類を突きつけてきたのも、金色夜叉さんがぼくを逃がそうとしていると察していたからなの？」

そう言ってから、まことさんの表情をうかがう。

なんとなく違和感があって、どうしてなのか考えて、そしてぼくは答えを得た。

「まさかぜんぶ、君が……」

「あれ、なんでわかったの。兎谷くんも腕をあげたのかしら」

まことさんはあっけらかんとした顔で呟く。

大変よくできました、といったご様子だ。

とはいえぼくはまた、彼女の嘘を最後の最後まで見抜くことができなかったわけだ。

金色夜叉さんに指示を出したのは——ほかでもない彼女なのだと。

「困ったことに美代子として生を受けたのよ、わたし。あなたの作品はもっと広い世界で評価されるべきだし、だったらそのために、代理人としてやるべきことをやらなくちゃ」

「ネオノベルでも同じようなことを言っていたっけ。最初からずっと君が一番、ぼくの小説を応援してくれていた」

「たぶんね、〈絶対小説〉となんの関係がなくても、わたしはきっと兎谷くんと、兎谷くんの小説が好きになっていたと思う。だけどあなたが欧山概念の魂を継承していなかったらこうして出会うこともなかったわけだし、そして継承してしまったからこそ、わたしたちはいっしょにはいられないの。概念クラスタの思想がゆがんでいることは誰よりもよく知っているし、彼らがあなたの創作活動を邪魔しないよう、ここで金色夜叉とともに評議会を制御していかなくちゃいけないから」

その言葉を聞いて、泣きそうになった。まことさんは怒ったり泣いたりせず、ぼくとの別離を甘受しようとしているのだと、そう気づいて。

ぼくの小説のために。小説を書きたいと願う、ぼくのために。

そう納得しかけて——ふと胸のうちにわいたのは、憤りだった。

「納得がいかないよ。お行儀よく手をふってはいさよならって、小説の主人公がヒロインとそんな結末をむかえたとしたら、ぼくはその本を壁に叩きつける気がするし」

「底の浅いラブコメじゃないんだから、なんでもかんでも結ばれてハッピーってわけにはいかないのよ、現実はね」

だけどぼくは、まことさんの手を握る。

彼女はどこまでも頑固で、眉をつりあげて首を横にふった。

「わたしと駆け落ちでもするつもり？　言っておくけど本気を出したクラスタは、ネオノベルが可愛く思えるほど過激な団体なのよ」

「知っているさ。武装したやつらがビルに突入するところを見たんだぞ、ぼくは」

「じゃあ冷静になりなさい。目の前にいるのはラプンツェルじゃなくてクソカルトの教主様だし、あなただって白馬の王子様にしちゃ残念すぎるツラでしょ。引きこもりの作家が愛想《あいそう》のいい子にメロメロになって、強引にお持ち帰りしようとしているだけのくせに、ハリウッドスターにでもなったつもりで手を握ってこないで」

「そうだね、君の言うとおり自分に酔っていることは認めるさ。でも一生に一度くらい、勢いにまかせて女の子を口説いたっていいだろ。ぼくはこの島から出ていくし、クラスタの契約を蹴ってNM文庫で小説を出す。でもだからといって、君と別れなくちゃいけない理由にはならない。仕事と私生活を両立するのが、正しい社会人のありかたじゃないか」

納得できるわけがない。百年経っても成仏できない往生際の悪いクソ文豪のせいで、なんでぼくがまことさんのことを諦《あきら》めなくちゃいけないのか。ただでさえ何度もひどい目にあっているのに、これ以上やられっぱなしでいてたまるものか。

ぼくがなおも強く手を握ろうとすると、彼女はすっと身体を離してこう告げる。

「わたしがいなくなったら評議会は確実に暴走していくわ。そうなったらクラスタに追われて逃げ続けなくちゃいけないし、小説を書くどころじゃなくなるわよ。そのときになって後悔したんじゃ遅いんだから」

「そんなの、全身ゴールドおじさんになんとかしてもらえばいい。ここで君と別れたら一生後悔するし……どうせ後悔するなら、白馬の王子様の役をやりとげたいよ」

「ほら、やっぱり。兎谷くんは現実が見えていないだけ。世の中には、いくら手を伸ばしても届かないものはあるし、どれだけ望んだって得られないものはある。それでもみんな我慢して、必死に生きていくの。そんなこと、あなただってわかっているはずでしょ」

「だったらそんな現実、壁に叩きつけてやる！　納得できない結末を読まされるくらいならね！　ぼくの物語は、君がいなけりゃハッピーエンドにならないんだよっ！」

気がつくと、ぼろぼろに泣いていた。

裸のまま、必死に駄々をこねて。土下座するように、腰をかがめて。

幻滅されてもおかしくないほど、情けない姿だったのかもしれない。

醜態を晒したぼくを見て、まことさんはこう呟いた。

「なに今の。ダサすぎて素に戻っちゃった」

「えええ……。ぼくは真剣なんだけど……」

唖然としてそう返すと、彼女は毛布にくるまってケラケラと笑う。

おかげで余計にみじめな気分になってくる。でも、

「わたしがいなくなったら、小説どころじゃなくなりそうね。兎谷くん」

「作風に影響は出るよ。めちゃくちゃ話が暗くなったりするかも」

「それはちょっと困るかな。なんだかんだ言ってもわたし、底の浅いラブコメって嫌いじゃないし」

今度はまことさんがそう言って、自分からぼくの手を握ってくる。

彼女の体温が伝わって。優しさが伝わって。

あふれるばかりの想いが伝わって。

ぼくの口から自然と、嗚咽《おえつ》が漏れてしまう。

「ラブコメって最後はハッピーエンドになるってわかっているから、安心して読めるのよね。わたしがそばにいたら、小説の主人公みたいにかっこよくなってくれる？」

まことさんは歯を食いしばって、必死に笑うのを我慢している。

そんな彼女の表情を見て、どうやら腕をあげたらしいぼくはこう言った。

「本当はちょっとだけ期待していたんじゃないの。駆け落ち」

「え、ちょっとだけだと思う？」

やっぱり君は嘘まみれじゃないか。

だからこそ逆に、わかりやすいのかもしれなかった。

◇

そしてふたりで、夜が明けないうちにボートに乗りこむ。ビオトープに来たときの悲惨な状況を思えば、ありえないほどドラマチックな幕引きだ。

だけど冬の澄んだ星空の下、ボートに乗って静かに元いた島が遠くなっていく様子を眺めていると——不穏な考えがふと、心の中に芽ばえてくる。

これは本当に、自分で選んだ行動なのだろうか、と。

ビオトープに長く滞在していたせいかもしれない。
今なお誰かが書いた小説の、なりきりプレイに興じている。
そんな気がして、ぼくはどうにも落ちつかなかった。

第六話　世界の終りとリアルモンスター・ワールド

1　ぼくは自分の小説を書きたかったんだ

ＡＩ制御によるオートドライブは想像していた以上に快適だった。おかげで驚くほどあっさりとボートは海を越え、ぼくらは翌早朝、某国の密航者さながらに本州へ上陸する。

上陸した浜辺が都心からほど近い位置だったこともあって、文無しふたりの徒歩でも夕方ごろには渋谷のマンションにたどりついた。

久方ぶりのマイホームにまことさんを招き入れ、一息ついたあと、

「兎谷くんには悪いけど、クラスタに足取りをつかまれる可能性があるし明日には部屋を引き払ったほうがいいかも」

「当面の生活費を考えると頭が痛いなあ……。〈偽勇者の再生譚〉を早く出版して印税に期待するっきゃないか。原稿は脱出前にまことさんが回収しておいてくれたから、これを

ベースに一から自力で書きなおそう。欧山概念の力を借りてないぶんクラスタが絶賛するような内容にはならないと思うけど、ぼくなりにどうにか面白くしてみせるよ」

「大丈夫よ。〈化生賛歌〉に負けないくらいの傑作になるから」

まことさんが力強くそう言ったので、照れ笑いを浮かべてしまう。ぼくとしてはまだそこまでの自信は持てないけど、やってやるぞという気分にはなった。

「そうだ、鈴丘さんに連絡を入れとかないと。仕事で使っていたやつは拉致されたときにどっかいっちゃったし、前に使ってたパソコンを引っ張りだしてっと」

ひとまずSkypeにメッセージを送ると――さっそく、ビローンビローンと着信音。

『兎谷先生ですか。NM文庫の鈴丘です』

「おひさしぶりです。連絡が遅くなってすみません。とりあえず生きてます」

『はあーっ！　お変わりなかったですか⁉　てっきりあなたまで失踪したのかと』

「心配をおかけして申しわけないです。実をいうとぼく、先日から……」

鈴丘さんに長々と、ネオノベルに拉致されたことと、そのあとで概念クラスタの本拠地に軟禁されていた経緯をかいつまんで説明する。とはいえ正直に話すと今後の作家活動に悪影響が出そうな、教主様との駆け落ちやクラスタに追われている事実は伏せておく。

ネオノベルのオフィスが襲撃された件は世間でも大々的に報じられていたらしく、『にわかには信じがたいですが、ニュースにもなっていましたし本当の話みたいですね。だとしたら兎谷先生がご無事でよかったですよ』

「てなわけで色々とありましたけど、新作の原稿も進めてありますからご安心ください。ひとまず一旦提出しちゃいますけど、納得ができていないので全面的な改稿を――」

『む……うおっほん！』

ぼくがそう告げると、鈴丘さんは大きく咳払い。

なぜだか妙にわざとらしくて、彼の態度に違和感を覚えていると、

『新作というのはその、〈偽勇者の再生譚〉ですよね？』

「企画が進行中なのはその一作だけですし、締め切りだってもうすぐですから。まさか、鈴丘さんが忘れていたなんてことは……」

『もちろん覚えていますよ。むしろ兎谷先生と連絡が取れなくなって以降、ずっとそのことで頭を悩ませていたというか、私自身、だいぶ打ちのめされていたというか』

それからしばし間があって、鈴丘さんは意を決したようにこう告げる。

『すみません！　あの話、やっぱりなかったことになりました！』

「ええ……!?　企画そのものがボツってことですか!?」

『端的に言えばそうなります。本当に心苦しいのですが、やむをえない事情があって、その……また最初からプロットを作っていただけないでしょうか』

「でも会議にとおっていたはずですよね？　編集部の方針が急に変わったとかそういう話だとしても、この一年やってきた身としては納得できませんよ！」

この時点でぼくはだいぶ怒っていた。

横で聞いているまことさんも、ハラハラしているような雰囲気だ。

『実を言うとですね……兎谷先生の考えた作品、すでに出版されています』

「すみません、意味がわかりません」

『検索してみてください。タイトルもそのままですから』

いやな予感がした。

心臓をバクバクと鳴らしながら、グーグル先生に文字を打ちこむ。

するとぼくの新シリーズのタイトルが、あっさりと候補に出てくる。

鈴丘さんの言うとおり別のレーベルからすでに出版されていて、通販サイトでも販売されていた。

ただし著者名は、兎谷三為ではない。

〈偽勇者の再生譚〉 金輪際著

理解が追いつかなくて、しばし呆然としてしまう。

ほかでもない金輪際先生に。尊敬してやまなかった先輩作家に。

ぼくの小説は、盗まれていた。

◇

悪い夢でも見ているような気分で、金輪際先生が出したライトノベルの現物を確認するべく、最寄りの書店へ向かう。マンションで一休みしてすぐに出るかたちになってしまったけど、まことさんも文句を言わずについてきてくれた。

「金輪際先生が、兎谷くんの小説をパクったってこと？」

「わからない。ネオノベルに拉致されたとき、ぼくが最後に見た金輪際先生はとても執筆できるような状態じゃなかった。温泉で会った幻はともかく正気のころだってずっと音信不通だったわけだから、ＮＭ文庫から企画の内容が漏れたって線も考えにくいし」

「ネオノベルから解放されたあとに精神状態が回復したっていうのは？　でも、それにしては刊行が早すぎるかしら」

まことさんが言うように、ぼくが書きあげてから盗作したのなら、今の時点で市場に流通させることは困難だ。

ライトノベルの出版は時間がかかる。原稿の執筆や校了作業のみならず、イラストレーターの選定から挿絵の発注、タイトルロゴのデザイン、印刷所で大量の現物を刷る……などの工程を経るため、必然的にタイムラグが発生するからだ。

「そもそもあの人が兎谷くんの作品をパクるかな。あれでかなりプライドが高いから、絶対にそんなことしないと思うけど」

「タイトルや設定がカブるなんて話はライトノベルじゃままあることだから、偶然の一致という可能性はあるよ。でも通販サイトに載ってるあらすじまで同じなんだよなあ」

ところが最寄りの書店にて件の作品を購入し、路上にてざっと目をとおしたぼくは——尊敬していた作家がやらかした掟破りの暴挙に、愕然としてしまった。

「なんだよこれ……。ほとんどコピペじゃないか……」

あろうことか金輪際先生の名を冠して出版された〈偽勇者の再生譚〉は、ぼくが書いた原稿そのままだった。ネタかぶりどころの話じゃない。作家のプライドなんてものは微塵も感じない、恥知らずで、最低の行為だ。

「くそっ！　できれば信じたかったよ、先生っ！」

ぼくはそう吐き捨てると、買ったばかりの文庫をアスファルトに叩きつける。

表紙を描いたのは最近よく見かける人気のイラストレーターで、これが自分の作品であったならどれほど喜んだことだろう。

だけどもう、手遅れだ。

ライトノベルにかぎらずほぼすべてのエンタメ作品は、真偽はどうであれ先に出たほうが本物で、後発作品はパクりとみなされる。ぼくが金輪際先生の暴挙を世に問うてみたところで、〈偽勇者の再生譚〉が正しいかたちで出版される道はすでに閉ざされている。

するとまことさんが文庫を拾いあげ、奥付に目をとおして眉をひそめた。

「この本の刊行日って兎谷くんがネオノベルのオフィスから逃げ出した日の数日後じゃない。これって先生が兎谷くんより早く書いてないと、成立しなくない？」

「じゃあなんだよ。まさか、ぼくのほうがパクったとでも言うつもりか」

「そういう意味じゃなくてさ、だとしたらあの人も兎谷くんの作品を盗んでいないってことになるわけでしょ。刊行日から逆算すると先生のほうが早く原稿をあげていないとおかしいけど、あなただって先生の原稿をパクったわけじゃない。兎谷くんと金輪際先生はまったく別の場所で、お互いに意識せず、だけどまったく同じ原稿を、書きあげたことになる」

「ばか言うなって。そんな偶然があるわけ――」

途中まで言いかけたところで、ビオトープにいたころの記憶が脳裏をよぎる。

それは〈偽勇者の再生譚〉にまつわる、クラスタの評価。

――あの小説は欧山概念の文体を完全にコピーしていた。名詞に形容詞に動詞、あまつさえ句読点の位置さえ、かの文豪が書いた〈化生賛歌〉とほぼ一致していた。

文体の完全なるコピー。句読点の位置さえ一致。欧山概念。

「兎谷くんは認めたくないみたいだけど、〈偽勇者の再生譚〉はあなたが考えた小説であると同時に、欧山概念の魂に導かれて書きあげた小説でもあるわよね」

なにが起こったのか理解しかけているのに、ぼくは認めたくなくて。まことさんの言葉を頭の中から追いだそうと、何度も大きくかぶりを振る。

だけど胸に抱いた疑念に呼応するように、視界に羽虫のような模様が飛びこんでくる。

文字。

クセの強い。

原稿に書き記されていた。

欧山概念の。

タトゥーのような文字を全身に浮かびあがらせたぼくを見て、まことさんは驚きながらも、あくまで冷静な声で問いかけてくる。

「あなたが目を背けようとしたところで、欧山概念はどこまでも追いかけてくるみたいね。そもそも最初に〈絶対小説〉を読ませたのは、いったいどこの誰だったかしら」

考えるまでもない、それは金輪際先生だ。

ぼくよりも先に原稿を手にしたあの人は、まちがいなく〈絶対小説〉を読んでいた。しかし彼は欧山概念の魂に選ばれず、あとから読んだぼくが選ばれた。

それがもし勘違いで――金輪際先生が単に、遅れて覚醒《かくせい》しただけなのだとしたら。

「先生の肉体にも欧山の魂が憑依していて、文豪の力を借りて小説を書いたなら、あるいは兎谷くんの作品とまったく同じ内容になるかもしれないわ」

いやだいやだいやだ。考えたくない。

ぼくは〈絶対小説〉の力を借りて原稿を書きあげた。ただそれは文章が洗練されるとか構成がよくなるとかそういうレベルの話で、作品の根幹をなすプロットは——物語そのものが持つ面白さは、自分の力で作りあげたものだと考えていた。

でも金輪際先生が〈絶対小説〉の力を借りてぼくの作品とまったく同じ原稿を書いたのなら……最初にプロットを考えたときから最後まで、欧山概念の魂に操られていたことになる。ぼくと先生は文字どおりゴーストライターとして、欧山概念が考えた物語を書かされていただけになってしまうのだ。

今さら改稿しようがパクられたとわめこうが、そもそもぼくの作品じゃないのだからどうしようもない。

面白いと、最高傑作だと、そう信じていたのに。

あの作品を作りあげたのが自分ではないという事実は、深々と胸に突き刺さった。

◇

胸の奥に開いた穴から、ふつふつと怒りがわきあがってくる。

許せなかった。

心血をそそいで書いたのに、それが自分のものではないことが。百年前の怨霊にワープロがわりに使われて、知らず知らずのうちに作家としての矜持を売り渡していたことが。

大切なものをすべて、横から奪われてしまった。

「ちくしょう……。こんなの、金輪際先生にパクられていたほうがまだマシだったよ！」

ぼくは自分の手を、欧山概念の文字が浮かぶ指先を、路地の看板に叩きつける。肌に刻まれた文字は消えることなく、〈絶対小説〉の力を認めよとでもいうように、今なお忌まわしい模様を描いている。

「冷静になりましょ、兎谷くん。作家にとって指先は大事な商売道具なんだし」

「ぼくは自分の小説を書きたかったんだ！　最高の小説を、自分の力で書きたかったんだよっ！」

内側に潜む怨霊を追いだそうと、さらに強く看板を殴りつけようとする。

だけどまことさんが必死に止めるので、ぼくはへなへなと地べたにしゃがみこむ。

「これじゃ欧山概念の奴隷と変わらないじゃないか。必死に原稿を書いて、血反吐にまみれて傑作を生みだしたとしても、すべてあいつの作品になっちまう。望もうが望むまいが〈絶対小説〉の力が宿った時点で、自分の作品なんて書けやしないじゃないか。ぼくは最初からこんなもの望んじゃいなかった、なにかの力に頼って小説を書きたいなんて考えちゃいなかったさ！　なのに文豪の力だって？　そんなもの、クソくらえだよっ！」

ぼくはただ、面白い小説が書きたかった。

自分を救ってくれた物語に恩返しがしたくて。

誰かの心を動かすような、素晴らしい作品を書けるようになりたくて。

そういう力がある人たちに憧《あこが》れて、ぼくにしか描けない世界があると信じたくて。
そのため今まで必死に、頑張ってきただけなのに。

「……あなたはずっと、そうだったわね。だからわたしも応援したくなったの」

まことさんはただ、手を握ってくれた。

ゆっくりと体温が伝わってきて、謝恩会で握手を求められたときのことを思いだして、クソミソに叩かれたぼくのデビュー作を好きだと——彼女にそう言ってもらえたときの喜びがよみがえってくる。思えば謝恩会のときもネオノベルに拉致されたときも、ビオトープから脱出するときでさえも、君はいつだって、ぼくを勇気づけてくれた。

熱烈なファンが応援してくれているのだから、どんなにしんどくても立ちあがらなくちゃいけない。

だってぼくは作家で、読者をがっかりさせるわけにはいかないからだ。

「この呪いを、どうにかしなくちゃ」

そうだ、文豪の力は呪いでしかない。

今まではずっと逃げていた。正体すらわからない欧山概念の影を恐れ続けていた。

でも、それじゃだめだ。目を背けずに、立ち向かわなくちゃいけない。

最後まで勇気づけてくれたまことさんの手を握りかえして、ぼくは力強く歩きだす。

ところが、

「どうにかしなくちゃって、具体的になにをするの?」

「……そ、そうだね。ごめん、さっぱりわからないや」

しどろもどろになって答えると、まことさんは呆れたように笑う。

悲しいかな、引きこもりの作家が女の子の前でかっこよく決めようとしたところで、うまくいくはずがないのだった。

2　あくまで小説を書くために

呪い。オカルト。となれば、専門家を頼るべきだ。占いの館は全焼してしまったため、今は高田馬場にある別のテナントに、メメ子先生は店を構えていた。

ぼくらがそこへ足を運び、彼女に事情を説明すると、

「あの小説がプロット段階から欧山のものだとしたら、お前はいつから〈絶対小説〉の影響を受けていた？　原稿を読んだその日の時点で文豪の魂に操られていたのなら、メメ子が読んだ河童の楽園の短編ですら、お前の作品ではないことになってしまうな」

「下手すりゃぼくの作品と呼べるものは、メメ子先生にも酷評されたデビュー作だけ、かもしれません。だとしたら〈絶対小説〉の呪いを解くことができて、自分の力だけで新作を書いたとしても……それは〈偽勇者の再生譚〉より数段劣る作品になるでしょう」

「ふむ、きちんと理解しておるのだな。今度はメメ子だけでなく、まこちゃんにまでボロクソに叩かれて『文才がない兎谷くんってミジンコ以下よね』なんて別れ話を切りだされ

るやもしれぬぞ」

「だとしても自分の力だけで書いた小説を、これが今の最高傑作だって誇りたいですよ」

ぼくがそう断言すると、メメ子先生は「その意気やよし」と満足げにうなずく。

隣でまことさんが「わたし、そんなにひどい女だと思われているわけ？」とぷりぷり怒っているから、できればそちらのフォローも入れておいてほしいところだ。

「で、どうやったら欧山概念を成仏させることができますかね？」

「知るわけねえだろ、そんなもん」

「えええー……。オカルトの専門家のくせに。いいアイディアはありませんか」

「そう言われてものう、兎谷と金輪際くんの両方に欧山概念が憑依しているって話からして意味わからんしの。いっそお前らをバトらせてみるか。そんで対消滅を狙う」

「んなめちゃくちゃな。パズルゲームの玉じゃあるまいし」

「いずれにせよ金輪際くんが今どうなっているのかわからんことにはなんとも言えぬし、まずはそこから調べてみるか」

というわけでぼくらもパソコンを借りて、金輪際先生の手がかりを探してみる。

〈偽勇者の再生譚〉を刊行したレーベルを調べると……版元はなんと講談社。しかも選りすぐりの悪党を集めたという文芸第四出版部だ。

またしても闇の出版業界人がかかわってくるとなると、グッドレビュアーが語っていたあの御方とやらが暗躍している可能性さえある。

「ねえねえ、兎谷くん。わたしもひさしぶりにネット見てたんだけど、埼玉になんかすごいUMAいるらしいよ」

「待って、なんで全然関係ないものを調べてるの。そういえば君ってチュパカブラとか河童とか大好きだったよな。ツチノコでも発見されたのかい？」

「マンドラゴラだって。謎の肉食植物」

金輪際先生の件に気を取られていたせいか、彼女の話を聞き流しそうになっていたところで——ひとつ思い当たることがあって、ぼくはバッと振りかえる。

「それって木霊⁉　埼玉《にぎ》だよね⁉」

「最近になって巷を賑わせていた害獣の正体は、謎の肉食植物だった！　埼玉の山奥に設立されていたバイオ系の研究所が無許可で川に薬物を垂れ流していたため、薬物汚染された作物のひとつが突然変異して家畜を襲っていた⁉　だってさ」

「完全にB級映画の設定じゃないか。ガセじゃないのそれ」

しかしマウスを借りてスクロールすると、出所は真面目なニュースサイトだった。さらに検索すると逮捕者まで出るほどの大事になっていて——バリバリに怪しい内容なのに、ネットに転がっているソースのすべてが記事は真実だと示している。

「兎谷くんの考えた木霊が化けて出てきたんじゃないの。現実に」

「冗談はよしてくれよ。ビオトープじゃあるまいし」

なんてツッコミを入れつつも、このところ超常現象が頻発しているせいで不安になってしまう。そのうえ発見されたマンドラゴラの画像を確認すると、それはずばり夢の中で出会った木霊そっくりの、クリーチャーだった。

横で聞いていたメメ子先生まで話題に乗っかってきて、

「つまり〈絶対小説〉の力は文才を与えるだけでなく、継承したものの周囲になんらかの影響を与えるということか。現実と虚構が入り交じる欧山概念の作風を考えると、妄想の産物が化けて出るのもありえそうな話ではあるな」

「怨霊の呪いが個人から世界規模になっちゃいますし、そこまでいくと完全にファンタジーじゃないですか。これまでに文才を得た作家だってそんな力は得ちゃいないはずだし、ぼくの書いた小説が現実にぽこぽこ出てきたら、そのうち魔王が復活しちゃいますよ」

「ふーむ……。概念クラスタか闇の出版業界人が裏でやらかした可能性のほうが現実的ではあるし、ひとまずメメ子のコネで関連性がありそうなところに探りを入れてみるか」

実際、今できることはそれくらいしかなさそうだ。

というわけで金輪際先生の行方をふくめた諸々《もろもろ》の調査を依頼したあと、ぼくらは渋谷のマンションに戻ることにした。お友だち価格で二十万にまけてもらったとはいえ、しっかり依頼料を請求されたのだから……今後の生活費を考えると頭が痛いかぎりである。

◇

「今日は早めに休んで、明日にはここを引き払おう。新居はメメ子先生が手配してくれるって話になったから、当面はなんとかなると思う」

「わたしたち、いっしょに住むんだよね？」

「今さら確認されるとは思ってなかったな。同棲はやだって言われたらぼくは泣くぞ」

まことさんとふたりで同じ毛布にくるまって、クスクスと笑いあう。

問題はなおも山積み、どころかさらに増えそうな気配だ。そのうちまたロクでもない事件に巻きこまれるのだろうし、いつまで平穏でいられるかなんてわかったものじゃない。

だからこそ今は、彼女との時間を楽しもう。

「ぼく、思う存分イチャイチャしたい」

「してるでしょ今」

「お願いしたいことはいっぱいあるんだけど、キモがられるのが怖くてさ」

「その発言がもうアレでしょ。なにを要求されるのかと」

「ノーマルな感じで大丈夫だよ。とりあえずは」

「とりあえず……？」

しまった。早くも失敗した感じがする。

だけどまことさんはクスクス笑ったまま、ぼくの肩に腕をまわしてくる。

やった！　これぞ夢の同棲生活！

と鼻の穴をふくらませたところで、Skype がビローンビローンと着信音。

「くそっ！　メメ子先生からの呼び出しだ！」

「金輪際先生の所在がわかったのかしら。やけに早いけども」

わからない。でもなんとなくいやな予感がする。

とりあえずサブのパソコンを開いて応答すると、メメ子先生はさっそく、

『おう兎谷、情報があったぞ』

「講談社の公式サイトですか。ええと……刊行予定のページ？」

チャット画面に貼られたアドレスを開いたところ、メメ子先生の言う情報がなにを指しているのかすぐにわかった。〈偽勇者の再生譚〉を出したばかりなのに、金輪際先生がまた新作を出すらしい。

タイトルは――〈世界の終りとリアルモンスター・ワールド〉

「このペースで書いているとなると、あの人は正気に戻っているんですかね」

『わからん。かねてからのストックがあったのかもしれんし、欧山概念の魂に操られて廃人と化したままカタカタとキーボードを打っているやもしれん』

いやな想像だった。金輪際先生の新作が刊行されるのは、今から三ヵ月後。

掲載されている紹介文を読むかぎり、ジャンルは終末SF系バトルアクションだろう。

「AIの暴走が発端となり、最終戦争が勃発《ぼっぱつ》した近未来。地上は荒廃し、数多のクリーチャーが闊歩《かっぽ》する異様な世界と化していた。そんな中、ひとりの少年が――」

『金輪際くんにしちゃありきたりで面白みに欠ける設定よな。欧山概念に操られて書いて

いるならなおのこと、もうちょいヒネりが欲しいところだぞ』

「相変わらず手厳しいなあ。でもこれ、文芸第四出版部のレーベルですよね？　ＡＩ小説を書籍化しようとしている編集部で、ＡＩが暴走する小説を出すってのもすごいな」

『そういや講談社、近々ＩＴ企業と合併するらしいな。それもＳＮＳサイトとかＡＩ小説とかやっとるＴＷＩＧＥとじゃ。グループ傘下の子会社いっぱいあるからめちゃくちゃ規模がでかくなるが、そうでもせんと今の不況を生き残れんからな』

「マジですか……。ずいぶん急な話ですね。それとも水面下で話が進んでいたのかな、グッドレビュアーも講談社が出版業界を作り変えるとか不穏なことを言っていたし」

そう言ったあとで、ぼくは一抹の不安を覚える。

欧山概念、ＡＩ小説、闇の出版業界人、合併、暴走――いやな符号ばかりだ。

メメ子先生にもそれは伝わったのか、彼女は冗談まじりにこう言った。

『もし〈絶対小説〉の力が現実になんらかの影響をおよぼすとしたら、金輪際くんがこの小説を書いたとすると下手すりゃアレよな』

最終戦争が勃発して、世界が滅ぶ。

「悪い冗談はやめてください。それなら魔王復活のほうが先でしょうに」

『じゃあメメ子、エルフの聖女ちゃんになるぞい』

それこそ悪い冗談だ。

せめて巨乳になってから出直してこい。

数日後、某国のミサイルがアメリカに向けて発射された。防衛システムに迎撃されて事なきをえたものの、ＡＩを用いたハッキングが原因だったと報道されている。

◇

あれから数週間がすぎた。

その間、ぼくらはメメ子先生の手配で高田馬場にある安マンションに落ちつき、比較的平穏な日々を送っていた。今のところ概念クラスタから追っ手が差し向けられた気配はなく、まことさんも新しい生活に慣れてきている。

不安があるとすれば、それはむしろぼくらではなく、この国の未来だろうか。

そう、某国のミサイル誤射以後――世界は大きく揺れていた。

「まことさん、どっか行くの？」

「散歩ついでにコンビニ寄ってこようかと思って」

「最近は物騒《ぶっそう》だし、ひとりで出歩かないほうがいいよ。ちょい待ってて」

平日の午後四時。以前であれば散歩くらいでおおげさだなと笑われてしまう時刻だけど、今の世情を考えると用心に越したことはない。ぼくは護身用の警棒と害獣対策の唐辛子スプレーを持って、まことさんとともにマンションを出る。

「引きこもりのわりに頼もしいのね、兎谷くん」

「自慢じゃないけど大型の木霊だって撃退したことがあるんだよ。夢の中で、だけどね」

ふたりで路地を歩きながらそんな話をしていると、民家の垣根《かきね》からふいに黒い影が飛びだしてきて、ぼくは女の子みたいに「きゃっ！」と悲鳴をあげてしまう。

気を取りなおしてにらみつけると、子猫サイズの小さな木霊だった。

「――ピュアアアア！　ピュアアアア！」

「驚かしやがってっ！　これでもくらえ！」

葉っぱを広げて威嚇しているところに、ぼくは容赦なく唐辛子スプレーを噴射。するとミニ木霊はへなへなと萎《しお》れ、逃げるように垣根の中へ消えていった。

カジュアルな妖怪退治を終えたところで、背後に避難していたまことさんに、

「こいつらもあっというまに増えたよなあ。最近じゃ夏場のセミ並みに遭遇するし、畑は荒らすわ生ゴミは漁るわで完全に害獣だ」

「この前なんて中型の木霊を轢《ひ》いた軽トラが横転しちゃったんだって」

なんて話していると、カサカサになった木霊が風に飛ばされて転がってくる。

「早くも日常の風景に溶けこんでいやがるし、慣れっていうのは怖いな」

「食べるとおいしいらしいけど」

「ぼくもネットの記事で見たよ。突然変異だし人体にどんな影響があるかわからないのに、ＳＮＳはチャレンジャーが多いから……げ、動画まである」

スマホで調べてさらに驚いたのは、木霊の根っこに生えている実（例によって河童の楽園で見たシリコダマにそっくりだ）にネットオークションで驚くほどの高値がついていたことだ。まことさんに落札価格を見せると、

「ふたりで狩ってオクで売りさばけば、生活費だって稼げそうじゃない？」

「リアルでモンスターハンティングか。まさに世も末という感じだ」

しかしさらに詳しく調べると木霊ハントはすでに大流行中らしく、大型の個体を狩るためのクロスボウや非合法な改造エアガンがばか売れしているらしかった。

そのうえミサイル誤射以降、テレビでは世界情勢の緊張を報道する特番が組まれ、ネットサイトのバナーには災害時の非常食や防犯用のグッズ、自宅用の核シェルターの広告まで貼られている。おかげで冗談ではなく、終末世界を生きている気分になってくる。

「こんな情勢じゃあ、世間は小説どころじゃないのかもなあ」

だとしてもぼくは小説を書きたいし、そのために〈絶対小説〉の呪いを解きたかった。

それに今感じている胸騒ぎが気のせいじゃないとしたら――すべての元凶は、ぼくらが探している金輪際先生に、あるのかもしれないのだ。

◇

「ネオノベルから解放されたあとに文芸第四出版部の河泉氏が身元引き受け人となって、

金輪際くんが施設から退院したところまで把握できた。その後の消息はつかめておらぬが、たぶん講談社に身を寄せているのではないか」

翌日。まことさんといっしょにメメ子先生のところに足を運び、今後のことについて話しあう。調査報告を聞いたあと、ぼくは自分なりの考えをのべた。

「先生の所在は引き続き調べてもらうとして……やっぱり冷静に考えると〈絶対小説〉の力が周囲に影響を与えるなんて信じられませんよ。現状を見るに規模がでかすぎますし」

「受けいれられぬのはわかるが、木霊の突然変異を引き起こした研究所も講談社と合併したIT企業の子会社だからの。欧山概念の魂がなにかやらかしている線は捨てきれんぞ」

ぼくはその言葉を聞いて、深々とため息を吐く。

なにせバイオ汚染に、AIによるハッキングからのミサイル誤射だ。

すべて欧山概念の仕業なのだとしたら、まったくもってシャレになっていない。

「ていうか最近、開発中の新型ドローンも発表されたじゃない？　あれってめちゃくちゃ〈多元戦記グラフニール〉の雑魚ロボとデザインが似ている気がするのよね」

まことさんが口を挟んできて、ぼくはもうひとつ偶然の一致があったことを思いだす。

困ったことに木霊だけでなく、〈多元戦記グラフニール〉の敵メカまで現実に出てきたのだ。

「AI搭載の自律型ドローン、なあ。昨今の情勢を考えると商品化の許可がおりるとは思えんが、アメリカあたりが軍事目的で出資するかもわからん。それがなにかの拍子に暴走したらとか考えると、マジでライトノベルの雑魚メカみたいになってきやがるな。……金輪際くんのうちに宿る欧山概念が、企業のコネクションを利用して事件を起こしている。世界を小説のようなものに作りかえるために、か。クラスタが行っていた活動を個人で、さらに過激化したようなやり口よな。新作のあらすじを見るかぎり、いやな符合ばかりあるからのう」

会話の途中でぼくはお店のパソコンをいじり、金輪際先生の新作が紹介されているページを開く。公式サイトの更新でさらに詳しいあらすじが公開されており、その内容が驚くほど今の情勢と一致してしまっているのだ。

同時多発的に発生したミサイル誤射によって、地上はまたたく間に荒廃してしまった。人類のほとんどは死に絶え、薬物汚染の影響で突然変異した動植物が跋扈《ばっこ》する終末世界で、ぼくらはただ生き残るために——戦わなければならなかった。

武器はクロスボウに改造エアガン⁉

みんなで知恵を絞れば、火炎放射器だって作れちゃう⁉

ライトノベルの核弾頭・金輪際が描くリアル系終末ハントアクション、ここに開幕‼

あらためて読みかえすと〈世界の終りとリアルモンスター・ワールド〉のあらすじは黙示録の預言めいていて、杞憂《きゆう》とか偶然の一致でかたづけるのは難しそうだ。

ぼくはあれこれと考えをめぐらせたあげく、ため息を吐いて天井を見上げた。

「〈絶対小説〉の力が現実に影響を与えるとか、そういった壮大な話の真偽は脇に置いときましょう。ぼくはあのクソ文豪の魂を成仏させるつもりですから、裏でなにしていようがやることは変わらないですよ」

「あくまで小説を書くために、か。お前らしくていいのではないか」

「ええー……。みんなで世界を救おう！　てノリでやったほうが盛りあがらない？　わたしたち三人揃って怨霊バスターズ！　みたいな感じでポーズを決めて」

それはできれば、ひとりでやってほしいところである。

なんて呆れていると、メメ子先生のスマホが鳴った。

「金輪際くんの所在が判明した。やはり講談社だ」

「すぐに行けそうな雰囲気ですかね。アポイントメントが取れそうなら今日中にでも」

「難しいだろうな。どうやら軟禁されているようだし。お前も金輪際くんもネオノベルだのクラスタだの講談社だのと捕まりまくっとるなあ。しかも今回にかぎっては今まで以上に厄介やもしれぬ」

「え、ビオトープよりやばいって超やばくない⁉」

あの島を管理していた教主様が自ら、驚いて声をあげる。

ぼくとしてもこれまで以上に不穏な気配を感じて、苦々しい顔をしてしまう。

「金輪際くんが囚われておるのは、大規模な合併によって講談社ツイガと名を変えた闇の出版メガコーポの新本社ビルよ。護国寺にあった前の本社ビルも異様に入り組んだ造りであったが……旧TWIGE社が有り余る資産を用いて大田区に築きあげたそこは、広大な敷地に複数のビルが連なる巨大施設だという。内部には闇の出版業界人どもがウヨウヨいるであろうし、まさに巨悪！　という感じよの」

聞いているだけで頭が痛くなってくるものの、困ったことに冗談ではないらしい。

イカれた編集部のオフィス、カルト教団が支配する孤島。そして今度は闇の出版メガコーポと化した講談社の本拠地に行かなくてはならないわけだ。

ぼくはただ自分の小説を書きたいだけなのに、やらなきゃいけないことの規模がどんどん壮大になっていく。

それこそ世界を救えとお膳立てされているような気がして、いやな気分だった。

3　ぼくはスーパーヒーローじゃないんだぞ

「はーい！　テレビを見ているみんな！　『メメ子先生のそこんとこどうなってるの？』記念すべき第一回は、講談社ツイガの新本社ビルにお邪魔していますっ！」

「メインパーソナリティーは話題沸騰中のカリスマ占い師、メメ子先生こと女々都森姫愛子。アシスタントは現役美人女子大生のMACOちゃんだぞい。よろしくな」

タイトルコールが終わったところで、ぼくは『揃ってポーズ』とカンペを見せる。ふたりは「どうなってるの～☆」とカメラに向かってきゃぴきゃぴとアピールをした。

そのうちに「はーい、オッケーです」という言葉とともにカメラが止まり、肩にセーターをかけたコテコテの業界人スタイルのディレクターさんが近寄ってくる。

「はじめてなのにテレビ慣れしているねー。この調子でどんどん頼むよー。ねえ君、ほんと可愛いし今からグラドルめざしてみない？」

「お、マジか」

「あー……ちがいます。金髪ツインテじゃないほうの子」

「わたしカルト団体の教主やってたんですけど、後々スキャンダルになりませんかねー」

「大丈夫大丈夫。最近のアイドルわりとなんでもありだから」

などという正気とは思えない世間話に耳をかたむけつつ、ぼくはローカルテレビ局のADらしく撮影機材のケーブルをぐるぐるとまとめあげる。

するとメメ子先生がすすっとそばによってきて、小声でささやきかけてくる。

（敷地がクソ広いせいか、事前に得ていた情報と比べると警備が薄いな。見つかったら最悪、新人のADがやらかしたってことにしてしまおう。見てのとおりローカル局のスタッフだからの、普段からめちゃくちゃ雑だし信じてもらえるであろ）

（しかし講談社もよく撮影の許可を出しましたねえ）

（そこらへんはメメ子のコネでちょちょいっとな。即席ででっちあげた架空の新番組であるし、最終的にはなんか問題があってお蔵入りとさせるつもりだが……目的を果たす前にもめるのはまずい。金輪際くんを見つけるまで、絶対に捕まらんようにせよ）

ぼくが了解とうなずくと、メメ子先生は親指をぐっと立ててカメラの前に戻っていく。

とまあこんな感じで今はテレビのロケという偽装工作をして、闇の出版メガコーポの本拠地に潜入したところである。

事前の打ち合わせだと途中でバックレて金輪際先生を探しに行く予定なのだけど……周囲の視線がある中、撮影から自然に抜けて個別行動をはじめるのは難しそうだ。

大丈夫かなと思って心配しながら見ていると、インタビューの撮影中、まことさんがいきなりしゃがみこんで、めちゃくちゃ苦しそうに手をあげた。

「……ごめん、お腹《なか》痛い」

「さては産まれるのか。それともぽんぽん痛いだけか」

「わかんない。うんこか赤ちゃん、どっちだろ」

ディレクターさんが慌ててカメラを止める。

お腹がふくらんでいないのだからまちがいなくうんこだろと全員が気づいていたはずだけど、当のまことさんが真剣なせいで誰もツッコミを入れない。

あのふたり、なにをするつもりなんだ……？

と困惑していたところで、メメ子先生がぼくのほうを見て言い放つ。

「たぶんうんこだと思うが念のためだ。パパもついてこい」

「お願い、兎谷くん」

「わかりました。たぶんうんこだと思うから三人でトイレ行きましょう」

周囲の面々の表情を見るかぎり相当怪しまれていたが、幸いにもぼくらがトイレに向かうことを止める人間はいなかった。

◇

そんなこんなで無事に撮影から抜けだせたので、ぼくらはトイレで作業着に着替えたあと、清掃員のバイトに変装して奥に進んでいく。

しかしそこでいくつか、懸念事項があることに気づく。

「メメ子先生のおかげでビルの平面図は手に入れてありますけど、監視カメラや警備員とかのセキュリティはどうやって突破するつもりです？　クソ占い師と引きこもり作家とカルトの教主様のパーティーで007みたいなことをやるのは無謀だったのでは」

「いよいよ作戦開始ってときにうだうだうるせえやつだなお前は。今回の潜入にあたって招集をかけたのはローカル局の撮影スタッフだけではない。鍛えあげられたプロフェッショナルもやってくるから心配はいらぬ」

「そんなに頼もしい味方が？　メメ子先生のコネってなんでもありですね」

「フフフ。残念ながら助っ人《すけと》はメメ子たちの味方とは言えぬし、どちらかというとまこちゃんのコネかもしれん。あとは……わかるな？」

メメ子先生はそう言って意味深な笑みを浮かべる。

隣のまことさんがはっとして、驚いたような声でこう言った。

「クラスタの私設部隊を招集したの？　でもどうやって――」

「あいつらに偽の情報をリークしてやった。『ふたりは闇の出版業界人に拉致された。金輪際くんとともに講談社ツイガの新本社ビルに囚われている』とな。クラスタと講談社はかつて一悶着《ひともんちゃく》あったようだし、意外なほど簡単に信じてもらえたぞ」

「敵の敵は味方ってやつですか。そんな情報が降ってきたらネオノベルのときと同じように襲撃をかけるでしょうね。あとはXデーに合わせて計画を動かせば」

「混乱に乗じて立ち入り禁止区画に潜入できる、というわけだ。一歩まちがえば闇の出版業界人どころかクラスタにとっ捕まる危険はあるが、厳重なセキュリティをかいくぐるにはカルトの後先を考えないパワーが必要じゃ。……さて、そろそろ時間かの」

メメ子先生がそう言った直後、ビル全体にけたたましくサイレンが鳴り響く。

怖々と窓の外をのぞくと、バラバラバラというヘリの音とともに空からなにかが降ってくるところだった。同じように外を眺めていたまことさんが、静かにこう呟いた。

「精鋭揃いの落下傘部隊を投入するなんて、評議会もいよいよ本気ね。こうなってしまったらもう、講談社で死人が出ないことを祈るしかないわ」

精鋭揃いの落下傘部隊。死人って。なにそれこわい。

◇

クラスタの部隊が突入してから数分後。新本社ビルの内部は混乱の渦に陥った。

サイレンや銃声、爆発物らしき破裂音、追いつめられた社員の怒号や悲鳴、さらには天井近くに設置されたスピーカーから『不審者が侵入しました。落ちついて避難してください』と逆に不安を煽《あお》るような社内放送が響いてくる。

パニック映画のワンシーンかと見まがう阿鼻叫喚《あびきょうかん》の中、ぼくらは奥に進もうとする。ところが避難中の社員によって狭い通路に人の波ができ、コミケの列に迷いこんだときのように身動きがとれない。あれよあれよという間に流され、気がついたときには自分たちがどこにいるのかさえ、わからなくなっていた。

ぼくらは人影のなくなった通路の端にしゃがみこんで、一息つく。

「やっと物音がしなくなったわね。クラスタの部隊は奥に向かったのかしら」

「かもしれない。平面図で現在地を確認して、ぼくらも金輪際先生を探しにいこう。ええと、立ち入り禁止区画はどっちの方向だっけなあ」

作業着の下に着こんだベストをまさぐり、平面図を出す。潜入中は手があいていたほうがいいと思って、ポケットがいっぱいあるアウトドア仕様のやつを用意しておいたのだ。

「今日の兎谷くん、やけにたくましいわね。道はわかりそう？」

「ふふふ、今開いてる平面図の向きが合っているのかどうかさえわかんないや」

「これだから引きこもり作家は……」

「まことさん、ガチな感じで幻滅するのやめて。でもこうなるとメメ子先生に頼るしかないか。あれ、そういえば」

ぼくらはきょろきょろと周囲を見まわし、ようやく彼女とはぐれたことに気づく。

困ったな。このメンツで一番、場数を踏んでいそうだったのに。

「心配だけど先に進んだほうがいいかしら。メメ子先生ならひとりでもうまく立ちまわるでしょうし、奥に向かえば自然と合流できるかも」

「むしろぼくらのほうがやばいかな。さっきからずっと平面図とにらめっこしているのだけど、いまだに現在地がどこなのかもわかんないし」

「このままじっとしているわけにもいかないから、直感のおもむくまま進みましょ」

待ってそれ。余計に迷うやつじゃん。

で、一時間後。

ぼくらは案の定、迷路のように入り組んだビルの中をさまよっていた。

「通路がやけに暗くなってきたな……。なんでか微妙に傾斜しているし、下手すると地下に向かって進んでないかぼくら」

「そういえば窓も見かけなくなったわね。だとしたら奥に向かっていることはまちがいなさそうだし、立ち入り禁止区画にだって近づいているはずよ」

ぼくはもう一度、やたらとわかりにくい平面図を開く。確証はないものの、彼女の言うとおり正しい道を進んでいるような気がする。

現在地の表示でもないかと通路を見まわしていると、ぼくが不安でそわそわしていると勘違いしたのか、まことさんが場違いに明るい声でこう言ってくる。

「今の兎谷くんなら大丈夫よ。絶対に先生のところまでたどりつけるから」

「実際のところ怪しいと思うけど……。さんざん迷ったすえに闇の出版業界人やクラスタの部隊に捕まったらまた拉致されかねないわけだし、けっこう深刻な状況でしょ今」

「それはそうなんだけどさ。でもわたし、兎谷くんは導かれている気がするの」

「誰に？　金輪際先生？　それとも――」

欧山概念。

そう言いかけたところで、ぼくは苦い表情を浮かべる。

「百歩譲って欧山概念が絡んでいたとしても、ぼくの行動まで左右できるわけないだろ」

「嘘よ、兎谷くんだって不安なくせに」

とっさに反論できなかった。

欧山概念の魂に操られて〈偽勇者の再生譚〉を書いたことがある以上、知らず知らずのうちに定められた道を進んでいるのではないかという疑念は、ぬぐい去ることはできない。原稿の呪いを解くために闇の出版メガコーポに侵入している現状ですら、かの文豪が描いた筋書きに従っているだけなのかもしれないのだ。

「〈絶対小説〉の力が周囲に影響を与えるという説も、わたしはまだ捨てきれていないの。もしそうならなおのこと、兎谷くんは先生のところまで導かれるはずよ」

「書いた小説のすべてが化けて出てきたわけでもないし、思い描いた妄想を具現化するなんて力が本当にあったら、欧山概念は神様になっちまうだろ。じゃあそいつが乗り移ったぼくはなんだよ。ジーザス・クライスト＝スーパースターか？」

そうやってふたりで言いあって、微妙に気まずい空気になったまま、ひたすら暗い通路を進む。すると次第に内部の様相が変わっていき、出版社の社屋らしからぬ、軍事施設さながらの物々しい雰囲気に包まれていく。

ブーンと聞き慣れない音が響いてきたのでとっさに物陰に身を隠すと、ライトノベルの挿絵で見たことのある飛行物体がとおりすぎていった。

（あれは〈多元戦記グラフニール〉の無人偵察機、じゃなくてＡＩ搭載の自律型ドローンか。まだ開発中って話だったけど、なんでまたこんなところに）

（講談社がすでに出資していて、新本社ビルでテスト運用しているのかしら。だとしたらわたしたちが思っている以上に開発は進んでいるみたいね）

さらに通路を奥に進むと『関係者以外立ち入り禁止』という張り紙があり、ぼくはいよいよ自分の負けを認めるしかなくなってしまった。

「こりゃ観念するしかなさそうだ。欧山概念は神で、ぼくは聖者か。そうなると金輪際先生は何者になるのかな。もうひとりの聖者？　それとも悪魔？」

「わからない。だけど欧山概念の手のひらのうえにいるって考えておいたほうが、足をすくわれずにすむはずよ。気分が悪いってのはまあ、置いておいて」

「思っていたより現実的だな……。茶化《ちゃか》したりして悪かったよ」

ぼくは素直に謝ることにした。まことさんのほうがよほど冷静なように思えたからだ。

しかし見直した直後、彼女はまたもやトンデモ理論を展開する。

「もし〈絶対小説〉の力が周囲に――現実に影響を与えるとしたら、欧山概念に操られるだけじゃなくて、兎谷くんが望む方向に物事を動かすこともできるんじゃないの」

「またむちゃくちゃなことを言うなあ。それじゃ夢の中にいるみたいだ」

そう言ったあとで、河童の楽園のことを思いだす。この状況がもし泡沫《うたかた》の幻だったなら……ぼくはいったいいつから、夢を見ていたことになるのだろう？

心に抱いた疑念がどんどんとあらぬほうに向かっていくのを自覚して、一度冷静になろうと首を大きく横にふる。

「先に進もう。これが現実であろうとなかろうと、進むしかないはずだ」

ぼくらは意を決して、立ち入り禁止区画の奥へ足を踏みいれる。

今までの通路と比べるとスペースが広く、内部はどこぞの鉄工所、あるいは自動車の部品工場のような雰囲気だ。周囲はすでにもぬけの殻で、画像ソフトで雑に拡大したようなばかでかいコンベアが、鈍《にぶ》い光を放ちながら静かに横たわっている。

と、ぼくは大きな違和感を抱く。隣のまことさんも同じことを考えたらしい。

「一応は出版社のビルなのに、この区画だけまるでナントカ重工って雰囲気じゃないの。あのクソでかいコンベアにしたって、とてもじゃないけど印刷機には見えないわよ」

「子会社がいっぱいあるらしいし、傘下のグループ企業と提携して色々作っているとか？いや、それにしても新本社ビルの地下にこんなものがあるのは異常だな」

「とすれば闇の出版業界人たちの仕業ね。概念クラスタに対抗するために、連中が秘密裏にやばいものを開発していたとしても不思議はないもの」

「メメ子先生が闇の出版メガコーポなんて言っていた理由がよくわかったよ。わかりたくなかったけど」

そして数分後。ぼくらは予想の斜め上を行く光景を目にしてしまう。

まことさんと並んでだだっ広い区画を進んでいると、脇道からいきなり軽トラくらいはありそうな巨大なシルエットが飛びだしてきたのだ。

ふたりとも足を止め、突如として現れた謎の物体をまじまじと見つめる。ＳＦ映画に登場するような四脚メカ。最初はうっかりＣＧかと思ったほど、現実離れしたデザインだ。

「なに今の。めちゃやばくない？」

「新手の警備メカかな、魔神将騎パンデモニウムにそっくりだったけど……」

〈多元戦記グラフニール〉の設定だと全長二十メートルだから、正確にはそのミニチュア版だ。雑魚メカそっくりのＡＩドローンだけではなく、パンデモニウムまで現実に出てくるとは思わなかった。

ありえないものを目にして呆然としていると、ガチャーンガチャーンと床を打ち鳴らしながら、パンデモニウムもどきがゆっくりと戻ってくる。

ジオン軍っぽい単眼がぼうっと赤い光を放ち、機械音声でこう告げる。

『シンニュウシャハッケン。キミツホジノタメ、キョウセイテキニハイジョシマス』

わお、いっそ清々しいほど悪役メカだ。

暗がりに浮かびあがる化け物じみた姿をぽけっと見つめていると、ぼくの背中にすっと隠れたまことさんがこんなことを問いかけてくる。

「……〈絶対小説〉の力を使ってどうにかできない？」

無茶を言わないでくれ。

ぼくはスーパーヒーローじゃないんだぞ。

◇

まことさんの手をガシッとつかむと、ぼくは脱兎《だっと》のごとく走りだす。

「両手が輝きだして必殺技を使ったりしないの!?」

「それ言ったら君の出番かもしれないぞ！　ここはわたしが引きつけるから兎谷くんは先

に行って！　とか叫びながら特攻かましてみるかい⁉」

『シンニュウシャハッケン、シンニュウシャハッケン。タダチニハイジョシマス』

必死の形相でコンベアの間を抜けていくぼくらに、四脚メカが無機質な音声でアナウンスしながら襲いかかってくる。

ガチャーンガチャーンと床を打ち鳴らし、高価であろう部品製造用のロボットをなぎ倒しながら追ってくるその姿は、ＳＦ超大作の悪役メカそのもの。ライトセーバーでもあればさぞかし見応えのあるアクションシーンが撮れそうだけど、今のところぼくのフォースが目覚める気配はない。

しかし幸いにもパンデモニウムもどきは見ためほど機動力はないらしく、立ち入り禁止区画を右へ左へと逃げまわっているうちに距離が開いてくる。先頭のまことさんが区画の壁際を指さして、こう言った。

「あれって通気孔じゃない？　こじ開ければ中に入れそう」

「それだっ！　狭いところならあいつも入ってこれないだろうし」

しかし、いかにもベタな筋書きだ。

頭の端で苦々しくそう思いつつ強引に防護カバーを外し、まことさんを通気孔に潜りこませる。続けて自分もあとを追ったところで、けたたましい駆動音が迫ってきた。ぼくらは四つんばいのまま、通気孔の中で息を潜める。

『モクヒョウシショウシツ、モクヒョウショウシツ。シュウヘンヲソウサクシマス……』

残念そうな機械音声が聞こえたあと、駆動音は徐々に遠くなっていく。無事にやりすごしたのだと判断して顔をあげると、まことさんのお尻が目の前にあった。

「この通気ダクト、別の区画につながっているみたい。そのまま進んでいけば安全に目的地までたどりつけるかも。ほら、映画とかでよくあるでしょ」

「どんだけ都合のいい展開だよ。後半のシナリオが雑なので☆ひとつです、だ」

ぼくはブツクサと文句を吐きつつ、ぷりぷりと揺れるお尻を追いかけていく。

願わくばこのクソシナリオを書いた欧山概念あるいは別の誰かを、ぶん殴る機会をもうけてほしいところだ。

◇

「今気づいたんだけどさ、君の作業着ちょっと小さいんじゃないの。メメ子先生に用意してもらったからしかたないとはいえ、動きにくそうに見えるけど」

「サイズは合っているはずだけど、タイトめに作ってあるのかしら」

「ぼくはジャストだったし、標準的なサイズ感だと思うよ」

通気ダクトを進むこと数十分。ヒソヒソとそんな会話をしたところで、しばし沈黙が漂う。

頭に浮かんだのは駆け落ちしてから今日にいたるまでの、甘い同棲生活だ。

ミサイル誤射や木霊の大量発生で世間が荒れている中、まことさんはほとんど毎日ドーナツとかパンケーキみたいな行列のできるお店を食べ歩いていた気がする。

「太ってない太ってない。体重計には乗ってないけどたぶん太ってないから」

「ぼくはまだなにも言っていないよ」

なんてツッコミを入れたところで、通気ダクトの中がわずかに明るくなった。

ぼくが「出口ありそう?」とたずねると、

「床が金網になっていて、下の明かりが漏れているだけみたい」

「重量オーバーで金網をぶちぬかないよう気をつけて」

「だからわたし太ってないって――あばあっ!」

げ、マジでぶちぬきやがった。

ぼくは慌てて手を伸ばし、通気ダクトの底面にしがみついているまことさんを引きあげようとする。しかしライトノベル作家の腕力ではどうすることもできず、

「手を離さないでね手を離さないでね見捨てたら許さないから絶対よ絶対に」

「やばいやばいやばいぼくまで落ちるぼくまで落ち……げふん!」

ふたりまとめて落下。床に衝突する瞬間、まことさんを抱えてかばったぼくは、全身を思いっきり打ちつけてしまう。

とはいえ幸いにもたいした怪我《けが》はなく、お互い打ち身程度ですんだようだ。

「兎谷くんが落ちるとか言ったせいで現実になったじゃないの」

「待って、今のは〈絶対小説〉の力とかじゃないだろ」

そうは言ってみたものの、腕に無数の文字が浮き出ていてぎょっとしてしまう。

こんな調子では、冗談でも変なことは言わないほうがよさそうだ。

通気ダクトの下にあったのはなにもない空間で、灰色の壁面と床のほかはただ暗闇だけが広がっている——と、思いかけたところで、はるか先にぼやっと緑色の光が見えた。

警備メカに出くわさないことを祈りつつ光のあるほうへ向かうと、全面ガラス張りの建造物が暗がりに浮かんでいた。外からのぞくと大きな葉っぱのようなものが見えた。

「なにこれ、植物園？　地下なのに」

「それにしちゃ様子がおかしいな。ちょいと入ってみよう……て、マジか」

入り口付近に生い茂っていた植物に触れようとしたところ、手が素通りしてしまう。

これはただの映像、未来感バリバリのホログラフィーだ。

まことさんも同じことをして、はっと息を呑んでからこう呟く。

「地下に植物園があるよりすごいかも。講談社の技術って半端ないわね」

「そんなふうに納得できるレベルじゃないよ。警備メカにしてもこのホログラフィーにしてもほかの企業の一歩か二歩、あるいはそれ以上先に進んでいる。どう考えたっておかしい」

さらに先へ進むと、よりいっそういやな気分を味わうことになった。

３Ｄ植物園に生えている草木はすべてが映像というわけではなく、中には本物の植物も存在していたのだ。それらはなんと休眠中の木霊で、さらにはぼくらが見たこともないような植物系クリーチャーまで栽培されていた。

「現実に存在していないはずの植物にかぎって、ぜんぶ本物じゃないか……」

「こうしていると、いよいよ夢の中にいるような気分になってくるわね。もしかしてここって河童の楽園なのかしら。前衛アートめいた密林、みたいな描写だったはずだし」

今までなら否定しようとしたはずだけど、こうも現実離れした光景ばかりを見せられると、ぼくですら彼女の言葉を素直に受けいれてしまいそうになる。

おまけに追い打ちをかけるように、草木の間から今まで以上にリアリティのない物体が現れた。赤、青、黄、そして白。やたらと派手なスポーツカーめいた乗り物。

「知ってるこれ。特撮映画のメカでしょ」

「見ためはそれっぽいけど、これは昭和のアニメに出てくる主役メカだよ。〈未来世紀クリプタリオン〉の三号機。評価が高い作品だからネットTVで視聴したことがある」

ぼくが目の前にあるメカについてのうんちくを披露していると、

「兎谷先生はお若いのに、古い作品のことをよくご存じですな。〈未来世紀クリプタリオン〉は小説家であった父が原作を手がけたものでして、数十年を経た今でも愛されているのは喜ばしいかぎりです」

「え?」

いきなり植物の間から話しかけられて、きょとんとする。

声がしたほうに視線を向けると、白髪まじりの男性がそばに佇んでいた。

見たところ五十なかば。しかし少年のように邪気のない笑みを浮かべて、男は頭をかく。

「どうにも騒がしいと思ったら、今日はあなたがたが取材にくる日でしたか。せっかく予定をあけていたというのに、仕事に熱中していて忘れかけておりました」

いかにも怪しげなおっさんはパチンと指を鳴らす。するとホログラフィーがふっと消え、現実感のないＳＦメカと木霊だけが暗闇の中で浮き彫りになる。

「私はこの出版メガコーポを統べる影の重鎮。本名を教えるわけにはいきませんから、偉大なる父のコードネームを拝借し、太陽の住人《レジデント・オブ・サン》とでも名乗っておきましょう」

「いや……写真で見たことありますよ。文芸第四出版部の河泉友平さんですよね？」

ぼくがたずねると、白髪のおっさんは虚をつかれたような顔をする。状況から察するに、グッドレビュアーが語っていたあの御方というのはこの男なのだろう。

「おやま、顔が割れておりましたか。ではこのままインタビューを受けるとしましょう。君たちはきっと、私に聞きたいことがたくさんあるでしょうからな」

河泉氏はそう言って、ろくろをまわすようなポーズを取る。同時に遠くから、ガチャンガチャンという物々しい足音が響いてきた。

ぼくたちはどうやら悪い意味で、歓迎されているようだった。

4 俺たちの戦いはこれからだ！

見つかった時点でぼくとまことさんは敵の手中に落ちたも同然だった。

河泉氏が呼び寄せたのは三機の警備メカに無数の自律型ドローン。

この時点で逃げようがないのだけど……追い打ちをかけるようにクリプタリオン三号機が動きだし、ブーンとエンジン音をあげながら河泉氏の隣に待機する。その姿はまるで主に付き従う番犬のようだった。

「ノストラダムスの大予言というのは聞いたことがありますかな？　あるいはアトランティス、オーパーツ、世界の七不思議。私は昔からそういう話が大好きでして。現実にそういうものが存在していたらと思うと、わくわくして夜も眠れなかったほどです」

「ノストラダムスはただの風刺作家だったと結論づけられていますし、オーパーツや世界の七不思議とかも神秘のたぐいじゃなかったと解明されていたような」

「兎谷先生の言うように、今ではほとんどのオカルトから神秘のベールが剝がされ、陳腐《ちんぷ》化してしまいました。おかげで小説やアニメの題材に使おうものなら、時代遅れだと総叩きにあう始末。それはアトランティスやオーパーツだけでなく、二足歩行の巨大ロボットやスペースオペラにしてもそうでしょう。私が少年のころに愛したロマンは過去の遺物として忘れられつつある。それがたまらなく寂しく思えるのですわ」

「時代の流れなんですかね。ぼくも以前ロボットものの企画を提出したら『今どきメカははやらない』で一蹴《いっしゅう》されましたから、河泉さんの気持ちはよくわかりますよ」

「オカルトやSFにロマンを感じるのは、ジュブナイル作家であった父の影響も大きいのでしょう。若かりしころに冒険小説を書いてみようと試みたことはありましたが、残念ながら文才に恵まれておりませんでした」

「で、今度はどういうわけか、SFメカを作ってみたと」

「ご理解が早くて助かります。二足歩行の巨大ロボットは実現できておりませんが」

その言葉を聞いて心底ほっとした。

河泉氏がガ○ダムまで完成させていたら、ぼくらはいよいよ降参するしかない。

「私は少年のころに夢中になったものを、現実のものとして楽しみたかった。しかし科学が進歩すればするほど、わくわくするものが減っていく。誰もが純粋な心を忘れ、退屈な大人になっていく。最新の研究成果が反映されて、ティラノサウルスに趣味の悪い羽毛が生やされたかと思えば、二足歩行のロボットは兵器として理に適《かな》っていないと失笑される。そういったロマンのかけらもない合理的な考えが、リアリティ重視の風潮が、純粋な心を忘れたものたちが――フィクションだけでなく、この世界そのものをつまらなくしているのです」

憂いをにじませる河泉氏の表情を、ぼくはじっと見つめる。

五十なかばという年齢、闇の出版業界人を統べる長として日々ストレスを抱えているだろうに、少年のようにピュアな目つきをしている。ネオノベルのグッドレビュアー、いや、彼らのボスだけあってそれ以上の――純粋かつ不穏な熱意を全身から漂わせていた。

「河泉さんも欧山の遺稿とそのジンクスについては、当然ご存じなのですよね？」

「闇の出版業界人の創設者である私の父が、〈絶対小説〉の力で文才を得た作家ですからな。むしろ評議会やそこのお嬢さんより、詳しい情報をつかんでいるやもしれません。しかし個人的な意見を言わせてもらうと、あんなものは存在していないほうがよかった」

「あら、おかしな話ね。小説を書く才能がないと自覚していて、実の父親が欧山概念の力を得たことで成功を収めているのに、あえてそれを求めようとしないだなんて」

「クラスタで生まれたお嬢さんにはわからんでしょう。私にとっては欧山概念より父のほうが偉大な作家であり、原稿のジンクスなんてものは存在しないほうがよいのだと」

魔術的な原稿で文才を得たというのは本来、とても不名誉なことだ。

それに父親が文豪なら、自分にも同じ才能があると信じることができる。

河泉氏からすればなおのこと、〈絶対小説〉のジンクスを否定したかったはずだ。

「だけど原稿の力は確かに存在し、あなたの父親は比類なき文才を得た。と言ってもそれは才能がなかったわけじゃなくて、むしろあったからこそ欧山概念の魂に選ばれたのよ」

「私がのちに導きだした結論と同じでありますな。しかしそうなると、なおさら救いようがない。尊敬する父に裏切られたうえに、私が同じように原稿を得たところで、欧山概念に選ばれる可能性はなきに等しいのですから」

「当たり前といえば、それまでだけどね。そもそもの文才がなければ作家にはなれないってだけの話だし」

「あえて否定はしません。作家の夢を諦めたことが、出版社でこれほどの成功を収める原動力になったのはまちがいないですから。現在の講談社が業務好調といえるのは、文芸第四出版部に河泉という人間がいたからです。ベストセラーはなにも作家だけの手柄ではない。敏腕編集と呼ばれる我々の、プロデュース力があってこそなのですよ」

河泉氏の自慢話にも聞こえる語りに、ぼくは素直に感心してしまった。

文才がなくとも小説を作る仕事に携わることはできる。若かりしころの挫折を経て、編集者としてヒットメーカーになったのなら、それは誇るべき経歴かもしれない。

とはいえ彼が闇の出版業界人のボスである以上、ただの美談では終わらないはずだ。

河泉氏が再びろくろをまわすようなポーズを取った直後、植物系クリーチャーや警備メカが遍在する悪夢のような空間に、新たな立体映像が浮かびあがる。

それはぼくにとって、かなり馴染《なじ》みのあるものだった。

すなわち――小説の編集画面だ。

「これはAIを用いた最新の執筆ソフトでして。一から物語を作らせるという開発当初のコンセプトとは異なりますが、これはこれで素晴らしいツールなのです。頭の中に浮かんだアイディアを入力するだけで、コンピューターが自動で小説にしてくれるとしたら――私のような文才のない編集者でも、優れた作品が書けるとは思いませんか」

「そんなことができるのなら、便利かもしれませんね。でもケチをつけるようでなんですけど、そもそもの構想がよくなければ、ＡＩに執筆を代行させたところで面白い作品を生みだすことはできないと思いますよ」

「おっしゃるとおりです。私はここでも創作の壁にぶち当たり、若かりしころと同じ挫折を味わうはめになりました。ＡＩの補助があっても、素晴らしい物語を紡ぎだすことができない。そう認めるのは口惜《くや》しいかぎりでしたよ。ですが……とある人物と出会ったことで、私はこのソフトの思わぬ活用方法を見いだしたのです」

河泉氏の言葉とともに、執筆ソフトの編集画面の横に別の立体映像が浮かびあがる。それも見覚えのあるものだったが、今度はぼくの心に並々ならぬ動揺を誘った。

メタリックシルバーの椅子に腰かけた、スキンヘッドの男。口もとはだらんとゆるみきっていて、あきらかに正常な状態ではないとわかる。

『アア……チーズケーキ……ママのチーズケーキおいしい……』

「こ、金輪際先生⁉　どうなっちゃってるのこれ⁉」

まことさんが悲鳴をあげる。

彼女はぼくとちがって、廃人と化した先生を見るのははじめてだ。話を聞くだけなのと実際に姿を拝むのとでは天と地ほどの差があるし、ショックを受けるのも無理はない。

一方の河泉氏はぼくらの反応を満足げに眺めつつ、平然とした態度でこう語る。

「施設から保護したとき、金輪際先生は小説を書けるような状態ではありませんでした。

しかし頭の中のアイディアをサルベージし、ＡＩに執筆を代行させることで、以前と同じように作品を生みだすことができるようになったのです」

あらためて立体映像を見ると、金輪際先生の額には脳波を測定するセンサーが貼りつけられており、メタリックの椅子とあいまってサイバーな雰囲気を漂わせている。

彼がうわごとを発するたびに、執筆ソフトの編集画面に文字が書きこまれていく。その様子は人体実験めいていて、ぼくは不快感のあまり吐き気をもよおしてしまった。

「こんなふうにして新作を書かせていたんですか⁉　金輪際先生を執筆ソフトの一部みたいに使って！」

作家を奴隷のごとく支配し、小説を書くための道具として扱う――河泉氏が金輪際先生に行っているのは、闇の出版業界人の悪しき所業の最たるものだった。

しかもこれほど非道な行為に手を染めているというのに、彼の声には一切の悪意が宿っていない。

どころかピュアな目つきのまま、こう語る。

「人聞きの悪いことを言わないでください。ＡＩの補助がなければ、この男は妄想を呟くだけの壊れた人間でしかないのです。自力で生活できない以上は介護費用だってかかるのですから、小説を書かせて印税を稼ぐ必要があるでしょうに」

「だとしてもぼくは、今の姿が金輪際先生にとって正しい状態だとは思えないですよ！」

「でしたら兎谷先生に引き取ってもらいましょうか。作家としての尊厳を、この世に存在する価値を奪い、糞尿《ふんにょう》を垂れ流すだけの極めて非生産的な生活に戻したうえで」

ぼくは言葉に詰まる。

自分の身だけで精一杯、そのうえぼくと駆け落ちして文なしになったまことさんを養う必要すらありそうなのに、廃人と化した金輪際先生の面倒を見るというのは、現実的に考えて不可能だ。最悪の場合、揃って路頭に迷うハメになりかねない。

「まあ我々としても、金輪際先生の身柄を渡すつもりはありません。闇の出版業界人にとって、彼はもっとも重要なピースですから」

「才能があるとはいえ、先生はただのライトノベル作家じゃないですか。ベストセラーを叩きだすといっても、今の講談社の規模を考えたら数あるコンテンツのひとつにすぎないのでは」

「彼にはあなたが考えている以上の、圧倒的な価値があるからですよ。金輪際先生に宿っているのは、かつて私が忌まわしいとすら感じていた〈絶対小説〉の力。あなたもよくご存じのように……私は闇の出版業界人の長として個人的な感情を捨て、莫大な経済効果を生む欧山の原稿を求めておりました」

「グッドレビュアーから聞きましたよ。革新的文芸復興とかいうわけのわからない計画を推進して、出版業界に革命を起こすとかなんとか」

「いやはや、口が軽い部下を持つと気苦労が絶えませんな。ベストセラー作品を次々と生みだすことができれば、退屈な世の中に彩りを添え、人々の心に昔のようなロマンを抱かせることができましょう。ところが〈絶対小説〉の力は、単に文才を与えるだけのものではなかった。莫大な経済効果をもたらす程度の代物ではなかった。その事実に気づいたとき、私の計画はより高尚なものへと変貌《へんぼう》を遂げたのです」

河泉氏はネタバレを披露するモラルの低いオタクめいた、愉悦の表情を浮かべている。だけどぼくは、これから暴露されるであろう真実の予想がついていた。

「なぜなら欧山概念の魂は、現実を変えることができるのですから」

河泉氏にそう告げられたとき、自分でも意外に思えるほど落ちついていた。今感じているのは納得なのか、それとも諦観なのか。それすらもよくわからなくて、なんとなく決まりが悪い。まことさんも同じ気分を味わっていたのだろうか。不自然なほどおおげさな身振りで、こう呟いた。

「あなたは〈絶対小説〉を使って、世界に終末をもたらそうとしているの？」

それはカンペでも読んでいるかのように、抑揚《よくよう》のない声だった。

◇

「こうも素直に信じてもらえるとは思っていなかったので、いささか拍子抜けしてしまいましたぞ。しかも我々の新たな目標まで言い当てるとは……さすがはプロの作家、その想像力の豊かさと洞察力の鋭さを褒《ほ》め称《たた》えておきましょう」

河泉氏は意外そうな顔でそう呟いた。もしかすると彼は、ぼくの中にも〈絶対小説〉の力が宿っている事実を知らないのかもしれない。仮に把握しているのなら、自分の目的を看破されたくらいでこうも驚かないはずだ。

「私は最初、金輪際先生は予言者なのかと考えておりました。あるいは千里眼の持ち主なのか、とも。なぜなら彼は小説の中で、我々の傀儡《かいらい》である講談社がTWIGEと合併することでさらに力を得ること、水面下で出資していた研究の数々が成功することを予見していたからです。AI搭載の自律型ドローン、四脚駆動の警備メカ、3D立体投影——来たるべき未来では、闇の出版メガコーポと化した講談社がいずれ世界を支配すると」

「てことは今回の件にかかわる以前から、河泉さんたち闇の出版業界人は、講談社を隠れ蓑にSFメカを開発していたわけですか？　自分たちの力で世界を動かすために」

「おっと誤解なきよう。あれらの開発事業は本来なら今回の計画とは関係なく、ただ純粋にロマンあふれる研究に出資することで、出版で得た利益を世間に還元したかっただけなのです。AIによるハッキングやバイオ汚染で突然変異のクリーチャーが誕生したのは、ちょっとした手違いや事故が重なった結果、ああなってしまったわけでして」

河泉氏は飲酒運転をして事故を起こしたドライバーさながらに、しどろもどろに弁明する。考えてみれば3Dの立体映像は言うまでもなく、AI搭載のドローンや警備メカといったロボティクスの開発自体は、違法性のないまっとうな事業だ。

AIのハッキングやバイオ汚染の件が絡んでくるから不穏になってくるだけで、彼自身が弁明しているように、元々はそれほど過激な研究ではなかったのかもしれない。

「さきほどお話ししたように〈絶対小説〉の力を求めた理由も、当初はベストセラー作品を量産して出版業界を再起させる、という程度のものでした。しかし……金輪際先生が執筆を進めていくたびに、TWIGEの技術力で、あるいは偶然の発見で、実現不可能だと思われていた研究が次々と成功していった。そのうちにAIが暴走してミサイルを誤射させ、廃棄した薬剤が植物に突然変異を引き起こした。まるで出版業界のみならず世界そのものを変革せよと、私を後押しするように」

金輪際先生がノストラダムスではなくメシアだと気づいたのは、そのときなのだろう。

得たものが廃人と化したライトノベル作家ではなく、あらゆる願いを叶《かな》える魔法のランプだと理解したとき、河泉氏の計画はさらによからぬ方向に進んでいったのかもしれない。

「今の金輪際先生はAIの補助によって小説を執筆しますが、外部から刺激を、つまり知的欲求をくすぐるような情報を与えることで、彼が着想するアイディアをコントロールすることができます。映画の〈ロード・オブ・ザ・リング〉を見せればファンタジーを、〈君の名は。〉を見せれば恋愛ものをといった具合に」

「じゃあ今度出す予定の〈世界の終りとリアルモンスター・ワールド〉は、金輪際先生の作品というより、河泉さんがプロデュースする企画といったほうが正しいのですか」

「ちょうどいい具合に執筆ソフトと化した男がいるわけですし、自分が面白いと思うものを書かせるのは当然ですわな。そもそも読者が求めている作品を世に送りだすのは我々の仕事ですから、作家は黙って編集者のオーダーに従っておればいいのです」

「闇の出版業界人らしい傲慢な考えですね……。あなたが作家になれなかったのは、文才がないからじゃない。小説に対する情熱が足りなかったからです。本当に物語を愛しているのなら、創作者の思いを軽んじるような真似はしないはずだっ！」

「兎谷先生はまだお若い。愛とは献身ではなく、相手をねじ伏せ支配する傲慢なものだと知りなさい。私は編集者としての道を選び、作家の手綱を握りしかるべき道を示すことで、ただの石ころをダイヤモンドに生まれ変わらせてきた。そうして自らの手で作品を生みださずとも、偉大な父がしてきた以上に物語を愛することができると証明したのです」

「それこそただの思い上がりじゃないですか。どちらが手綱を握るとかじゃない、作家と編集者は対等のパートナーであるべきだ！」

「理想を語るのはけっこう、しかし実情は異なります。〈絶対小説〉にしてもそう。現実を改変する力はまぎれもなく欧山概念の魂が生みだしたものですが、そこに自我と呼ぶべきものは残されておりません。そのうえ宿主たる金輪際先生も、すでに抜け殻のような状態。だとすれば……原稿が持つ力を統べるのは、やはり編集者なのでしょう」

河泉氏はそこで指揮者のように腕をふり、空中にいくつかの映像を浮かびあがらせた。工場の敷地を映したライブ映像だろうか、クラスタの精鋭部隊が警備メカと戦う姿、メメ子先生とローカル局のスタッフが、無数のドローンから逃げまわる姿が映しだされている。

　ぼくとまことさんがぎょっとして息を呑む中、

「今からこの世界をロマンあふれる冒険小説に作り変え、人々により濃密な読書体験を提供いたします。出版社は面白い小説《ノベル》をあるべき現実《リアル》としてプロデュースする企業に進化し、編集者はより高位の業務を担う新時代の神となる。それが私の計画した革新的文芸復興――いいえ、文芸的世界革新《ノベル・アポカリプス》なのです！」

　ある程度は予想できていた。

　しかしイカれきった計画の全貌を聞かされたぼくらは、唖然として言葉が出てこない。

　一方の河泉氏はなおも得意げに熱弁をふるう。

　少年のような笑みを浮かべて。悪気を一切感じさせぬ、ピュアな目つきで。

「人はなぜ小説に魅了されるのか。それは我々の日常があまりにも退屈で、物語のように刺激的ではないからです。だったら現実そのものを面白く作り変えてしまえばよい」

「そんな理由で世界に終末をもたらそうとしているんですか？　つまんねーから一回ぶち壊そうぜ！　っていうの、完全にやべーやつの発想では」

「ハハハ。兎谷先生だって一度は夢見たことがあるでしょう。恐ろしいクリーチャーが闊歩する世界で、スリリングな冒険を繰り広げる自分の姿を。新時代の小説は文字だけでなく肌でも味わえる、極上のエンターテインメントになるのです」

　河泉氏が再び手を動かすと、無数の文字と記号が凄まじい速さでスクロールしている、操作パネルのようなものが浮かびあがった。

彼はそれを指さして、これから行うイタズラについて説明をはじめる。

「世界中の発射装置のコントロールはすでに掌握しておりますので、私が合い言葉を言うだけでAIがミサイルをぶっ放します」

「ちょっ……正気ですか⁉ ていうかマジなんですか、それ⁉」

「では証明してみせましょう。ニューヨークですかモスクワですか北京《ペキン》ですか。ただし東京を標的にするのはなしですな。我々も死にますから」

「待って待って待って待って。信じます信じます」

ぼくは慌てて河泉氏を止める。冗談を言っているだけの可能性はあるものの、ミサイルは一度誤射されているのだから、彼の言葉は真実だと考えておいたほうがいい。

ネオノベルのグッドレビュアー、概念クラスタの金色夜叉さん——これまでに出会った厄介なおっさんシリーズの中でも、河泉氏はぶっちぎりに危険人物だ。その場のノリで主要都市を破壊しかねない雰囲気だし、うかつに刺激しないよう注意しなければ。

額に汗をにじませるぼくをよそに、隣のまことさんがこう言った。

「今どきミサイルを使おうとする黒幕なんて、時代遅れもいいところじゃない。どうせやるならもっとこう、オリジナリティが感じられるような工夫はないの？」

「ちょっ……なんで煽るの⁉ マジでミサイルぶっ放されたらどうすんだよ！」

「ええぇー。だってダメ出ししたくなるじゃん」

困ったことに、まことさんもまことさんで厄介なタイプだった。よりにもよってこのタイミングで、なぜ火に油をそそごうとするのか。

しかし当の河泉氏は気分を害した様子もなく、どころか自信たっぷりに語りだす。

「ちゃんと工夫していますよ。ミサイルはね？　世界を変える前に軽く文明を破壊しとこうかってだけでしてね？　本番はそのあとに散布する薬品です」

「それってもしや……」

「お察しのとおり、埼玉で胡瓜を突然変異させたアレですな。自律型のドローンを使ってケミカルXをばらまけば、世間を騒がせているマンドラゴラだけでなく、よりいっそう愉快な動植物が誕生します。あるいは人間の身体にすら変化を与え、我々の中にもミュータントめいた存在を生みだしてしまうやも。想像するだけでわくわくしてきませんか」

河泉氏はそう言って、周囲に陳列されているクリーチャーを指さしてケタケタと笑う。

ぼくとしては肌の色がブルーやらグリーンやらになるのはいやだし、ゴーグルをつけていないと目からビームが出てしまうような生活を送るのは、絶対に遠慮したいところだ。

ところが隣にいるまことさんは、瞳をきらきらと輝かせて、

「超能力とかミュータントだと古くさいけど、ユニークスキルとか能力者とかそういう名前で呼ぶのならアリかも。わたしも両手から炎とか出せるようになるのかしら」

「ライトノベルの話じゃないってば！　真面目に現実の話なの！」

「あ、ごめん。でも世界を滅ぼすとか言われると茶化したくなってきちゃって」

「計画が成功したらみんなでモンスターを狩りにいきましょう。私は黒衣の二刀流剣士になりますので、誰かファイアーボールで援護してください」

「だからライトノベルの話じゃないんですよ！　お願いですから落ちついて――」

しかし河泉氏は迷うことなくＡＩに告げる。

それはすべての創作者にとって、もっとも不吉な合い言葉だった。

「俺たちの戦いはこれからだ！」

ぼくは絶望の中で、理解する。

この編集者は人気の出なかった作品を打ち切るように、世界を終わらせるつもりなのだ。

５　君がそばにいてくれたから

ぼくらは呆然としながら、空中に浮かびあがったミサイル発射装置のハッキング画面を見つめる。しかし河泉氏が合い言葉を言い放ったあとも変化が起こることはなく、アルファベットと数字の羅列が延々とスクロールを続けていく。

「おかしいな、音声入力が反応しなかったのでしょうか。えーえーえー！　ゴホン！　俺たちの戦いはこれからだ！　俺たちの戦いはこれからだ！　あっれぇ？　まさかこのタイミングでフリーズとは。ちょいとお待ちを」

河泉氏はあたふたと、懐からデバイスらしきものを取りだす。音声入力から手動に切り替えたようだけど、それでも発射装置の画面は沈黙を保ったままだ。

……最初にハッキングしたときは暴走で起こった事故だったらしいし、今回は逆になんらかの不具合によってＡＩが合い言葉を認識しなくなったのだろうか。だとすれば、世界は幸運にも打ち切りをまぬがれたのかもしれない。

ほっと安堵の息を吐いていると、隣のまことさんがささやきかけてくる。

（今のうちにあのおっさんを取り押さえちゃえば？）

（そうしたいのはやまやまなんだけど、周囲のメカの対処はどうしよう。ハッキング用のＡＩはともかくドローンとかパンデモニウムもどきは河泉氏の指示で動くみたいだし）

するとぼくらの狙いを察したのか、無機質な番人たちは主のもとに近づいていく。下手に手を出すとミンチにされかねないし、今のところ眺めているほかなさそうだ。

ところが――。

「ぬおっ⁉　急にどうしたというのだ！　やめ……やめろ！」

手動でＡＩを操作しようとしていた河泉氏が、警備メカやクリプタリオン三号機にいきなり小突かれて悲鳴をあげる。

飼育員を押し倒すライオンのごとき有様で、彼が静止させようとするたび、物言わぬ機械たちがゴツ、ゴツ、とじゃれつくようにアタックを続けていく。

（なにがどうなっているの、これ）

（ＡＩが命令を聞かなくなっているのかな……？）

（そういえば〈世界の終りとリアルモンスター・ワールド〉のあらすじだと、ＡＩの暴走が引き金になって世界が滅びることになっていたわよね。だとしたら周囲のメカがあのおっさんの制御から離れたのも、当然って言えば当然の結果なのかしら）

（それが事実なら完全に自爆だな。お願いだからこっちまで巻きこまないでくれよ）

ぼくが恐怖のあまり冷や汗をたらしていると、さらにぞっとするようなことが起こった。突如として頭上に、巨大な男の顔が浮かびあがったのだ。

『ハハハハッ！　フハハハハッ！　これは傑作じゃないか、兎谷くん！』

大音量で響き渡ったその笑い声は、ひどく馴染みのあるものだった。渋谷の居酒屋で、あるいは出版社の休憩室で——ぼくは彼が笑うところを何度も見てきたのだから。

「こ、金輪際先生……？」

『君が元気そうでなによりだ。こうして話をするのは、いつ以来になるのかな』

そこでズームされていた立体映像がすっと引き、金輪際先生の全身が映しだされる。いつのまにやらサイバーな椅子と額に貼りつけられていたセンサーは取り払われて、めったに披露することのないスーツ姿で、暗闇の中に佇んでいる。

そのまなざしには確固たる理性が宿っていて、よだれをたらしうわごとを呟いていたころの面影はどこにもない。

「正気に戻ったんですか？　でもなぜ、このタイミングで……」

『時が満ちたから。あるいは定められたシナリオが佳境に入ったから、とでも説明しておくべきだろうね。私の心は致命的に壊れていたわけではなかったということさ』

「てことは最初から演技だったわけ？　相変わらず、はた迷惑なおっさんね」

『そちらのお嬢さんもおひさしぶり。君も無事に檻《おり》から抜けだせたわけだな』

金輪際先生はあくまで穏やかな態度で、語りかけてくる。

しかし尊敬する先輩作家が廃人ではなくなったことを、素直に喜ぶべきかわからなかった。その言動は壊れていたとき以上に異様なものとして、ぼくの瞳に映っている。

『戸惑っているようだね。私に聞きたいことだって山ほどあるはずだ。しかしまずは目の前にある問題からかたづけていこうか。河泉さん、今の気分はどうだい』

「……貴様あ！　この私をずっと、騙していたのか！」

自らが生みだしたロマンの産物に何度も小突かれ、ボロ雑巾《ぞうきん》のように転がっていた河泉氏が、そこでようやく立ちあがる。ぼくらとちがってなにが起きているのか把握しているらしく、ピュアな目つきをしていたおっさんは別人のように憤怒《ふんぬ》の形相を浮かべている。

『騙していたとは人聞きが悪いなあ。私たちはW I N‐W I Nの関係だったはずだよ。私はあなたの、というより闇の出版業界人のコネクションが必要だった。あなたはあなたで〈絶対小説〉に秘められた超常の力を利用したかった』

「ではなぜ、私の計画を邪魔する！　ＡＩの制御を奪ったのは貴様だろう！」

『それはもちろん、ミサイルをぶっ放されたら困るからさ。あなたは例のＡＩ執筆ソフトを使って私の小説を、欧山概念の魂をコントロールしていると勘違いしていたようだが……そもそもすべては当初の筋書きどおりに進んでいるのだから、ね』

立体映像の中で、金輪際先生が指揮者のように指をふる。

直後、待機していたドローンやパンデモニウムもどき、クリプタリオン三号機がブーンガチャガチャと音をたてて動きだし、軍事演習中の兵士のようにずらっと整列する。

しかも、それだけでは終わらなかった。立体映像に紛《まぎ》れこむようにして、陳列されていた植物系のクリーチャーたち――木霊もといマンドラゴラやその親戚めいた化け物までもが活動停止状態から復帰し、ＳＦメカと同じように整列をはじめたのだ。

「あの凶暴なモンスターどもが……⁉　ＡＩ搭載のドローンとはわけがちがうのだぞ⁉」

『驚くほどのことでもないでしょうに。一応はクライアントの要望にお応えして作りあげたものとはいえ、彼らはわたしの手足のごとき存在なのだから』

「講談社を乗っ取り、闇の出版業界人が築きあげた利権を掌握するつもりか！　私を亡きものにしたところで――あぎゃあっ！」

言葉の途中で一匹のマンドラゴラが蔓を鞭《むち》のようにしならせ、河泉氏の無防備なお尻を引っぱたく。金輪際先生はその見世物を眺めて笑い声をあげたあと、悪びれもせずに言った。

『あなたは刺激的な世界を、スリリングな冒険ができる世界を求めていた。ならばクリーチャーやAIが飼い犬のように従順では興ざめもいいところじゃないか』

「ち、ちがう！　私は……」

『高見の見物をしたいのなら、あえて現実を変える必要はない。そういうアトラクションか、VRゲームでも作ればいいだけの話さ。運が悪ければ、あるいは一瞬の油断で、誰であろうと例外なく死ぬ。それが真の冒険というものではないかね？』

金輪際先生が喋っている間、河泉氏はマンドラゴラに何度も尻を叩かれ、ぎゃんぎゃんと犬のように悲鳴をあげ続ける。そこにクリプタリオン三号機が寄ってきて、特撮ライダーのバイクのごとく彼の身柄をひょいと拾いあげた。

『というわけで私からのささやかなプレゼントだ。クリプタリオン三号機に乗って、あなたの父が書いたような冒険小説を体験してくるといい。俺たちの戦いはこれからだ！』

「待て待て待て！　あの作品の主人公は最後……あぎゃあああああああっ！」

金輪際先生が例の合い言葉を言い放った直後、ご主人様を乗せたクリプタリオン三号機がブンとうなりをあげて走りだす。続けて自律型ドローンやパンデモニウムもどき、そして数多のクリーチャーが河泉氏の悲鳴を追いかけるようにして去っていった。

ぼくらは目の前のやりとりを、ぽかんと口を開けて眺めているほかなかった。

暗闇に浮かびあがるスキンヘッドのおっさんといい、SFメカにまたがってクリーチャーに襲われるおっさんといい、リアリティがなさすぎてほとんどコメディ映画の世界だ。

そのうえ金輪際先生は、悪いエイリアン役の演技がいまだに抜けきらないのか、

『とんだ茶番に付きあわせてすまなかったな。君もおおかたのところは察しているだろうが、私はこうして新たな欧山概念に――すなわち、神ともいうべき存在となった。しかしこの立場も存外に虚しいものでね、なんでも思いどおりになるということは、あらゆる娯楽を失うに等しい。嗚呼、だからこそ御主《みぬし》は人というものをお作りになったのだろうか』

「すみません、なにを言っているのかさっぱりなんですけど……」

「やっぱり元に戻っていないのかしら。頭がどうかしちゃっているって意味で」

『失礼なことを言わないでくれたまえ。さきほども言ったが私は最初から正常だよ。第四の壁を突破した人間というのは、いささか奇異に見えるかもしれないが』

そこでまことさんが「第四の壁?」と呟いて首をかしげる。

彼女は文芸オタクのわりにジャンルが偏っているから、案外こういった専門用語には疎いのかもしれない。

しかしぼくは金輪際先生の言葉を聞いて、愕然としてしまう。

第四の壁というのは、現実と虚構の間にある不可視の境界だ。それを突破した人間というのは一般的に、己が小説の中に存在していると自覚しているキャラクターを指す。

すなわち金輪際先生は――いや、彼とぼくは。

『兎谷くん、そろそろ現実に戻る頃合いじゃないか。私たちは作家である以上、物語を結末に導く義務がある。それとも君はここでいつまでも、夢を見続けているつもりかい?』

認めたくはなかった。

だけど先生に告げられる前から、ぼくは何度も疑念を抱いてきた。

突拍子のないことばかり起こるこの世界は、はたして現実なのだろうかと。

◇

言いたいことだけ言って満足したのか、金輪際先生の姿はほかの映像ごと、唐突にふっとかき消えてしまった。

あとに残されたのは、なにもない真っ暗な空間だけ。

やがて前方にふっとランプが灯《とも》り、我に返る。赤い光は暗がりの向こう、細い通路に続いていて、この先に向かえと指示されているようだった。

ぼくはまことさんの手を握り、無言のまま歩きはじめる。このランプの先に金輪際先生がいて、すべての真実が明かされるはずだ。

いや、ぼくはすでに知っているのだろうか。

ずっと前から気づいていたのに、他人に指摘されていよいよ逃げ道がなくなってしまった。とっくに選択肢は提示されていたのに、どちらのルートを選ぶかで迷ってしまい、ひたすらセーブポイントの周りをうろうろしていた。

真っ暗な通路をひたすら歩いていると、そんな錯覚にすらおちいってしまう。

「ねえ兎谷くん……大丈夫？」

「あー、ごめん。ちょっと色々と考えなきゃいけないことがあって。君にちょっと聞きたいんだけど、〈はてしない物語〉って読んだことある？　ミヒャエル・エンデの」

「有名な映画の原作でしょ。本の世界で冒険するファンタジーだったかしら。でも私、日本文学専門なのよね」

となると読んでいないわけか。ならこの話をするのはやめようかな、と考える。

でもまことさんは、

「それが〈絶対小説〉なのね」

「わかんないけど……たぶんそうだと思う」

彼女は出会ったときから嘘ばかりついていたくせに、ぼくの心をすぐにこうやって丸裸にしてしまう。おかげでエンデの話をふった意味に気づかれても、驚きはしなかった。

「考えてみれば簡単な話だよ。〈絶対小説〉の力が現実を変えているんじゃない。この現実こそが〈絶対小説〉なんだ。ぼくの中に欧山概念の魂が宿っていると考えていたけど、本当はその逆で、ぼくの魂が欧山概念の書いた小説に囚われているんだ」

「じゃあ原稿を読んだとき、兎谷くんの身体ごとシュポンッ！　って入っちゃったのかな」

「真面目に聞いてる？　でも実際、そんな感じなのかもしれないな。ぼくは欧山概念の怨霊に取り憑かれていて、現実では昏睡《こんすい》状態におちいっているとか」

ホラー作品みたいな筋書きだけど、小説が現実に影響を与えていると考えるより、まだ納得のいく話である。

するとまことさんは、ぼくの考えと似たような推測を語りだした。

「だったら今までのことはぜんぶ、兎谷くんが見ている夢って可能性もあるわね。それとも金輪際先生か、欧山概念？　まったく別の誰かの夢ってパターンもありえるかしら」

「やけにあっさり納得するんだなあ。自分のいる世界が現実じゃないって言われたら、普通はもうちょっと否定するんじゃないの」

「だって今さら驚くような話でもないし。ビオトープにいたときと変わらないもの」

ぼくはなにも言えなかった。

あの倒錯した島の中で育ってきたまことさんからしてみれば、この世界が作りものだと言われたところで違和感は覚えないのだ。彼女はこの世に生を受けたときからずっと、欧山概念の作品を演じ続けていたのだから。

「ぼくはイヤでイヤでしかたないよ。今まで体験してきたことのなにもかもが、誰かの手で作られた偽物かもしれないだなんて。この世界がもし欧山概念が書いた小説の中だとしたら、あの怨霊の手のひらでずっと踊っているようなものじゃないか」

「そう？　わたしは小説の中にいたとしても、それはそれでいいかなって気分。いけ好かないお嬢様に付き従っているモブの女子生徒Aとかだったら遠慮したいけど、たぶんそれなりにいいポジションでしょ、わたし」

「もう一回言うけどさ、真面目に聞いている？　いや、君の場合は本気なんだろうな。余計にどうしたらいいかわからなくなってきたぞ……」

「ちょっと、相談する相手をまちがえたみたいに言わないでよ！」

ぼくが頭を抱えていると、まことさんはぷりぷりと怒りだす。

ある意味、彼女のおかげで深刻に思い悩まずにいられるのかもしれない。

「たとえばさっき話していたみたいにさ、この世界が誰かの見ている夢で、その人が目を覚ましたらなにもかもが消えちゃうとか……そういうふうに考えたら、君だってやっぱり怖かったり悲しかったりするんじゃないかな」

「兎谷くんが隣にいるなら気にしないよ」

「だから消えちゃうんだってば。君もぼくもぜんぶ」

「じゃあ消えるときまでいっしょにいて」

「それでいいわけないだろ。クソみたいなバッドエンドじゃないか」

「兎谷くんはそうやって悪いほうにばかり考えるけど、本当にぜんぶ消えちゃうとはかぎらないでしょ。夢を見ている誰かさんが目を覚ましたら、今までのことがチャラになって、〈絶対小説〉の呪いからも解放されて、みんなでめでたしめでたしってなるかもしれないじゃないの。地獄に一直線コースだけ考えていたら気が滅《めい》入るだけよ」

「そこまで楽観的に考えるのもどうかと思うけど、まあ一理あるっちゃあるか。〈絶対小説〉の呪いを解いたら現実に戻れるとか、そういう可能性だってあるだろうし」

「ずばりそれでしょ。流れ的に」

「あのさ、お願いだから真面目に聞いてよ。これは現実の——じゃない、小説の話なのか。くそ、いよいよ頭がおかしくなってきそうだ……」

「落ちついて考えてみよっか。どうせ待っているのは金輪際先生なんだし、急がなくたっていいでしょ」

それは同感だったので、ぼくらは隣りあって通路の端に座る。

するとさっそく、まことさんは自分の考えた説を披露しはじめた。

「とりあえずだけど、兎谷くんは本物の人間だと思う」

「なんで？　〈絶対小説〉に選ばれたから？」

「そうね。だから金輪際先生も同じように現実に存在するはず。だって〈絶対小説〉にまつわる事件はみんな、兎谷くんと先生と、欧山概念を軸に動いているでしょ。過去に原稿の力で文才を得た作家たちは、世界に影響を与えることなんてできなかったわけだし……その点もふくめて考えると、やっぱりあなたたちは特別って気がするの」

「筋がとおっているといえば、そうかなあ」

「案外さ、〈絶対小説〉の力とかそういうのすら関係なくて、兎谷くんたちは現実に存在する人間だからこそ、欧山概念の考えた筋書きに干渉できるのかもね。プレイ中の選択肢でルートが変わっちゃうゲームみたいな感じでさ」

「さっきからずっと気になっていたけど……その理屈だとぼくと金輪際先生以外の人間は

みんな、小説の登場人物になっちゃうじゃないか。君とか、メメ子先生とか、金色夜叉さんとかグッドレビュアーも」

「だからそう言っているんだってば。概念クラスタにしてもネオノベルにしてもリアリティ皆無だし、わたしにいたってはクローンなのよ？　現実に存在しているって考えるほうがどうかしているでしょ」

「またすっげえ爆弾を投げてきたな。自分の存在ごと全否定かよ」

「さっきも言ったけど、わたしは小説の登場人物でいいの。兎谷くんが特別なら、ヒロインのポジションにいるわけでしょ。だったらなにも文句はありませんって」

「ぼくはいやだし悲しいよ」

「なんで？　あなたはずっと否定したがっていたのに」

欧山概念を？　〈絶対小説〉を？　あるいはこの世界そのものを？

かもしれない。

原稿をめぐる事件に巻きこまれてからというもの、ぼくはさんざんな目にばかりあってきた。それこそ小説の登場人物みたいに、見えない誰かにもてあそばれてきたのだ。

この悪夢から解放されたいのなら、結末をむかえてしまえばいい。金輪際先生はそれを望んでいて、ぼくといっしょに〈絶対小説〉という物語を終わらせるつもりなのだ。

しかしそれがわかっているというのに——今は先に進むことが恐ろしかった。

「結局のところ、認めるしかないのよね。兎谷くんから話を聞いた感じ、どれもこれも欧山概念的な筋書きだから。わたしとしてはクローンだろうと小説の登場人物だろうとたいして変わらないし、あとは開きなおって与えられた役割を全《まっと》うするだけ」

「いっちょ反抗してやろうって気にはならないのかい」

「したらしたでそれがわたしの役割かもしれないし、考えだしたらキリないじゃん」

まさに彼女の言うとおり。

そしてだからこそ、今の状況はとてつもなく厄介だ。

「正直に言うと、ぼくとしちゃこのまま逃げだしたいくらいだ。〈絶対小説〉のことも金輪際先生のことも世界の終わりも放りなげて、なにも考えずに君と世界中を旅したいよ」

「そうは言っても無理な相談でしょ。欧山概念の力はどこまでも追いかけてくるだろうし、今以上に最悪な展開におちいることだってありえるもの。それにぜんぶ放りだしちゃったら、兎谷くんはずっと自分の小説を書けないじゃん。呪われたままなんだし」

「そうだね。でも今はそれでも構わないと思っているけど」

ぼくがそう告げると、まことさんが驚いたような顔をする。

それはとても、彼女らしい反応だった。

「冗談でしょ？　てっきり小説を書くためなら、わたしどころかこの世界を消し飛ばしても後悔しないと思っていたのに」

「またひっでえ意見だな。あくまで、どちらかしか選べないならって話だよ。自分の小説を書きたいとは思うけど、そのためになにもかも犠牲にしようとまでは考えないさ。ビオトープから脱出したときみたいに選択肢があるならともかく、ね」

しかしそう伝えても、まことさんは信じられないというような表情を浮かべている。

実際のところ、以前のぼくだったらそうしたかもしれない。

でも今は、出会ってしまったから。知ってしまったから。

そばにいる君は大切な女の子で、ぼくの稚拙なデビュー作でさえ好きだと言ってくれるかけがえのない読者で、現実では得られない幸福を得たと、実感してしまったから。

埼玉の山間部に取材に行ったときも、謝恩会で会ったときも、そのあとで甘い一夜を過ごしたときも、ビオトープで暮らしやがて脱出すると決めたときも、君がいてくれたから楽しかったし、君がそばにいてくれたからこそ、創作の葛藤《かっとう》も理不尽な境遇も乗りこえることができた。ぼくはずっと自分の作品に魂を込めたいと願ってきたけど、その魂は今、目の前にいる君に奪われてしまっている。

だから……小説を書きたいという理由で、君を犠牲にすることはできない。君がいない世界はぼくにとってバッドエンドそのもので、真に面白い物語を書きたいと願っている作家が、自分の物語の結末を納得のいかない選択肢で終えるわけにはいかないからだ。

「小説を書かなかったら兎谷くん、抜け殻みたいになっちゃうかも」

「君がいなくなっても抜け殻みたいになっちまうって。わりとマジで」

そう、ぼくがなによりも危惧《きぐ》しているのは——現実に戻ったとき、まことさんが隣にいない可能性があることだ。

というより、いないと確信している、と言うべきかもしれない。

なぜならそれがもっとも、欧山概念的な筋書きだからだ。

「お姫様ごと吹き飛ばしてドラゴンを退治する王子様なんて、最悪じゃないか。ゲームでそんなクソみたいな選択肢が出てきたら、コントローラーごと叩き割っちゃうよ」

「というより仕事とわたし、どっちを選ぶの？　って感じね」

「君が仕事を選ぶんでしょって言ってきて、ぼくが君を選ぶって言うんだから立場があべこべだよなあ。ていうか、できれば喜んでほしいところなんだけど」

「どう受けとめたらいいのかわからないの。現実を捨てる方向にあなたを導くことが、わたしに与えられた役割なのかもしれないから」

困ったことに、それもまたありえそうな話だ。

金輪際先生が現実に戻る道を選び、対するぼくは小説の中で生きる道を選ぶ。

現実と虚構の、対立構造。

それぞれを象徴する両者が相まみえることで、〈絶対小説〉という物語は結末をむかえる。欧山概念の魂は、そんな筋書きを望んでいるのだろうか。

だとすれば、逃げることなんて不可能だ。

6　対話だけで決着をつけるのは退屈だ

赤いランプの灯った通路を先に進んでいくと、周囲の景色はまたもや異様な様相に変化していった。

最初に感じたのは、異様な蒸し暑さ。そしてむせかえるような青臭い空気だ。足もとからぐにょっぐにょっという不快な感触が伝わり、ぎょっとして視線を下に向けると、灰色のコンクリートだった床が苔《こけ》むした泥土《でいど》と化していく。

講談社の地下であるはずの空間に、極彩色の草花が咲きほこる河童の楽園が広がっている。その事実に驚愕しながら通路を進んでいくと、ふいに視界がぐにゃりとゆがみ、元のうす暗い通路に戻ってしまった。

……この世界はいよいよ、現実という体裁を放棄しようとしているらしい。まことさんも恐怖を覚えたのか、震えながらぎゅっと手を握ってくる。

しかしこんな状況の最中でさえ、ぼくは物語が終わることを拒み、ふとした拍子に悪夢から覚めてしまうのではないかと恐れている。

もはや認めるしかない。

この世界に溺れているのは、欧山概念が作りだした舞台に執着しているのは――。

『ほう、君は現実より虚構を選ぶわけか』

どこからともなく声が聞こえてきて、ふっと我に返る。

近いような、遠いような。つかみどころのない響きだった。

「金輪際先生。隠れていないで出てきてくださいよ」

「……なにを言っているの、兎谷くん」

「え？　だって今、話しかけてきたじゃないか」

隣のまことさんが不思議そうに見つめてくるので、ぼくは足を止めてしまう。

するとふたたび、先生の声が響いてくる。

『この世界が〈絶対小説〉だという事実から、目を背けようとしているのではないかと心配していてね。君のためにこうやって趣向を凝《こ》らしているところさ』

金輪際先生の言葉は、ノイズまじりの電波に乗せて投げかけられたようにも、耳もとでふうふう息を吐きながらささやかれたようにも感じられた。

どちらにせよ鳥肌が立つくらい不快で、かつてともに笑いあった先輩作家が、似ても似つかない存在に変貌してしまったという事実を、いやというほど思い知らされる。

『夢が夢であることを自覚すれば、君も同じ景色を見ることができる。いわば物語そのものを俯瞰《ふかん》で眺める立場さ。それともあくまで、創造主に翻弄される語《かた》り部《べ》であることを望むかい。作家としてのプライドをかなぐり捨て、あえて道化の立場に甘んじるのなら』

「上から目線でご託を垂れるのはけっこうですけど、中二病めいた神様プレイはいい加減に卒業して、今までのぶんを殴らせてくれませんかね」

『ハハハ！　手厳しいなあ』

姿の見えない金輪際先生とブツブツ会話していると、隣のまことさんがけげんな表情を浮かべていた。だからひとこと、

「あのおっさんがテレパシーを飛ばしてきているんだ」

「うぇえ……。もう、なんでもありね」

あっさりと納得した彼女は、呆れて天井を仰ぐ。

ぼくとしても同感だ。

しかし小説の中にいるのだから、なにが起こったとしても不思議ではない。

そう、これまでと同じように。

『君たちの心の準備も整ったようだし、ゲームをはじめるとしよう。ここから先が本当の、〈世界の終りとリアルモンスター・ワールド〉さ』

ふいに前方の景色がゆらぎ、狭い通路が延びていたはずの暗がりはだだっ広い空間に様変わりしていく。

河童の楽園めいた栽培施設に、無数の植物系クリーチャーがずらりと並ぶ。カクタス、ウツボカズラ、ハエトリグサ……突然変異を引き起こすケミカルXを多量に投与されたのか、巷にあふれた木霊もといマンドラゴラよりずっと凶悪な姿をしている。

広間の中央に目を向けると、ひときわ巨大な植物の中央部に、金輪際先生の半身がにゅっと伸びていた。

ぼくは「ひっ！」と悲鳴を漏らす。まことさんも同じような反応をした。

『兎谷くんの言うとおり、誰もが与えられた役割を演じているのかもしれない。現実だろうと小説の中だろうと、すべては創造主の退屈をまぎらわせるために、あるいは彼の作品を愛するファンを楽しませるために、この世に生まれ落ちたときから道化の衣装に身を包み、コミカルな動作で踊らされている。私が今、こうしているように』

植物系クリーチャーと一体化した金輪際先生は、怪しげな妖怪か、はたまたダンジョンの最奥で待ち構えていたラスボスのように見える。

それでもぼくらは意を決して、人間をやめたライトノベル作家に近づいていく。

「いったいどういう状態なんですか、それ。お願いですから唐突に『世界を無にする』とか言わないでくださいよ。ネタなのかマジなのかわからなくて反応しづらいので」

『君も言うようになったなあ。私の姿を見ても怖《お》じ気《け》づかないのだから、〈絶対小説〉にまつわる冒険を乗りこえていく過程で成長したと見える。兎谷くんは理想的なプレイヤーだったのだろうね、欧山概念にとっては』

金輪際先生は虚空に視線を向ける。

天井に広がる暗がりに、この世界を作りだした存在が――百年前の文豪の魂がさまよっていて、ぼくらを見下ろしながら愉悦に浸っていると、そう考えているかのように。

『これが神になった気分だというのなら、なにもかも無に還したいと思うのもわからなくはないさ。望むように世界を変えるたび、それが作りものにすぎないのだと痛感し、虚しさと不安が募っていく。現実に戻ろうとしている自分さえも、欧山概念が定めた筋書きに従っているだけなのではないか。……この世界にいるとつい、そんなふうに考えてしまわないかい？』

「わかる気がします。だからぼくはずっと居心地が悪かった」

『しかし君は虚構を選ぶ。実に創作者らしい矛盾だ』

金輪際先生の顔にうねうねと無数の文字が浮かびあがり、瞳は鬼火のように発光していく。欧山概念の怨霊が――彼の肉体を介して顕現しているかのように。

『私とて現実に戻ることにためらいはあるよ。あれはあれで過酷な環境だからね。とはいえ欧山概念は物語の結末を求めているし、私はヒロインを袖《そで》にしてしまった。今さら兎谷くんを押しのけて、ヒーローの立場に返り咲くのは難しい』

「……はあ？　わたしは最初から先生を選ぶつもりなんてなかったわよ。自分のほうからふってやったみたいな言いぐさ、勘違いされると困るしやめてくれないかしら」

『おっと失礼！　我々は出会ったときから、お互いを理解しようとしていなかったな。世界が虚構であるという虚しさを、誰よりも共有できたはずなのに』

金輪際先生が言うように、小説のように生きろと大人たちに強いられてきた彼女は、この世界でもっとも〈絶対小説〉の真実に近い存在だ。

欧山概念の魂に選ばれた作家たちを導く案内人――あるいはそれこそが、まことさんに与えられた本来の役割なのかもしれなかった。

『兎谷くんもいい加減に気づきたまえ。君の隣にいるのは現実の女性ではなく、欧山概念の、あるいは私や君自身の願望が作りだした、精巧なダッチワイフにすぎないのだと』

「お願いですから、まことさんを侮辱するのだけはやめてください」

『ふむ……。創作とは公衆の面前で行う自慰行為であり、私たちはその気恥ずかしい見世物のプロフェッショナルだ。ならば虚構に浸り続けようという道も、作家としてあるべき理想のひとつやもしれぬ』

「ぼくはただ、彼女といっしょにいたいだけなんですよ。先生」

「そんなふうに斜に構えているから、女の子にモテないんじゃないの？」

『なるほど、素直に虚構であることを楽しめばよかったわけか。しかし私は昔からなりきりプレイというのが苦手でね、今だって必死にラスボスを演じている』

金輪際先生はそう言ったあと、恐ろしいほど自然な仕草で周囲に生えた蔓のひとつを操って、ぼくの足もとに黒いものを放りなげてくる。

拾いあげてみると、それは一丁の拳銃《けんじゅう》だった。

『色々と考えてみたものの、対話だけで決着をつけるのは退屈だ』

「まさか……これで……」

唖然としながら視線を戻すと、先生はクリーチャーと一体化した下半身を小刻みに震わせ、今にも動きだそうとしていた。そしてぼくに向けて、こう告げる。

『単純かつ明快なエンディングこそが、エンターテインメント作品に求められるものだ。

こうして最高の舞台が用意されたのだから、ラストシーンは盛大に盛りあげよう！』

その言葉とともに、周囲のクリーチャーたちが一斉に動きだした。

◇

「ねえ、戦わないの⁉　今こそ真の力に目覚めて必殺技をぶっ放すときでしょ⁉」

「ぼくはスーパーヒーローじゃないし、ましてや人殺しになんてなりたくないってば！」

「でもあれ、もう人間やめちゃってるじゃん！」

言われて振りかえると、暗がりの先で植物系クリーチャーを引き連れて迫ってくる金輪際先生の姿がちらりと見えた。

〈絶対小説〉の力に蝕《むしば》まれた人間の末路なのか——全身に無数の文字列、眼球は鬼火のごとく発光し、禍々《まがまが》しい樹木の幹から上半身を露出させ、根っこの部分を触手のように這わせて移動している。

尊敬する先輩作家がネオエクスデスめいた存在になり果ててしまうなんて、超展開もいいところ。そのうえベタなラスボスよろしく襲いかかってくるのだから、これが欧山概念の描いた筋書きだとしたら、クソみたいな脚本を書くなと説教したいくらいだ。

しかしぼくは相変わらず翻弄されるがまま、逃げまわることしかできない。

「このままじゃ追いつかれちゃう！　兎谷くん、さっきの銃！　あれ貸して！」

「ちょっ……！」

　まことさんはつないでいないほうの手を伸ばし、腰に差しておいた銃をぼくから奪う。

　そして迷うことなく、パパンパパン。弾丸は植物めいたボディに命中したものの、本体にダメージはなかったようだ。先生は減速することなく猛然と迫ってくる。

「待って待って待って容赦なさすぎ勇ましすぎ！　露出している部分は生身の人間なんだから普通もうちょっと躊躇《ちゅうちょ》するよね⁉」

「大丈夫よ、次は弱点っぽい先生本体を狙うから」

「だからそれ、全然大丈夫《や》じゃないだろ！」

　しかしまことさんは殺る気満々。冒険小説のヒロインとしてついに覚醒したのかと疑ってしまうほど、クリーチャー化した金輪際先生めがけて景気よく発砲していく。

　……まずい。悪い意味で盛りあがっておられるぞ、この女。

　絶体絶命の状況とはいえ先生を撃ち殺すことにためらいを覚えたぼくは、アンジェリーナミラなんとかヴィッチと化した彼女の手から銃を奪いかえそうとする。

「いろんな意味で危ないから返しなさい！　さすがに撃ち殺したらまずいだろ！」

「んなこと言っている場合じゃないでしょ⁉　ヘタれていたら生き残れないわよ！」

　状況を見るに、まことさんの言い分のほうが正しいのかもしれない。だけど自分が人殺しになりたくないのと同じくらい、彼女を人殺しにしてしまうのがいやだった。

　とはいえ――だとしたら、どうすればいいのか。

答えが見つからないままとっくみあっているうちに、ぼくらはビル地下の一画で、金輪際先生が引き連れてきたクリーチャーたちに囲まれてしまう。

「ほら、どうすんのよこれ」

「アハハ……。そう言われると困っちゃうなあ」

乾いた笑いを浮かべてごまかそうとしたところで、この窮地を抜けだきないかぎり許してもらえそうにない。試しに両手を広げて「破ァッ！」と叫んでみるものの、スーパーパワーに目覚めるわけもなく——無数のクリーチャーたちが蔓を尖《とが》らせて、ぼくらの喉笛《のどぶえ》を突き刺そうと槍《やり》のごとく伸ばしてくる。

……死ぬ？　物語の中で？　するとどうなる？

都合よく途中から再スタートできるとは思えないし、そのまま意識がぷっつりと途切れて終わりの可能性が高い。だとしたら、兎谷三為の冒険はゲームオーバーだ。

ぼくは目を閉じる。そうすれば小説みたいな奇跡が起こると、期待して。

「ギャバアアアアアッ！」

すると突如、雷鳴のような発砲音とともに断末魔の悲鳴が響く。

はっとして顔をあげると、視界に飛びこんできたのは爆発四散するクリーチャーの姿。特撮映画のワンシーンみたいに、草花の化け物たちが次々と爆《は》ぜていく。

そして聞き覚えのある、笑い声。

「ヒッヒ！　イエッヒィ！　宴《うたげ》じゃ宴じゃあああ！　イッツァショータイム！」

「メメ子先生⁉」

「おーう兎谷。これはいったいどういう状況なのだ？」

……ぼくのほうが、それを聞きたいよ。

なんでショットガンを両手に構えて、ランボーみたいに歩いてくるのか。

しかも背後に屈強な兵士みたいな連中を引き連れて。

あまりに唐突なご登場に唖然としていると、隣のまことさんがぽつりと呟く。

「クラスタの落下傘部隊ね」

「そういえば……講談社に襲撃を仕掛けていたのだっけ」

河泉氏が映しだした立体映像で、警備メカと戦っている姿を見たのが最後だろうか。彼女の背後に視線を移すと、ローカル局のスタッフも怯えた顔で武器を持っていた。

「こっちはこっちで色々あったのだが、よくわからんうちにメカどもが機能を停止してな。お前ら探してたらクラスタどもと出くわしたので行動をともにしていたのじゃ。で、こいつらはいったいどこからわいてきたのだ」

「どこから説明すればいいのやら。講談社に潜む闇の出版業界人たちが〈絶対小説〉の力でやばい兵器とかいっぱい開発してて、文芸第四出版部の河泉氏が黒幕かと思っていたんですけど、実はそうじゃなくて――」

「金輪際先生がラスボスだったの！　非モテのおっさん作家がやけくそになって世界を滅ぼそうとしているのよ！」

「お、マジか。やっぱあいつ正気だったのな」

……いや、納得するのが早いって。

まことさんの説明も端折《はしょ》りすぎたせいで、語弊があるような。

◇

クソ占い師が金輪際先生の顔面をショットガンで吹き飛ばす前に、ぼくは手短に事の経緯を説明しておく。すると彼女は背後にいるクラスタの落下傘部隊に顔を向けて、

「お前ら聞いたか。これまでの事件の首謀者は金輪際くんだったらしい。クリーチャーどもの群れに隠れて目視しづらいが、あの男は〈絶対小説〉の力に呑まれ、かような化け物と化してしまったのじゃろう」

「な、なんと……！　では我らが敬愛する大師も……」

「左様。現世に未練を残した文豪の魂は原形をとどめておらず、創作の苦しみに屈した哀れなおっさん作家の肉体と一体化してしまっておる。よおく見ろ、数多の木霊を引き連れた男の姿を。生者に取り憑き魑魅魍魎《ちみもうりょう》と化したかの文豪に、今さらなにを求める。我らにできるのは、せめて成仏させてやることのみよ」

「しかし……我々クラスタは！」

「欧山大師の御霊に銃を向けるなど！」

「たわけ！　今ここでやらなければ、欧山概念は現世への未練に囚われた怨霊のまま、未来永劫続く苦しみを味わうのだぞ！　かの文豪の魂を輪廻《りんね》に還し、再び現世に舞い戻る日が来ることを祈れ。生きているうちには新作を望めぬかもしれん。だとしても、真に敬虔なる読者であれば……己の都合で作家の自由を縛るのではなく、新たな可能性に向けて羽ばたかせてやるのが筋というものであろうに！」

メメ子先生は謎のカリスマ性を発揮し、クリーチャー化した金輪際先生もとい欧山概念の憑依体に銃を向けることに難色を示していた落下傘部隊をまとめあげていく。

元々カルト集団だけに場の空気に流されやすそうなクラスタの連中は、彼女の熱弁にあっさり感化され、聖戦におもむく騎士のような表情で思い思いに武器を構えた。

「やりましょう。それが大師のためならば」

「そうだ、俺が、俺たちが真のクラスタだ！」

「わかってくれたか。では参ろう、ここが我らの戦場じゃああ！」

「あ、待っ……」

その場の勢いというのは恐ろしいもので、まことさんふくめ全員が金輪際先生と真っ向から立ち向かう道を選んでしまう。メメ子先生はさっそくショットガンを乱射し、会話の最中にも近づいてきていたクリーチャーどもを吹っ飛ばしていく。

そのうちにクラスタの落下傘部隊はもとより、まことさんやローカル局のスタッフまでもが手渡された銃器を構え、たどたどしくも応戦しはじめる。

しかしそんな熱狂のるつぼの中でさえ、ぼくだけはなおも逡巡《しゅんじゅん》したまま。

ギャアギャアと断末魔の悲鳴をあげながら爆発四散していくクリーチャーども、メメ子先生 feat. 落下傘部隊の華麗なガンアクション、まことさんの勇ましい戦いぶり、ローカル局のスタッフのコントみたいな発砲モーションを、棒立ちのままただ眺め続ける。

実のところ、いやな予感を抱いていた。

ぼくらが窮地におちいったところでメメ子先生や概念クラスタが加勢して、ラスボスと化した金輪際先生をやっつける。

あまりにもご都合主義的な展開だし、あらかじめ用意されたものだとしか思えない。

だからきっと、このままでは終わらないはずだ。

「ギュパアアアアアッ！」「グォオオオオオオッ！」

「うわっ⁉ なんだこいつら、急に――」

「金輪際くんの中に、クリーチャーどもが……」

ぼくの懸念どおり、やがて戦列に乱れが生じはじめる。

狭い通路で蠢《うごめ》いていたクリーチャーたち、そして蜂《はち》の巣にされた数多の残骸《ざんがい》が――奥の暗がりにひかえていた金輪際先生の身体に、吸いこまれるようにして融合していく。

精鋭揃いの落下傘部隊ですらうろたえる中、銃撃戦に参加していなかったぼくだけは、なにが起こっているのかを把握することができた。

ネオエクスデスおじさんが、第二形態に移行しているのだ。

『光あれ』

その言葉とともに、二回り以上も巨大化した先生の両眼からぱっと光がほとばしる。

怪光線《ビーム》。

時代遅れのコミカルな必殺技は、しかし残虐きわまりない結果を引き起こした。

「え……？」

「ひっ」

最初の被害者となったのは、調子に乗って前に出ていたローカル局のディレクターとカメラマンだった。彼らは光を浴びた直後、身体に無数の文字が浮かびあがり、そのままパシュンと消えてしまう。その最期はあまりにもあっけなくて――しばらくの間、ぼくはふたりがこの世から抹殺された事実をうまく認識できなかった。

暗がりの中で金輪際先生の眼光だけが浮かびあがり、不気味な声が響く。

『見てのとおり彼らはしょせん、羅列された文字の一部にすぎない。だから鼻くそをほじりながらデリートキーを押すだけで、塵芥のごとき有様で消え失せるのさ』

「そんな……。いくらなんでも……」

『理解が足りないのであれば、いくらでも教えてあげよう。私と君のいた現実に比べ、この世界がいかに杜撰《ずさん》な代物なのかをね。――ほら、ほら、ほら！』

破壊神と化したライトノベル作家は、いっさいの容赦がなかった。

ぼくが止めようとするよりも早く、ギョロリと開いた目から光を発射し、ローカル局のスタッフを、クラスタの落下傘部隊を、パシュンパシュンと消していく。

「うわあああああっ！　いやだ！　まだ家のローンが——」

「どうせ死ぬならその前に、熱々のマルゲリータピッツァを——」

「実は俺、今度結婚す——」

「こんな戦いに参加していられるか！　悪いが逃げさ——」

通路のあちこちで死亡フラグめいた台詞が飛び交《とか》い、クラスタの落下傘部隊やローカル局のスタッフたちがふっと消えていく。彼らは悲壮感を漂わせることすらなく、最初からこの場にいなかったように、〈絶対小説〉という舞台から退場してしまう。

しかしそんな地獄絵図の最中であってもメメ子先生だけはただひとり、最後までしぶとく怪光線を避け続けている。

「なんだなんだこれは！　いったいなにが起きているのだ！」

『嗚呼、悲しいかな。君とて物語に彩りを添えるだけの、パセリのような存在でしかない。劇画めいて誇張《こちょう》された設定は作品の調和を乱し、キャラクターへの造詣は底が浅くて反吐《へど》が出る。舞台の端でキーキーとわめくだけなら、いい加減にご退場願いたいね』

「ごちゃごちゃうっせえわボケええ！　てめえのけつに火をつけちゃろわあ！」

メメ子先生は奇声をあげて、どこから取りだしたのか手榴弾をぶん投げる。

忘れがちだがここはビルの地下。そのうえ化け物と戦うには狭すぎる区画だ。

ぼくは慌てて駆けだして、前に出ていたまことさんの肩をぐいと引き寄せる。

直後に閃光、続けて轟音。

あわや生き埋めか爆死かと戦慄《せんりつ》するレベルの衝撃が過ぎさったあと、ぼくは怖々と目を開く。幸いにも五体満足で、まことさんも見たところ無傷のようだった。

「うわっはっは。ちょいと無茶がすぎたかのう」

「笑っている場合ですか！　密閉された空間で爆発物投げるなんて！」

「すまんすまん。とはいえあのままにしといたら全滅だったぞ」

「うわ、手榴弾で先生を爆殺しちゃったの？」

「わからん。しかし無傷ではあるまい」

メメ子先生は仁王《におうだ》立ちの姿勢で、塵煙が立ちこめる暗がりの先をあごでしゃくる。奥にいるであろう金輪際先生が動く気配は、今のところ感じられなかった。

やったのか……？

そう考えたところで、よくないフラグが立っていることに気づく。

アクション映画のこういう場面で、強敵を倒せていた試しがない。

「あ」「お？」

「……え？」

塵煙の隙間からしゅぱっと光がほとばしり、三人とも揃って声をあげる。

ぼくはぞっとしたあと自分の身体を眺めてふうと息を吐き、まことさんが無事なことを確認して心の底から安堵する。メメ子先生を見れば珍しくびびった表情を浮かべていたものの、困ったようにハハハと笑ったので大丈夫そうな感じ。

視界が悪くて怪光線の照準が合わなかったのか。いずれにせよ金輪際先生はいまだ倒されておらず、油断できない状況であることに変わりはない。

周囲を見れば落下傘部隊やローカル局のスタッフは影もかたちもなく、この場に佇んでいるのはぼくらだけ。存在ごと否定され消えていった人たちのことを思うと胸が痛むものの、まことさんやメメ子先生が生き残っているのならまだ救いがある。

……こうなったらもう、立ち向かう覚悟を決めるしかない。

そう思い暗がりの先を見すえると、金輪際先生の禍々しいシルエットがぬっと浮かびあがった。

『語り部とヒロイン、そして傍観者たる私。舞台に残るべくして残った演者たちか。いよいよ決着をつけるべき瞬間が、やってきたというわけだ』

ぼくは眉をひそめ、人数にカウントされなかったメメ子先生に目を向ける。

彼女の右半分は、虚空の中に溶けていた。

7 ぼくはこの作品が好きです

「メメ子先――」

驚いて声をかけようとしたところで、小さな身体がどさりと崩れ落ちる。巨大化した金輪際先生と対峙している状況だというのに、ぼくは慌てて彼女のもとに駆け寄った。

「うはは……。気合いで耐えられるかと思ったが無理そうだのう」

「まだ大丈夫ですって！　なんとか持ちこたえてください！」

しかしその身体は右肩から先が消失していて、抱えあげると驚くほど軽かった。

涙でぼやけた視界で彼女の顔を見つめると、一瞬ざざっとノイズめいた文字が浮かびあがる。まるでメメ子先生というキャラクターが、ゲーム中のバグで表示できなくなっているかのようだった。

「金輪際くんの妄言の意味がようやくわかったぞ。メメ子は魔法少女とかセーラー戦士とかそういう存在だったのやな。我ながら美少女すぎると思った……」

〈絶対小説〉の力によって否定され身体の半分を失い、自らが虚構の産物だと悟ってもなお、メメ子先生は相変わらずメメ子先生だった。

無残《むざん》な姿を晒したところで悲観することもなく、ニヤニヤと笑みを浮かべてこちらを眺めている金輪際先生に、彼女はこう言い放った。

「お前はあくまで、自分が選ばれなかった事実を認めたくないのだな。だから拗《す》ねて貶《けな》して見下して、己の自尊心を満たそうとしておる。そうやって向きあうことを恐れているから、本当に欲しいものが得られぬのであろうに」

『この期におよんで月並みなお説教はやめたまえ。ドラマチックな最期を演出してあげたのだから、いさぎよく舞台からおりたらどうだい』

「……ふふふ。それはそれで悪くないかもしれぬ」

メメ子先生はそう言ったあと、泣きじゃくるぼくと、まことさんに顔を向ける。彼女は与えられた役割に満足し、その結末に納得しているように見えた。

「冗談はやめてよ！　世界が終わってもちゃっかり生き残りそうなキャラのくせして！」

「まこちゃんも無茶ぶりしやがるのう。しかし金輪際くんの言うとおり、メメ子はここらで退場するべきじゃな。あとは兎谷の活躍に期待するとしよう」

「ぼくだけじゃどうにもできませんて、この状況！」

「いいや、お前がなんとかせよ。そのための答えはもう、出ておるではないか」

彼女は笑いながら残った左手で、ぼくの胸を指さす。

そしてあっさりと――消えてなくなった。

「くそっ……！　こんなことってあるかよ！」

『あるとも。なぜなら死とは創作における極上のスパイスだからさ。語り部である君は怒りのあまり真の力に目覚めてもいいし、仇敵《きゅうてき》となった私を憎んで果敢に立ち向かってもいい。彼女という存在の消失はあらかじめ用意された筋書きの一部かもしれず、だとしたら今はできうるかぎり感動的に、この局面を盛りあげるべきだ』

金輪際先生はあくまで傍観者然とした口ぶりで、絶望に打ちひしがれるぼくらを見下している。救いようがなく傲慢で、反吐が出るほど醜悪な創作者の姿だ。

『しかし名高い文豪の作品にしては展開が少々安直すぎるなあ。欧山概念はしょせん短編作家だった、ということか。長編をこれまで書いたことがなく、娯楽小説だって初挑戦なものだから、粗ばかりが目立っていけないよ』

「黙れ……！　勝手なことばかり言いやがって！」

『おやおや、どうしてそうムキになるんだい。〈絶対小説〉の筋書きが唾棄すべき代物なのは事実だろうに。欧山概念といえども慣れないジャンルに手を出すと、こうも面白みのない作品を書きあげてしまうのかね』

金輪際先生の言葉を、ぼくは看過することができなかった。

自分のいた世界は、この物語は決して、彼の言うような駄作なんかじゃない。ぼくはうだうだと文句を言いながらも〈絶対小説〉をめぐる冒険を楽しんでいたし、メメ子先生やクラスタの面々、いわゆるモブと呼ばれる人々すべてにも愛着を抱いていた。

メメ子先生がこの胸を指した理由が痛いほどわかる。

守らなくちゃいけない。ほかでもない――ぼくが。

毅然《きぜん》とした態度でにらみつけると、金輪際先生は言った。

『ならばせめて、素晴らしいラストシーンを演出してやらなくては。そのためには生贄《いけにえ》が必要なことくらい、君とて作家なのだから理解しているはずだろう』

次に誰が狙われるかなんて、わかりきっている。

そもそも先生は最初から、ふたりだけの決着を望んでいたのだから。

ぼくの隣で、まことさんがびくっと身構える。

彼女がいなくなったら、この世界は色を失ってしまう。

『欧山概念の名誉を守るために、駄作は闇に葬り去るべきだ』

「――いいえ、先生。ぼくはこの作品が好きです」

まことさんに怪光線が放たれる直前、ぼくは懐に隠していた銃を撃った。射撃の経験なんて一切ないにもかかわらず、弾丸は吸いこまれるように金輪際先生の眉間に命中する。

まるで運命がそうしたように。それが求められた結末であるかのように。

『愛とはもっとも美しい欺瞞《ぎまん》だ。恥ずかしげもなく語れる君が心底 羨《うらや》ましいよ』

そう言ったあと、金輪際先生は倒れた。

身体と一体化していた植物の幹は霞《かすみ》のようにかき消え、ひとりの男の亡骸だけが残る。

ぼくは自らの手で、尊敬していた先輩を、憧れていた作家の命を奪ったのだ。

「……終わったの？」

「たぶん、ね。おかげで最悪の気分さ」

だとしても、ぼくらは救われた。現実ではなく虚構を選択したのだから、この世界は結末をむかえることなく続くはずだ。

しかしそう思った直後――講談社の地下全体を震わせるほどの揺れが起こる。

「ねえ見て、兎谷くん！」

「うわっ！　なんだこれ！」

周囲の壁に亀裂《きれつ》が走っている。

いや、ちがう。ピキピキと砕けようとしているのは、ぼくたちがいる空間そのものだ。ひび割れた虚空の隙間からまばゆい光がほとばしり、暗くぼんやりとしていた景色がぱりんぱりんと崩壊していく。

いったいなにが、起こっているのか。ぼくがただただ戸惑っていると、まことさんが身体にしがみついてきて、なにやら不穏な言葉を呟いた。

「やっぱり世界が終わっちゃうのかも」

「なんで⁉　だって金輪際先生はもう――」

ぼくが殺した。

この物語を続けるために。君という存在を守るために。

先生の亡骸は崩れゆく景色の中にぽつんと横たわっていて、たとえ世界が崩壊したとしても、そのまま残っていそうな雰囲気だ。

ああ、そうか。ぼくは直感で理解してしまう。

最初からなにもかも、まちがえていたことを。

「ごめんなさい、兎谷くん。わたしがあんなことを言ったから……」

「君のせいじゃないよ。ぼくだってまだ、信じたくないくらいだし」

彼女はあのとき、兎谷三為という作家は特別なのだと言った。

物語の筋書きに干渉できるのだから、現実に存在している人間だと。

だけど実際はただ、そういうふうに設定されていただけなのだ。

欧山概念と、金輪際先生に。

「結局のところぼくも、小説の登場人物にすぎなかったわけか」

「つまりはぜんぶ、夢ってことよね」

そのうえ救いがたいことに、夢を見ていた張本人は眉間を撃ち抜かれてしまった。

先生の魂はやがて、現実に戻っていくのだろうか。あるいはこのまま、虚構の世界に囚われ続けるのだろうか。

あの人がなにを考え、どんな気持ちでこんな結末を選択したのか。今となっては知るよしもないし、聞いたところで決して納得することはできないだろう。

いずれにせよ――この世界が今、終わりをむかえようとしていることだけは確かだった。

◇

周囲の景色はガラスのようにパラパラと崩れさり、あとには果てしなく広がる真っ白な空間だけが残される。それはまるでまっさらなカンバスのようで、このうえから新しい世界が描かれていくのかもしれないと、ぼくは呆然としながら考える。

しかし〈絶対小説〉という作品はまもなくピリオドが打たれ、そこに存在していた登場人物たちは例外なく舞台からおろされる。終末を告げる鐘の音が、早く消えろ早く消えろとやかましく頭の中に鳴り響いてきて、あらゆる理屈やお膳立てされた設定を飛びこえて、否応《いやおう》なく世界の終わりを実感させられる。

「よくよく考えてみると、最初に〈絶対小説〉を読んだのは金輪際先生のはずよね。それから兎谷くんに原稿を読ませた。だったらそのとき先生は、どちらの世界にいたのかしら」

現実に？　それとも小説の中？

つまりはそれが、すべての答えなのだ。

「欧山概念の描いた世界に迷いこんだ金輪際先生が、ぼくに原稿を読ませる――その場面こそが物語のはじまりで、兎谷三為という青年は最初から登場人物として用意されていたってことなんだろうな……」

「そしてプレイヤーに選ばれた先生は、語り部である兎谷くんを結末まで導くことを課せられた。現実を選ぶか、それとも虚構を選ぶかという選択肢を、提示して」

「ぼくが小説の登場人物にすぎないのだとしたら、この世界を選ぶに決まっているじゃないか。だってそもそも、現実に存在していないわけだから」

「先生もきっと、あなたが虚構を選ぶとわかっていたんじゃないかしら。だからこそ自らの死を選んだのよ。もしかしたらそれで、元の世界に戻れるかもと期待して」

「物語の主人公に殺されるのが、ゲームクリアの条件かよ。ああ……でも、いかにも欧山概念らしい筋書きだな。現実の人間である先生が、虚構に否定されることで救われる」

ぼくは真っ白な空間に残された、金輪際先生の亡骸を見る。その顔は満足げにほほえんでいて、まさしく超絶難易度のゲームをやりとげたような表情だ。

最初から最後まで、欧山概念と金輪際先生の対戦プレイに付きあわされていただけなのだ。ぼくとまことさん——いや、この世界に存在していたありとあらゆるものが。

そう考えると、やり場のない怒りがわいてくる。

「ふざけるなよ！　金輪際先生はクソみたいなデスゲームをクリアして満足かもしれないけど、それに付きあわされたぼくらの立場はどうなるんだ。結局どうやったところでバッドエンドじゃないか！」

「怒ってもしかたないでしょ。わたしたちはゲームのために用意されたキャラクターなんだし。ていうかグッドもバッドもないわよ、プレイヤーじゃないんだから」

選択肢すら与えられていなかった。その事実はあまりに理不尽だ。

すべては欧山概念の駒《こま》でしかない。

だとすれば今、ぼくが感じているこの怒りも、虚構の産物にすぎないのだろうか。

「そんなふうに泣かないでよ。悲しいのはわかるけどさ。それとも、悔しいの？」

「当たり前じゃないか。最初から結末が決まっていたのなら、ぼくたちはいったいなんのためにの……君だってなんのために生まれてきたのさ」

感情的になって吐き捨てると、まことさんは思いのほか明るく笑う。生まれたときから嘘まみれの世界で生きてきた彼女は、ぼくとちがってこの結末に納得しているようだ。

「わたしはとくに不満はないかな。もっと自由に楽しめたらよかったけど、こうして兎谷くんとも出会えたことだし、いつもどおり受けいれることにします」

「ぼくはいやだよ。そんなふうに諦めないでくれよ。だってこんなの、話がちがうじゃないか。君とやりたいことだっていっぱいあったし、君と行きたい場所だっていっぱいあったのに。こうしている今だって全然満足してないし、話したいことだって――」

「じゃあ話してよ。エンドロールがはじまる前に」

残念ながら、彼女の言うとおりだ。

真っ白な空間は蜘蛛《くも》の巣のような亀裂が入り、いつ壊れるともわからない。納得なんてできるはずないのだけど……うだうだやっているうちに強制退場させられても文句は言えないのだから、伝えたいことがあるなら今のうちに伝えておくべきだ。

名のある文豪ならここで、月がきれいだとかなんとかキザな台詞を吐いていたかもしれない。だけどぼくの文才なんてたかが知れているし、君に伝えたいこの思いは幾千幾万もの言葉を並べたとしても、到底伝えきれそうにない。

だから、シンプルにまとめるべきだ。

この世界そのものが、ぼくという存在そのものが、欧山概念というクソ創作者に作られた登場人物にすぎないとしても――もしそうだとしても、彼女にだけは伝えたかった。

君のために紡ぐこの言葉だけは、決して欺瞞なんかじゃないと。

本物の感情なのだと。

「あ――」

しかし物語は終わる。
その言葉が紡がれることなく。

8　だからこの世界で、生きていくしかない

ふと気がつくと、渋谷のマンションに戻っていた。

世界が終わったはずなのに、なぜだか自分は消えていない。

頭がはっきりとしてくるにつれ、兎谷三為としての記憶が徐々に薄れていき、現実での退屈な暮らしぶりが思いだされてくる。

フローリングの床にビールの空き缶が汚らしく転がっているのを見て、ぼくは深々とため息を吐く。なんてことはない。酔っ払ったあげくに眠りこけていただけなのだ。

暗い部屋の中をぐるりと眺めたあと、隣に目を向ける。

やっぱり君はいなかった。

◇

十年の歳月は残酷だ。

それが夢を見ている間に過ぎさったとなれば、なおさらに。

といっても意識不明のまま長い眠りについていたわけではなく、若いころの自分になって夢を見ていただけなのだから、実際のところなにも変わっちゃいない。

二十代のころにデビューを果たしライトノベル作家としてやってきたものの、手もとに残ったのは担当編集さんとの罵詈雑言《ばりぞうごん》めいたメールのやりとりと、やけになって粉砕したノートパソコンだけ。ぶん投げたときに手を痛めたから起きたあともじんじんとしびれが残っているし、無残なスクラップと化した商売道具を眺めているだけで気が滅入ってくる。

ひとまず歯を磨こうと流し台に向かったついでに、髭と頭をまとめて剃っておく。

薄毛が気になりはじめたので最近は開きなおってスキンヘッドにしているのだけど、鏡の前でにっこりと笑みを浮かべてみれば、見知ったいかつい先輩作家の顔が映っている。

おはよう、金輪際先生。

さようなら、兎谷三為。

結局どちらも同じ人物だったわけだから、つくづく皮肉な筋書きだ。

ぼくは若かりしころの自分に眉間を撃ち抜かれて、こうして現実に戻ってきた。

だからこの世界で、生きていくしかない。

◇

その日の夕方。ぼくはヤフオクで落札したシュプリームのキャップをかぶり、待ち合わせ場所である渋谷のカフェに向かう。

店内に入ると約束した相手は先に着いていて、すでにコーヒーとパンケーキのセットに手をつけているところだった。

それなりに高価なブランドに身を包んでいるからか、ぱっと見た感じでは渋谷の風景に溶けこんでいるように見える。しかし内側からにじみでるものがあるのか、彼女もぼくと同じく一般人に擬態しきれていない。悲しいかな、オタクはやはりオタクなのだ。

「わたしの顔を見てニヤニヤしないでくれる？　キモいから」

「会っていきなりそれかよ……。まあいいけどさ」

ぼくはひとまずコーヒーを注文したあと、挨拶ついでに近況を話す。

数年ぶりに会った彼女は以前のような金髪ツインテールではなく、長い黒髪を横に流していて、見ようによってはそれなりの美人に見えた。あとはパンケーキの食べかたに育ちのよさが出てくれれば、良縁に恵まれるチャンスだってめぐってくるだろう。

「で、とりあえず実家に帰るわけ？」

「今のままだとしばらく本は出せそうにないからね。貯金もそろそろ底をつくし、とりあえず向こうでバイトでも探そうと思う。群馬だし人手なんてどこでも足りていないだろ」

「ふうん、いいんじゃないの。引きこもりの作家が今からまともに働けるかどうかわかんないけど、東京でのたれ死なれるよりはマシだし」

遠慮のない言葉の数々に、苦笑いを浮かべてしまう。

夢の中とはいえ実の妹を故人に設定したりイタコ占い師にしたあげく怪光線で抹殺した

件については、罪悪感を覚えていないこともない。

ぼくは心の中で彼女にわびつつ、運ばれてきたコーヒーをかきまぜる。

「小説のほうはどうするの。バイトしつつまた新人賞に出すとか、それなりに展望はあるわけでしょ。いっそライトノベルじゃなくて一般文芸を狙ってみるのはどう？」

「今のところはなにも考えていないかな。当面は創作から離れて、真面目に働くよ」

「へえ……意外。ちょっともったいないかもね」

「なんで？」

「だってけっこうよく書けてたじゃん。唯一の存在価値だったわけだし」

辛辣《しんらつ》な評価はさておき、彼女の言葉は意外だった。

妹がぼくの小説を読んでいたなんて知らなかったし、オタクとはいえオトメ系界隈《かいわい》に属す彼女が、ＮＭ文庫で出すような男子向けの作品を好意的に評価するとは考えていなかったからだ。

おかげで不覚にも感動してしまう。小説への情熱を失いかけているからこそ、余計に。

「デビュー作のロボット出てくるやつとか後半エグくてよかったじゃん」

「〈多元戦記グラフニール〉だろ。今となっちゃ粗が目立って読みかえすのもしんどいけどな。投稿時のペンネームだって愛着があったのに、縁起が悪いとか言われて変えさせられたっけ」

当時のペンネームが金輪際で、結局今の兎谷三為に変更してデビューした。とはいえゲンを担いだところで意味はなく、金輪際サヨナラという結果になったのだから泣けてくる。

「そりゃ売れなかったかもしれないけど、プロにはなれたわけだし、私は好きだったよ。デビュー作もそうだし、あの漢字が長くてカタカナで読むやつだって悪くなかったし」

「〈偽勇者の再生譚〉だろ。だから好きな作品のタイトルなら覚えておけよ」

「あー、ごめん。でも嘘じゃないってば。打ち切りは残念だったけど、それでもスカッとする終わりかたでよかったし。なんだっけ、ライルとユリウスの魂が合体して——」

「真の勇者となって魔王を倒す。強引とはいえ、我ながらよくまとめたとは思う」

柄にもなく慰めてくれている妹に感謝しながら、ぼくは力なく笑みを返す。

夢の中でふたつの人格として分離した兎谷三為と金輪際先生も、いわばライルとユリウスであり、こうして現実で再び合体することになった。しかし今のところ真の勇者になれた気はしないし、魔王に戦いを挑む以前に自滅してしまいそうだ。

すると心の不安定さが伝わったのだろうか、妹はぼくを元気づけるように、

「今は気が乗らなくてもさ、落ちついたらまた書いてみれば。それがいやならいっそ、新しい趣味でもはじめてみたらいいんじゃないかな」

「そうだな。あと、ありがとな」

「じゃあ私は行くけど、お母さんたちにもよろしくね。実はこれからおデートです」

「お……了解」

彼女は脱オタ社会人デビューの果てに、都会でのリア充ライフを手に入れたらしい。

小説を書いていない妹は幸福を手に入れようとしていて、一方の自分はどんどん不幸になっていく。足早に店内から去っていく小さな背中を見送ってから、ぼくはすっかり冷めてしまったコーヒーに口をつける。

現実の味は顔をしかめてしまうほど、苦かった。

◇

明日から、実家に帰る準備をはじめなくてはならない。そう思うと長年過ごしてきた街が名残惜《なごりお》しく思えてきて、妹と別れたあともぼくはひとり夜の渋谷をぶらつく。

闇に浮かぶ月を眺めながらあてもなく歩いていると、あの不思議な世界で〈絶対小説〉を読み、そして原稿を紛失したときの記憶が脳裏をよぎる。

実のところ欧山概念については、夢の中とはだいぶ事情が異なっている。死の間際に遺した原稿の存在こそ噂されているものの、〈絶対小説〉というタイトルや比類なき文才を得るというジンクスは、ぼくの願望が作りだした妄想の産物だったのだ。

無意識のうちに、才能を求めていた。

夢にまで見てしまうほどに、傑作を書きあげる力を欲していた。

それとも欧山概念の霊が、ぼくを不憫《ふびん》に思って小説の世界に誘ったのか。

ふぬけた根性に活を入れるために、あんな悪夢を見せたというオチだってありうる。

「……君の意見を聞いてみたいよ、まことさん」

夜空に向かって呟いてみる。しかし返事はなく、ただ虚しさが募るだけ。

数えきれないほどの本を高く高く積みあげて、夜空に浮かぶ月の裏側までたどりつければ、この世界にいない君ともう一度だけ、話をすることができやしないだろうか？

現実では得られるはずのない幸福を求めて、ぼくはまた小説を書くかもしれない。

そうして報《むく》われない自分と向きあいながら、不毛な夢想をひたすらに紡ぐのだ。

この身に課せられたのは、創作という名の永劫に続く呪い。

すなわち——〈絶対小説〉である。

（完）

あとがき

最後まで読んでいただき、ありがとうございます。

この作品はライトノベル業界に足を突っこんだものの行き詰まったぼくの備忘録であり、もっとも追いつめられていた時期に見た夢をベースにして書いた物語です。

整合性の取れるように調整したりと小細工こそしているものの、概《おおむ》ねのところ原作（つまりぼくが見た夢）そのままとなっています。

実際に見た夢をベースにした小説――つまり作者の断片的な記憶がそのまま物語となっているため、作中に登場する人物のほとんどにはモデルが存在します。ただかなり誇張気味に描いているので、あくまでフィクションとしてお楽しみください。

そんなわけで書き終えたテンションでつらつらと綴《つづ》ったわけですけど、正直なところぼく自身、この作品の結末に満足しているわけではありません。

夢をベースにしているのですからこれで終わりにするのが正しいとはいえ、書いた本人としても違和感があるというか、納得しきれていない部分が多いです。

まこととのラストシーンにしても、主人公である兎谷三為、すなわちぼくの分身である語り部は、彼女の心を最後まで理解できていなかったような気がします。

書きあげたばかりというのに、この物語を終わらせることができていない。

そんな気分にさえなってくるのですから、小説を書くというのは不思議ですね。

第七話　絶対小説

1　文豪の声を聴け

あとがきを書き終えたぼくは、歯の間にピーナッツのカスが挟まっているような気分のまま、一息つこうとコーヒーを淹《い》れる。

「……内容が気にいらないからって化けて出てこないでくれよ、欧山概念」

実家のうす汚れた砂壁に向かってそう呟いたあと、百年前の文豪に敬意を込めて中指を立ててみる。せめてもの供養に自分なりの二次創作として書いてみたものの、内容に納得しきれていないのはむしろ、ぼくのほうかもしれない。

デビューしたレーベルと袂を分かち、実家に戻って早一年。引きこもり作家だった自分もどうにか社会復帰を果たし、地元の工場でのバイトにも慣れてきた。

ちょびちょびと伸びた髭を処理するついでに頭をきれいに剃りあげて、かつての金輪際先生と瓜二つになったところで午後八時。あと一時間かそこらで夜勤に行かなくてはならないが、その前に〈絶対小説〉の感想でもあれば目をとおしておきたいところだ。

「すぐに反応をもらえるのがＷｅｂ小説の醍醐味《だいごみ》だよな。必死こいて新シリーズを書いたのに感想すらないまま埋もれていった経験があるだけに、身にしみるね」

ところがしばらく待っても反響はなく、ぼくはブラウザを更新しながら虚無感に苛《さいな》まれる。せっかく公開したのにアクセス数が伸びない。自分の作品なんて誰も読まない。そんな事実が可視化されてしまうところは、Ｗｅｂ小説ゆえに味わうまた別の地獄である。

どうしてまた、小説を書きはじめたのか。

なんでまだ、物語を紡ぐことをやめずにいるのか。

若かりしころの自分に銃で眉間を撃ち抜かれるという、倒錯しきった自慰行為の果てに――こうして現実に戻ってきたというのに、ぼくはいまだに迷い続けている。

未練がましくＷｅｂで執筆活動をはじめたものの……書籍化の打診が来ないどころかランキングの端っこに載ることさえなく、そうこうしているうちに出版不況は悪化の一途をたどり、小説という媒体そのものが追いつめられつつある。

絶望と納得と諦観の狭間で筆を折った先人たちのように、すっぱりとやめることができたらどれほど楽になれるだろう。

いっそバイトに行く途中で、トラックに轢かれてみようか。行き着く先がチートとハーレムに満ちた異世界でなくとも――創作という名の苦しみからは、解放されるのだから。

◇

自暴自棄になったところで死ぬほどの勇気はなく。

ぼくはいたって普段どおりにバイトをこなし、やがて週末がおとずれる。

あれから数日を経たというのに、〈絶対小説〉のアクセス数はほとんど伸びていない。

読んだ人が少ないのならいっそ、一から書きなおしてみるべきか。

トラックに轢かれてみるよりかは建設的なアプローチだ。

「もう一度、行ってみようかな」

現実でのぼくは一年前、気分転換がてらに観光した温泉地で、欧山概念という作家を知った。〈絶対小説〉の夢を見るにいたった出発点――かの文豪の記念館に再び足を運んでみれば、なんらかのインスピレーションが得られるかもしれない。

というわけで父のラクティスを借りて、ドライブがてら欧山概念ゆかりの温泉地へ向かう。小説の中では所在をぼかしていたけど、目的地はずばり伊香保《いかほ》である。

前橋市の町中を抜けて山のほうに向かうと道路の勾配が急になってきて、まいたけセンターやラブホテル、やたらと多い水沢うどんの看板が見えてくるともう伊香保。道すがら水沢観音にて書籍化の祈願と万葉歌碑を拝んだものの、あとは寄り道をせず記念館のある石段街方面へ。

夢の中でもそうであったように細い裏路地を抜け、ぼくはひっそりと佇む記念館にやってきた……はずだった。

「あれ、道をまちがえたのかな」

しかしそこにあったのは、昭和レトロな喫茶店。スマホを開いて地図を確認すると場所は合っていて、いやな予感を覚えつつ店内に入る。

「すみません。欧山概念の記念館を見にきたんですけど……」

「前はそんな感じの建物があったみたいっすね。なんでも老朽化がどうとかで」

店員さんいわく取り壊されたあと、喫茶店ができたという。

前に足を運んだ時点でやばそうな雰囲気だったし、なくなっている可能性も想定しておくべきだった。欧山概念の記念館が影もかたちもなくなっているという事実に、ぼくは少なからずショックを受けた。

◇

日帰り旅行を終えて帰宅したぼくは、リビングのソファに寝そべって身体を休める。

一日中歩きまわったから足が棒のようになっているけど、結論を言えば骨折り損のくたびれ儲けだった。周辺の観光スポットをめぐりつつ、欧山概念にゆかりがありそうな場所はないか受付の人や係員にたずねてまわったのだが、その返答は一様に芳しくなかった。

「欧山概念ゆかりの地ですか、聞いたことがないですね。へえ、一年前には記念館があったのですか」

「お力になれず申しわけありません。徳冨蘆花《とくとみろか》の記念文学館にほぼ同時代の資料がありますので、そちらに足を運んでみるのはいかがでしょう」

「竹久夢二《たけひさゆめじ》ならわかりますけどね。そのオウヤマという人も芸術家さんでしょ？」

などなど、伊香保の人々は欧山概念そのものをご存じなかったらしい。だとしたら記念館が取り壊されてしまうのも納得だ。

「っても別に不思議な話でもないんだよな。ぼくにとっては忘れることのできない存在になっちゃったけど、現実の欧山概念は文豪って呼ばれるほど知名度は高くないわけだし」

むしろ、かぎりなくマニアックな作家というべきだ。

ぼくがその名を知った当時でさえ、作品よりも謎めいた経歴や美代子とのロマンスばかりが、取りざたされているような印象だった。

現実というのは残酷だ。魂を込めて書きあげた小説だとしても、商品として結果を残さないかぎりは埋没し、最初から出版されていなかったかのように扱われる。

そのうえ百年というのは、著作権すら失効させるほどの年月だ。よほどの傑作であろうとも当時の感動は色褪せ、読者を楽しませる物語としての役割を失ってしまう。

伊香保では空振りしてしまったし、欧山概念について取材できるところがほかにないか、次は事前に調べておいたほうがよさそうだ。

そう思い、ぼくはグーグルを開く。

「あれ？　おかしいな」

欧山概念についてまとめたサイトが、見つからない。

前はいっぱいあったのにほとんどが閉鎖されているし、ウィキペディアにいたっては項目自体が消えている。結局、検索して出た候補のうちでもっとも情報量が多いのは、〈絶対小説〉――ぼくがWebに投稿した二次創作という皮肉な結果だけが残った。

「通販サイトのほうはどうだろ。げ、〈化生賛歌〉は絶版か。一応プレ値で買えるみたいだけど。そういえば、ぼくが持っていたやつはどうしたっけ」

いやな予感がして部屋を漁ってみると、まとめて梱包《こんぽう》したほかの本ごと行方不明になっていた。困ったな。エロ同人誌も入れておいたのに。

……いや、そうじゃなくて。あんな奇妙な夢を見て、欧山概念を題材にして小説まで書いたというのに、肝心の著作が手もとにないというのはよろしくない。

まことさんが隣にいたら、小一時間くらい説教されるレベルの失態だ。

と、ぼくはふと彼女の不在を実感し、それが数ヵ月ぶりだと気づいて愕然とする。

夢から覚めた直後に感じた耐えがたい喪失感ですら、たった一年で感傷的な思い出に変わってしまう。だとしたら百年という歳月は、あらゆるものを風化させるには十分だ。

欧山概念はこのまま、忘れさられていくのだろうか。

泡沫の幻のように。この世から。

ぼく自身の記憶でさえも——例外ではなく。

2　河童をめぐる冒険

数日後、ぼくは埼玉の山間部へ向かう。

平日の昼間だったので乗客はまばら、車窓にはかわり映えのしない田舎の風景が流れていく。偶然にも〈絶対小説〉の世界で取材に行ったときと同じような状況で、隣に誰もいない虚しさを実感せずにはいられなかった。

結局ぼくは現実に戻って小説を書きはじめ、忙《せわ》しない日常の中でまことさんのいない世界に慣れていったけど……誰にも読まれない、励まされることもない、そんな孤独な執筆を続けていると、夢を見ていたころの自分がどれだけ救われていたか、よくわかる。

とはいえ彼女は、甘えきったぼくの心が作りだした偶像でしかない。

目が覚めて一年を経た今、〈絶対小説〉という世界にほどこされたメッキはぼろぼろと剝がれ、あとに残されたのはばかばかしいほど誇張された夢の残滓だった。

「しかしこうして手にしてみると、ひっでえ代物だったなあ……」

ぼくは苦笑いを浮かべつつ、買いなおしたばかりの〈化生賛歌〉を開く。

比較的状態のいいものをネットで落札したというのに、ハードカバーは日焼けしてぼろぼろ、表紙に印刷されたタイトルはかすれてほとんど読めない。中を開けば年季の入った古書らしく黄ばんだページが待ち受けていて、ぺらぺらとめくるたびに酸化した紙の匂いがぷんと漂ってくる。

とはいえ本当にひどいのは本の状態よりも、中身のほうだ。

〈絶対小説〉の世界において〈化生賛歌〉は『世界的に評価されている傑作』という扱いだったし、ぼく自身、夢の中で「さすがは文豪が書いた小説」だと、深い感銘を受けた覚えがある。

しかし現実に戻って一年が経ち、こうやって〈化生賛歌〉を読みなおしてみると、文章の拙《つたな》さや構成の杜撰さばかりが目についてしまう。奇想天外な発想の数々には惹《ひ》かれるところもあるが……それ以上に粗が多すぎて、新人賞の一次審査ですら落選しかねないほどの完成度だ。

ぼくは夢を見る前にこの作品を読んでいたし、そのときも同じ評価をくだしたはずだ。なのに兎谷三為として〈絶対小説〉の世界に存在していたとき、現実での記憶は忘却の彼方に追いやられ、欧山作品を称賛するハメになった。考えようによっては作為的に、ぼくの認識——小説を読んだ感想さえも、ありえない方向にゆがめられていたのである。

百年前の怨霊がもしあの奇妙な世界を体験させたのだとしたら、その目的はなんだったのだろう？

現実の欧山概念は文章力も構成力もなく、〈化生賛歌〉は優れた作品として評価されることさえなかった。今の自分がそうであるように、彼もまた創作の苦しみに打ちひしがれていたのだろうか。それとも悔しさをバネに筆を取り、次こそは傑作を生みだそうと息巻いたのだろうか。

いずれにせよ彼は、二度と作品を書きあげることができなかった。自らの未練をぼくに託そうとしたのなら、〈絶対小説〉はやはり呪いと呼ぶべきものだったのかもしれない。

◇

最寄りの駅に着いたあとは、バスを乗り継いで先に進む。

これまた夢の中と同じ手順を踏んでいるものの、今回の目的地は山から離れた位置にある。実はちょうどこのあたりで記事にしたいところがあるというので、ネットのニュースサイトを運営している知人から仕事を紹介してもらったのだが、実際ハードな取材になりそうだった。

なにせこれから向かうのは、ぼくのような人間なら確実にトラウマを植えつけられる恐怖スポット。凄惨《せいさん》きわまりない猟奇バラバラ事件の現場であり、今なお歴代の独裁者たちが裸足《はだし》で逃げだすほどの大虐殺が行われていると、一部でささやかれている場所なのだ。

◇

「なんかネットで記事を書いてくれるとかで？　取材なんて近ごろじゃめったにありませんから、緊張してしまいますな。昔は○○エンターテインメントの編集者としてブイブイ言わせていたんですけどね、著作権関係で他社ともめたせいで今じゃこの有様ですわ」

「某社の謝恩会でお話ししたことがあったかもしれませんね。最初にお会いしたときになんとなく、お顔を拝見したような気がして」

「ありえますなあ。ここに左遷されてまだ二年目ですから」

　金色夜叉さんのモデルになれそうなおっさんは、世知辛い話題のわりにほがらかに笑う。オイルまみれの機械を毎日ガシャンガシャンと動かして、背筋が凍《こお》る大虐殺を指揮している人間とは思えないような表情だ。

　しかし名刺に記された肩書きを見るかぎり、彼こそがこの施設を管理するアドルフ・ヒトラー。もしくは指先をパチンと鳴らすだけで、数多の世界を消滅させるサノスである。

「出版社の工場とは思えないオンボロさで驚かれたことでしょう。ささ、この先に搬入用の倉庫と作業現場がありますので」

「は、はあ……。ぼくも小説を書きながら食品関係の会社でバイトしてますけど、そこの工場もこんな感じですよ。長くやっているところは設備が老朽化してますし」

「話を聞くかぎりですと、あなたも大変そうですなあ。羽振りのよかったライトノベル界隈ですら、ほかに仕事をしなくてはろくにやっていけない状況なのですから」

元ライトノベル作家と元編集者。立場はちがえどぼくらは同じ戦場にいた敗残兵であり、だからこそすぐに打ち解けることができた。

工場の責任者さんと他愛のない世間話をしながら通路を進むと、広々とした一画にたどりつく。都内からアクセスしやすく、しかし地価が安い埼玉の山間部。出版社が自前の工場を持つにはうってつけの場所であり、人目につきにくい建屋の奥では日夜、想像を絶する数の魂が断末魔の悲鳴をあげているという。

「世界の終わりへようこそ」

二年前に編集部から左遷され、独裁者もしくはスーパーヴィランに生まれ変わった男は、妙に芝居がかった口調でそう告げる。覚悟を決めていたものの、ぼくは目の前の光景に恐れおののき、そして圧倒されてしまった。

「じゃあ……これが」

「返本された雑誌や文庫、ハードカバーの末路です」

眼前に高々と積みあがっているものもまた、ぼくらと同じ敗残兵たちだった。

数多の作家やライターによって生みだされ、しかし過酷な生存競争の場で失格の烙印を押されたすえに、廃品となってこの工場に送りこまれてきた——本の山。

色とりどりの装丁で飾られた彼らは次々と裁断機に呑みこまれ、バラバラに分解されていく。それは事前に聞いていたとおりの、情け容赦のない虐殺現場だった。

「一般の方々にはそうでもないらしいのですが、あなたのような作家からするとショッキングな光景でしょう。編集者であった私とて、この山の中に自分が携わった本があるかもしれないと思うと、胸焼けがしそうになりますからな」

「ちょうど今、同じようなことを考えていたところですよ……」

裁断機の音がやかましくて、お互い声を張りあげないと聞き取れない。

ガシャンガシャン。ガシャンガシャン。ガシャンガシャン。

〈絶対小説〉という名の世界で、兎谷三為だったぼくが耳にした終末の音色。

それが現実で、ひっきりなしに響き渡っている。

積みあがった本の一冊一冊に作り手の魂が込められ、ページを開けば華々しい冒険やロマンスを繰り広げているはずなのに——彼らの物語は誰にも読まれることはなく、またたく間に塵芥の山と化していく。そうして最初から存在していなかったように忘れさられ、汚物を拭き取るための再生紙に生まれ変わる。

生活用品であれば、多くの人々に必要とされるからと。

「せっかくの機会ですから、自分の本がないか探してみては？」

「これまた加虐的な提案をしますね……。でも記事を書くときのネタになるかもしれませんし、ざっと調べてみます」

ぼくはそう言って、倉庫の端に保管されている本の山に近づいていく。

自分の書いた小説のほとんどは絶版になっているし、今さらこの中にあるとは思えないけど、見つけたらひと思いに救出しておこう。たぶんそれくらいのことなら、許可してもらえるはずだ。

しかしそびえ立つ山を漁ってみたところ、自分の書いた小説どころか知っているタイトルさえ見つからない。その結果に安堵していいのかどうかもわからないまま、管理責任者のおっさんのところに戻ろうとする。

ところがそこで、ぱさりと本が落ちてきた。

「ありましたか、自分の本！」

「そういうわけではないんですけど……」

元の色さえわからないほどうす汚れた文庫で、表紙の文字はかすれて消えかかっているものの、かろうじてタイトルだけは読み取ることができる。


〈絶対小説〉


なんでここに、こんなものがあるのか。

欧山概念が遺した原稿が発見されて、知らないうちに出版されていたとか？

いや、そもそもあれはぼくがでっちあげた架空の作品で――戸惑いながらページを開くとひたすら白紙が続いていて、なおさらわけがわからなくなってくる。

ひとまず持ち帰る許可をもらって、あとで詳しく調べてみよう。

「すみません、この〈絶対小説〉って本ですけど」

「何をいってるがや、ヨソモン。んなもんどごにもねえど」

「へ？」

返事をしたのは管理責任者のおっさんではなく、緑色の肌をした老人だった。

驚きのあまり何度か見なおすものの、目の前にいるのは変わらず河童の村長。

周囲を見まわせば高々と積みあがっていた返本の山はどこにもなく、かわりにぐるぐると渦を巻く草木や毒々しい色の花々がうっそうと茂っている。呆然としながら異様な景色を眺めていると、猿のような顔をした鳥がケタケタと笑い、一年ぶりのご挨拶。

しばし口を開けて立ちつくしたあと、ようやく納得してこう呟いた。

「てことは……ぼくはまた、夢を見ているわけだな」

「急に黙りごんだがと思えば、わげのわがらんやっちゃなあ。ざでは木霊どやりあってる最中に頭ざ打っだのが」

村長の言葉を聞いて、ぼくは思わず苦笑い。

一年ほど前にも同じような体験をしていたからか、我ながら呆れるほどあっさりと不条理な状況を受けいれてしまう。全身グリーンのおじいちゃんというリアリティ皆無の存在を見て、旧知の友と再会したような気分になるくらいなのだから困ったものだ。

欧山概念的な筋書きを想定すると……さきほど拾いあげた本はかの文豪が書いたものであり、ぼくは性懲《しょうこ》りもなく物語の世界に誘われた。

ゆえに持っていたはずの文庫は煙のように消え失せ、今はこうして河童の楽園に佇んでいる、といったところだろうか。

「お前、ごれがらどうずるづもりだ。やっぱ住処に帰るのが」

村長にそう問われて、山を進みながら前を見すえる。極彩色の景色が途切れた先にあるのは、現実の埼玉で見た小川よりはるかに荒々しい、ほとんど滝のような渓流だ。

……あの川を泳ぎきれば、ぼくは元の世界に戻ることができるのだろうか。

というより埼玉の工場にいた自分こそが幻で、河童の村長が言うように、木霊と戦っている最中に頭を打って夢を見ていただけ、というオチだってありえる。

むしろ心のどこかでこうなることを期待して、ぼくは現実に戻ってからの一年間、欧山概念の残滓を追い求めていた気さえする。

自らが求める楽園とは、現実なのか、はたまた虚構なのか。

それすらわからないのだから、なおさら始末が悪かった。

「いっそ開きなおって、しばらくさまよってみますよ。この世界に戻ってくることがあったら、やろうと決めていたこともありますからね」

ひとつは、欧山概念に殴りこみをかけにいく。

もうひとつは、あのとき伝えられなかった言葉を届けにいく。

ならばまずは、君を探しに行くとしよう。

心にぽっかりとあいた穴を埋めるチャンスがあるとすれば、今しかない。

ぼくは河童の村長に別れを告げ、意気揚々と川に飛びこんだ。

3 ラノベの森、あるいはネオノベルクロニクル

「げほっ……げほげほっ！」

最初に感じたのは、耐えがたい息苦しさと、口からあふれでる大量の水。

それがいったんおさまると、口の中いっぱいに塩辛い味が広がり、歯にへばりついた藻くずのぐちょぐちょした感触に不快感を覚えた。

咳きこみながらポンプのように水を吐きだしていると、見覚えのある女の子が背中をさすってくれる。

「ねえ大丈夫⁉　ていうかこんなところでなにやってんの！」

「げっ……げふっ！　ぼ、ぼくは……」

「ここで溺れていたのよ、あなた！　だから助けてあげたんだってば！」

内臓が飛びでてしまうのではないかというほどげえげえと水を吐きつつも、隣にいるのがまことさんだとわかってほくそ笑む。

夢の中にいる自覚があるからか、二周目の〈絶対小説〉はぼくの思いどおりになるらし

い。この状況は、埼玉の山間部で遭難したときとまったく同じだ。

「ああ……よかった。君にずっと会いたくて、話したいことがたくさんあってさ。ていうかひさしぶりだね。ちょうど一年ぶりになるのかな」

「感動の再会って言えばそうかもしれないけど、この前一度だけ会っているでしょ。あのときは落ちついて話ができなかったってのは、ともかくとして」

「そうだっけ？　微妙に話が食い違っているような」

「んなことよりもなんで、こんなところで溺れていたの。あんまり遅いからデートをすっぽかされたのかと思っていたら、いきなり海で死にかけてるし」

「ぼくが、デートの約束を？　ごめん、まだ状況を把握できていないのかも」

ていうか……海？　川じゃなくて？

今さらながら周囲の様子に目を向けると、ぼくたちがいるのは山の渓流ではなく、ひとけのない浜辺だった。視線を遠くに移すと特撮映画に出てくるような瓦礫まみれの町並みがあり、水平線の先には沈みゆく夕日と、天に向かってそびえ立つ巨大な建造物がある。

そこでようやく、目の前にいる女の子がまことさんではないことに気づく。

なぜなら彼方に見えるのは、魔神将騎パンデモニウムの残骸だからだ。

心の中でざわざわと、失望感が募っていく。

「やっぱりあなたは、わたしの知っているあなたではないのね」

「君だって、ぼくが会いたかった女の子じゃない」

「わたしはもうひとりのミユキ。だけどあなたは、もうひとりのリュウジですらない」

そう語る彼女の表情を、一年ほど前にも見たことがある。

まことさんがぼくから、自らの世界が作りものだという真実を伝えられたときに。

あるいは兎谷三為が、絶望の中で答えを知ったときに。

だからこそ察してしまう。

今いる世界が〈絶対小説〉ではなく、〈多元戦記グラフニール〉だとしたら――過酷な運命を強いられた登場人物の怒りは、誰に向けられるべきなのかと。

ぼくは天を仰ぎ、自らが作りあげたヒロインに語りかける。

「困ったことに、君の気持ちが痛いほどよくわかるよ」

「だったらなんで、わたしを幸せにしてくれなかったの?」

そうだね。君の問いかけはもっともだ。

ミユキはもうひとりのリュウジと最後まで争い、そして儚《はかな》く散っていった。

だけどあの作品をもっと長く続けられたなら、別の結末だってありえたかもしれない。

彼女を死に追いやったのは、ページ数の都合という身も蓋《ふた》もない理由だからだ。

「ねえ教えてよ、神様。どうやったところで報われないのなら、わたしたちはいったいなんのために生まれたの?」

その問いかけにも、答えることができなかった。

ぼくだって一周目の〈絶対小説〉の中にいたとき、同じ疑問を抱いたまま終わりをむかえている。彼女がもうひとりの兎谷三為でもあるのなら、神様を責める資格は十分だ。

ところがぼくに罰を与えるのは彼女ではなく、その僕くも愛らしい姿はぐにゃりとゆがんでいく。続いて現れた仮面の男はスタンガンを持っていて、

「――ひっ！」

全身を針でさされたような激痛が駆けめぐり、背中がのけぞるほど激しく痙攣する。だけどいつのまにかパイプ椅子に縛られていて、その場でガクンガクンと震えるしかない。

「よりにもよって……グッドレビュアーかよ……！　だったらまだ……ミユキに拷問されるほうがマシだったな……」

「はて、意識がもうろうとしているのですか？　質問の内容までお忘れだと困りますし、念のため確認しておきましょう」

「欧山概念の、原稿だろ？　あんたが欲しいのは比類なき文才を与える力、苦境に立たされた出版業界を救うベストセラー作品だ」

「覚えていましたか。では教えてもらいましょう。〈絶対小説〉はどこにある？」

そのばかばかしい問いかけに、ぼくは吹きだしてしまう。

マスクをつけた男がクソ真面目に聞いてくるのがツボにはまったので、よだれをたらしてゲラゲラと大笑いしたあと、こう言ってやることにした。

「目の前にあるじゃないか。ここが、〈絶対小説〉だよ」

「いい加減にしろ！　私を怒らせると後悔することになるぞ！」

そうだ、ばかばかしい問いかけといえば――ぼくが今、金輪際先生の役割を演じているのなら、この世界のどこかに存在しているのだろうか。語り部としての役割を与えられた、もうひとりのぼくが。

グッドレビュアーが一旦場を離れたあと、注射器を手にして再び近づいてくる。

頭がおかしくなってしまう前に、ちょいとネタバレをしてやろう。

聞いてくれ、一周目の兎谷三為。たぶん伝わらないだろうけど。

「この世界に存在する神はひとり、私と、兎谷くんと、そして欧山概念だ。いやはや、まったく気持ちが悪いものさ。なにもかもが自分の……ヒヒッ！　おいしいからねえ……ママのチーズケーキ！　やったあ！　今日の夜はカレーだって！」

4　ビオトープの恋人

気がつくと、ぼくは小高い丘のうえにいた。

しかしこちらに近づいてくる人物を見るかぎり、まだ夢から覚めていない。

全身をゴールドに塗りたくったおじさんは、現実にはそういないはずだ。

「ビオトープから出ていかれるのですか、金輪際尊師」

「ええと……よくわからないけど、たぶんそうするつもりです」

今いる場面がどこなのか把握できていなかったから、曖昧な返事をしてしまう。

しかし金色夜叉さんは気にした様子もなく、つらつらと語りはじめる。

「尊師が欧山概念に選ばれたであろうことに、私は確信を抱いています。しかし尊師ご自身はそれを否定し、別の若者に可能性を見いだそうとしておられる。兎谷三為という作家は、どのような人物なのでございますか」

そう問われたあとでふと己の姿を眺めてみれば、ぼくはいつのまにか、セピア色の紙を抱えていた。これは百年前に書かれた、比類なき文才を与える原稿だ。

「兎谷三為という青年は……こう言ったらアレですけど、うだつのあがらない引きこもりのライトノベル作家です。しかし今のぼくよりは、まっすぐに創作と向きあっている」

「ゆえにその熱意ある若者に、原稿を読ませるのですか。欧山概念に選ばれるだろうという、期待を込めて」

「まあそうなりますかね。それが与えられた役割なので」

やるべきことは決まった。この世界のどこかにいる兎谷三為に眉間を撃ち抜かれたとき、ぼくは物語の結末をむかえることができるはずだ。

「ここってビオトープなんですよね。出ていく前に一度だけ、まこ——じゃない、美代子さんに会っておきたいんですけど」

「ウーム、それは難しいでしょう。彼女は尊師のことが、その……」

金色夜叉さんにそう言われて、今さらの事実を悟ってしまう。

まことさんは、金輪際先生を好いていなかった。

彼女は情熱を失ったぼくではなく、創作に期待を抱く若かりしころのぼくを選ぶ。十年後の自分は、ヒロインに選ばれる資格を持ちあわせていないのだ。

「ようやくわかりましたよ。世界を滅ぼしたいとまで、願ってしまう気持ちが」

◇

若かりしころの自分と対面するというのは、なんとも奇妙な体験だった。向かいに座る兎谷三為の髪はふさふさで、肌にハリがあり、なによりまだ目が死んでいない。

「――欧山概念という作家を知っているか」

「うちのレーベルで書いている人ですか？　まだご挨拶したことはありませんね」

「ばかを言うなよ兎谷くん。百年前に死んでいる男だぞ」

愛着と嫉妬。郷愁と憧憬。若者に向けるべきありとあらゆる感情がまじった視線をそそいでいると、物語をはじめたばかりのぼくは、さっそくスマホで欧山概念について検索しはじめる。

早く眉間を撃ち抜いてくれよ、兎谷三為くん。

そんな期待をかけながら、ぼくは物語の発端となる設定を語り続ける。

あの日の金輪際先生と同じように、したり顔で。

「欧山概念が死の間際に書いた原稿には怨念が宿っており、それが魔術的な力となって所有者にインスピレーションを与えるというのさ。結果として、欧山が持っていたような比類なき文才が所有者となったものに宿る、という仕組みだ」

「ははあ、いかにも骨董品の逸話という感じですね」

「さては君、本気にしていないな」

ぼくがそう言うと、兎谷三為は困ったように笑みを浮かべる。

めんどくさい先輩だなと思っているのだろうし、その気持ちもよくわかる。

しかし目の前にいるのは、十年後の君だ。

挫けそうになりながらも何度筆を取ったところで報われることはなく、現実に打ちひしがれて創作の情熱を失い、惰性で小説を書き続け、いつしかただの負け犬になる。

そんなバッドエンドをむかえたあとの世界を生き続ける、もうひとりの君自身なのだ。

「で、先生に文才は宿ったんですか？　読んだんですよね、原稿」

「残念ながら私は、欧山概念の魂に選ばれなかったらしい」

「選ばれるとか選ばれないとかもあるんですか」

「せめて君に文才が宿らないものかと思ってね。私たちはよく似ているだろう？」

「どうでしょうねえ」

兎谷三為はあからさまにいやそうな顔で、ぼくから目を背ける。

そして古ぼけた紙束《かみたば》を手にとり、こう呟いた。

「ずいぶんと値の張りそうなものですよね、これ」

「ハハハ。たかだか三百万で文豪になれ……ん？」

用意されていた台詞を言いかけた途中で、ふいに違和感を覚えて眉をひそめる。

彼の手もとに、原稿がある。

おかしい。ぼくの記憶が確かなら、消えてなくなっていたはずだ。

この時点で、すでに。

だというのになぜ君は、それを持っている。

「ぼくだって選ばれやしませんて。……欧山概念？　比類なき文才が得られる魔術的な原稿？　そんなクソみたいなジンクスに魂を売るくらいなら、最初から創作で勝負しようなんて考えませんってば。ばかばかしい。むしろ腹立たしいくらいです」

「待て！　お前、なにをするつもりだ！」

「大体ね、こんなものがあるからいけない。先生もいい加減、目を覚ましてくださいよ」

兎谷三為は憮然《ぶぜん》とした表情でそう言うと、持っていた原稿をびりびりと引き裂いた。

ぼくは目の前で起きたことが信じられなくて、唖然としてしまう。


欧山概念の。

文字が。

塵芥と化して。

宙を舞っている。

「ああああっ！　お前……っ！　お前なあああっ！」

「三百万でしたっけ？　そんなはした金で文豪になれるわけもなし、というよりウン千万叩いて比類なき文才を得たとしても虚しいだけですから。親から借りるなりローンで払うなりして弁償しますから、もう一度ひたむきに創作と向きあってみませんか」

「そういうことじゃねえよばか野郎！　お前は自分がやらかしたことの意味をわかっちゃいない！　せっかくの段取りをめちゃくちゃにしやがって！」

ぼくは怒りのあまり、兎谷三為の胸ぐらをつかむ。

しかし彼はこちらの行動を予期していたように、冷めた顔のまま見つめかえしてくる。

原稿が紛失する前に、自らの手で引き裂いてしまうとは。

選ばれるべきなのに。選ばれたはずだったのに。

兎谷三為は拒んでしまった。

定められていたはずの筋書きが、バラバラの紙くずに変わってしまった。

「でもこれがぼくの答えなんです、先生。ほかのなにかに頼らずに、自分の力で小説を書くべきだ。でなければ作品に魂を込めることはできないと、そう信じています」

くそ、正論ばかり吐きやがって。救いがたいほど甘ったれた考えだ。

理想しか見ちゃいない。現実ってものをまったく理解しちゃいない。

だけど兎谷三為の言葉は、かつてぼくが伝えようとしていたものだ。

金輪際先生に。すなわち今のぼく自身に。

「本当は気づいているんじゃないですか。だから孤独で、苦しんでいる。どれだけ道が険しくとも、苦境を乗りこえた先に真の傑作が生まれるのです。先生に必要なのは――」

「わかったような口を利くな！　お前はまだ本当の挫折を味わっちゃいないだろうが！　何度も何度も期待して、そのたびに心を折られて、それでも考えて考えて書き続けて、なのに結局なにも残らなかった、あのときの絶望を知らないくせに！」

ぼくは兎谷三為の首をギリギリと絞めあげる。

それでも彼はいっさいの抵抗を見せず、どころか嘲るように笑う。

「やめてくださいよ。そんなことをしたところでなにも変わりませんて」

「うるさいうるさい！　どこまでぼくをもてあそぶつもりだ、欧山概念っ！」

若かりしころの、理想と期待を胸に抱いていた自分に、落胆のまなざしを向けられる。

これ以上の悪夢がどこにある？

だめだ、もう耐えられない。

お前にその気がないのなら、ぼくが物語を終わらせてやる。

「そうやって最初からまた、やりなおすんですか？　懲《こ》りない人だなあ。欧山概念欧山概念って、なんでもかんでも他人のせいにするのはやめませんか」

自らの手の内で、兎谷三為がケタケタと笑う中――周囲の景色が砕けたガラスのようにぱらぱらぱらと崩れさっていく。

それはいつぞやに見た世界の終わりのようでいて、決定的になにかが異なっていた。

もうひとりのぼくは首を絞められたまま、ぼくが最初から気づいていた真実を告げる。

「いませんよ、どこにも。欧山概念なんて、この世界にはね」

5　世界の終りとリアルモンスター・ワールド

真っ白な背景と化した空間が崩れゆく中、兎谷三為は笑っている。

ぼくははっとして身を引き、後ずさりしてしまう。

欧山概念の意志は、どこにも介在していない。

二周目の〈絶対小説〉は、あくまでぼくが作りあげた世界。百年前に夭折した作家を題材にして作りあげた――出来の悪い二次創作なのだと、気づいてしまったからだ。

「やっと認めてくれましたか。で、どうします？」

「それはこっちが聞きたいくらいだよ。夢から覚めるために、ぼくはなにをすればいい」

「難しいところですね。なんでも思いどおりになるこの世界で、あえて自分で自分を殺そうとするような人間を満足させる結末なんて、あるかどうかさえ怪しいのに」

返答に窮して、ぼくは顔をしかめる。

若いころの自分に問われているからか、なおさら憎らしく思えてくる。

と、兎谷三為の姿がぐにゃりとゆがみ、禍々しい化け物が現れた。

『ならばこうしよう。語り部を虐げることこそが、我に与えられし役目ゆえに』

「宵闇のガルディオスか……。いよいよなんでもありになってきたな。君だってミユキみたいにぼくを恨んでいるのだろうけど、腹を割《さ》くのだけは勘弁してくれよ」

『ずいぶんと身勝手な言いぐさだな、創造主よ。登場人物に恨み言を言わせているのは、お前だ。嘆いて悔《く》やんで許せないでいるのは、ほかならぬお前自身ではないか』

「ああ、考えてみりゃそうか。だからこんな世界を作ったのかな。君たちをわがままに付きあわせちゃったのかな。でも、ならどうすればいい。結局どうやったところで――」

そう問いかけたところで、宵闇のガルディオスの姿がぐにゃりとゆがむ。

続けてぼく自身の姿も、ぐにゃりとゆがんだ。

「ならば原稿を読むところに戻って、〈絶対小説〉の世界を追体験してくるかい。なんなら記憶だって消してあげよう。そうしたら創作の情熱だって戻ってくるかもしれないからね」

目の前に立っていたのは金輪際先生、すなわち現実のぼくだった。

慌てて自分の姿を見ると……ぼくのほうは十年ぶん若返って、兎谷三為になっている。

「ゲームは何度やっても楽しめる。いやなら逃げたっていい。認めたくないなら嘘をつけばいい。自分にね、現実にね、それもまたひとつの道だよ、兎谷くん」

金輪際先生が、ぼくに銃を渡してくる。

先生の眉間を撃ち抜いてリセットして、まことさんと奇妙な冒険をたどって、最後にまた先生の眉間を撃ち抜いて、何度も何度も〈絶対小説〉という名の物語を楽しめばいい。

夢から覚めてしまわないように。現実と向きあいたくないばかりに。

気がつけばぼくは泣いていた。

悔しくて悲しくて泣いてしまった。

「だめです、先生。それじゃもう満足できない。だってぼくは――」

「わかりきったことをいくら問うたところで、同じ答えしか返ってこないさ。ゆえに君は小説を書くのだろう、たとえ報われないとしても」

「誰かに、読んでもらいたいから」

そうだ。小説は現実でしか書くことができないし、読者は現実にしか存在しない。

面白い小説を書きたいのなら、どうしたって現実と向きあう必要がある。

夢だけじゃ描けない。妄想だけじゃ足りない。ありのままの自分が抱いたありとあらゆる感情が、ぼくの手から紡がれる物語を豊かに彩ってくれる。

眉間を撃ち抜くことじゃない。

ぼくは本当のぼくと――手を取りあわなくちゃいけなかった。

「つまりはライルとユリウスだよ、兎谷くん」

「わかりました、真の勇者になりますよ。だから先生、ぼくに返してください」

「クソみたいな十年を？」

「はい。それだってきっと、創作の糧になりますから」

銃を放りなげて握手を求めると、金輪際先生はにっこりと笑う。

その傍らには河童の村長が、ミユキが、クロフォードやガルディオスが、リュウジやライルが立っていて、呆れたような表情で拍手をしてくれる。

……ああ、また懲りずにはじめてやるさ。ぼくが小説を書くかぎり、君たちは姿を変えて、世界はかたちを変えて、存在し続けるのだから。

でも、もうちょっとだけ待ってくれ。

勘違いしているように見えるから、念のため言っておくけどさ。

この物語はまだ、最終回をむかえちゃいない。

◇

こうしてぼくは性懲りもなく、夜の渋谷に舞い戻ってきた。

今いる時間軸は最初に夢から覚めた直後、つまり一周目の〈絶対小説〉が幕を閉じ、その後に妹と会って別れたところらしい。

しかしそうなると、実家に帰ってから埼玉の工場に取材へ行くまでの一年間はどこに消えたのか。まさかあの記憶さえも、ぼくが作りあげた世界の一部だったとか？

なんて考えていると、なにが現実でなにが夢なのか本格的にわからなくなってくるのだけど……今はそんな些細《ささい》なことはどうでもよくて、ぼくは夜空に浮かぶ月に呟く。

ていた本当のぼくだ。

「どこにいるんだい。まことさん」

　そう、やらなきゃいけないことがまだ残っているのだ。

　今のぼくは若かりしころの兎谷三為ではなく、十年の年月を経て創作の情熱を失いかけていた本当のぼくだ。

　でもこの胸に伝えたい言葉は宿っていて、だから君にそれを届けたいと願っている。

「なのに名前を呼んでも応えてくれないからさ、正直言って困っているよ。……もしかしてあの世界に置き去りにしてしまったぼくを、恨んでいるのかい。二周目の〈絶対小説〉じゃ顔すら見せてくれなかったし、これでもけっこう堪えているんだけど」

　それとも呼びかたが悪いのだろうか。

　思えば出会ったときから、君は本当の名前を教えちゃくれなかった。

　そして次に顔を見せたときには、マクガフィン、美代子と、別の名前に変わっていた。

　嘘まみれの世界で生きてきた彼女は最後まで、ありのままの自分を見せてはくれなかった。ぼくの心はこんなふうに、丸裸にしてしまったのに。

「ひどいじゃないか。ぼくのことをさんざんもてあそんで、からかって、会うたびに名前を変えて、そのうえ毎度毎度、あんなわけのわからない冒険に誘ったくせに。せめて顔を見せてくれ。話をしてくれ。伝えたいことがたくさんあるんだ。ぼくは、君に――」

　だけどやっぱり、返事はなくて。

　夜空の月は頭上にぽつんと浮かんだまま、つれない態度でそっぽを向いている。

ああ、そうかい。

じゃあここで言わせてもらうよ。

君はそうやって知らんぷりしているけど、本当はもう気づいているからな。

二周目の〈絶対小説〉は出来の悪い二次創作で、ぼくが本当の自分と向きあうために作られた物語でしかなかった。でもそれは最初に体験した〈絶対小説〉で見逃していたものを、嘘の中に埋もれていた真実を、見いだすために必要な過程でもあったのだ。

ぼくはふうと息を吐く。

数えきれないほどの言葉を高く高く積みあげて、夜空に浮かぶ月の裏側までたどりつけば、嘘まみれの世界に囚われたままの君に、この思いは届くのだろうか？

いや……たとえ返事がなくても、感想を言うのは自由だ。

なにせこちとら、敬虔なる読者なのだから。

「設定はリアリティに欠けるし、話の展開はとっちらかっているし、おかげで本を壁に叩きつけたくなるような思いを何度もしたけど、なんだかんだで最初から最後まで楽しめた。面白かった。夢中になったよ。だから直接、この気持ちを伝えさせてくれないか」

小説を読むというのは、恋に似ている。

作者にもてあそばれて、手のひらで踊らされて、なのにそれを楽しんでしまう。

だとしたら君は、まさしく小説そのものだ。

この物語は――〈絶対小説〉は、呪いなんかじゃない。

だってぼくは、

「君の小説が好きだよ。欧山概念」

つまりはそれが、彼女の名前だった。

6　絶対小説

「おっ……うわああ⁉」

欧山概念に呼びかけた直後、夜の渋谷がぐるりと反転した。

寝ぼけているときにがくっと身体ごとかたむいたような、唐突な浮遊感を覚えて短く悲鳴をあげたあと、ぼくは慌てて周囲をきょろきょろと見まわす。

今となっては珍しい、純和風のお座敷だ。室内の調度品は年季が入っているもののどことなく上品で、それなりに裕福な家庭の屋敷だというのがわかる。

はてさて、ここは……どこなのだろう？

前触れもなく場面が変わるのには慣れてきたけど、新たに現れた景色に心当たりがなかったせいか、状況を把握するのに時間がかかってしまう。

ああ、ここは小説の世界。

欧山概念の最高傑作とも言われる短編——〈或る女の作品〉だ。

しかしあらためて周囲を見まわして、それもどうやらちがうようだと考えなおす。

あの短編の語り部は、病弱な浮世絵師の少女。

美代子をモデルにした、ということになっていたけど……そもそも代理人なんて存在せず、最初から彼女が小説を書いていたのだから、浮世絵師のモデルは作者自身だ。

そして物語の最後、欧山概念の分身である少女は、血反吐を吐きながらも筆を手にとり、描きかけの作品と向きあいながら絶命してしまう。

なのに今いる座敷にそれらしきものはなく、かわりに畳まれた布団と文台が隅にひっそりと置かれている。

だからここは小説の中じゃなくて、その作者である彼女が遺した記憶の世界だ。

欧山概念は〈或る女の作品〉を書くとき、自らが暮らしていた座敷を舞台に選んだ。

今いる場所はかつて実在していた世界であると同時に、かぎりなく物語に近い——いわば現実と虚構の狭間のような空間なのかもしれない。

あらためて文台を見ればくしゃくしゃに丸められた原稿がそのままになっていて、血反吐を吐きながら執筆していた彼女の苦悶と葛藤がにじみでている。

ぼくは丁寧にしわを伸ばしたあと、置き手紙のように残されていた物語を読んでみる。

幼いころから、空を見るのが好きでした。

季節ごとに変わっていく、庭の草花を眺めるのも好きでした。

直《じか》に触れることは決して許されませんでしたけど、屋根伝いによちよちと歩く野良猫さんや、隣家のご夫婦が飼われている犬さんに、閉めきった窓ごしにご挨拶するのも大好きでした。

でも、時々こう思うのです。

お空の色はどうして、青か、赤か、黒しかないのでしょう。

草花はどうして、じっと動かないでいるのでしょう。

猫さんや犬さんはどうして、わたしにご挨拶を返してくれないのでしょう。

たとえば暦《こよみ》が変わるたびに、お空が桜色や蒲公英《たんぽぽ》色、翡翠色や真珠色に変わるとしたら。朝起きて外の景色を眺めるまで、だあれもお天道《てんと》様がどんな姿をしているかわからなかったら、一日は今よりもっと楽しくなると思いません？

それとも庭の草花が蝶《ちょう》や鳥のように、ひらひらと舞いはじめたら。わたしたちがいつも眺めている外の世界は、今よりいっそう賑やかでわくわくするものになると思いません？

猫さんや犬さんがにこやかにご挨拶を返してくれたら。彼らはきっと首輪をつけて飼われているのをいやがって逃げだしてしまうかもしれませんけど、今よりずっと魅力的で可愛らしい、最高のお友だちになってくれると思いません？

「君は面白いことを考えるんだねえ。お父様にお願いして、ご本を買ってもらうといい。絵本がいいのかな、それとも図鑑のほうかな」

「どうせなら両方がいいわ。だってわたし、自分で想像してみるのも、知らなかったことを自分でお勉強するのも、どっちも大好きですから」

「好きなことは多いほうが楽しかろう。ひとつのことをもっともっと好きになっていくのも同じくらい楽しかろう。君にはたぶん、その両方の素質があるはずだ」

「ありがとう、先生。……でもわたし、お薬だけは苦手なの。もうちょっと減らしてくれたら嬉しいのだけど」

「そうはいかないさ。お薬のおかげで、君はこうして元気でいられるのだからね。だからちゃんと先生やご両親の言うことを聞いて、おとなしくしているんだよ？」

そう、わたしはみんなとちがって、外の景色を眺めることくらいしかできません。

だからお空はもっとカラフルで、庭の草花はひらひらと賑やかで、動物さんはごきげんようと話しかけてくる――そんな魅力的な世界に変わってほしいと願っていたのです。

ぼくはふうと息を吐き、原稿から目を離す。

〈或る女の作品〉がどのような結末をむかえるか、すでに読んでいるから知っているし、少女のモデルである美代子が、闘病のすえに死にいたることはわかりきっている。彼女だって、自らの終わりが近いことを予見していたはずだ。

ゆえに欧山概念として、この物語を書いたのであろうから。

過酷な現実から目を背けたくて、中途半端な幕切れに納得できなくて、起こるべくして起こる筋書きを嘘で塗り固めて——その肉体が朽ちたあと、自らが思い描いた物語に魂ごと呑みこまれていく。ぼくの知っている女の子ならやりかねない離れ業だし、まさしく欧山概念らしい筋書きだ。

とはいえ当人がその結末に満足しているのなら、百年後の現実に生きているうだつのあがらない作家を、わざわざ夢の世界に連れてくる必要なんてなかったはずだ。

誰にも読まれない物語を書き続けるのは苦しいし、自分とその分身しかいない世界は虚しいと、ぼくもついさきほど思い知ったばかりだ。

〈絶対小説〉の中で出会った彼女は嘘まみれの世界で生きることに疲れ、諦観に近い絶望を抱いていた。百年もの間ずっとそうしていたのだから、自分がいったい誰だったのかさえ、今では思いだせなくなっているのかもしれない。

じゃあ、月の裏側にいる君にどうやって言葉を届けよう?

答えはいたってシンプルだ。

都合のいいことに彼女が遺した原稿には、こんなにもたくさんの余白がある。

わたしはさっそくゾウが載っている動物図鑑をおねだりしたのですが、お父様がお仕事の帰りに本屋さんに寄って買ってきてくれるまで、我慢ができませんでした。
なあ聞いてくれよ　いつまでもそっぽを向いていないでさ
だからお筆をとって、自分で描いてみることにしたのです。
君が物語の世界に誘ってくれたおかげで
ところが完成した絵を見せても、それがなんの生きものなのか、
ぼくは創作の情熱を取り戻せた
誰も気づいてくれませんでした。
おかげさまでさんざんな目にあったけど今では感謝しているし
それもそのはず、わたしが描いたゾウはピンク色の毛むくじゃらで、
なによりも心の底から君の思い描いた世界が好きになれた
長いお鼻は蝶々のようにくるくると丸まっていたのですから。
だからまた小説を書いてみるよ　現実と向きあってね
「ほら、図鑑を買ってきたから見てごらん。これがゾウだよ。
ぼくが覚悟を決めたのだから　君も勇気を出して本当の
ピンク色の毛は生えていないし、お鼻はホースみたいに長いのさ。
自分を思いだしてみないか？
とても面白い動物だろう」
もう一度はじめよう　絶対小説の冒険を
「でもお父様、わたしが描いたゾウのほうが、よっぽど素敵ではございません？　それに
ぼくたちふたりの物語を
……」

「どうしたんだい。急に変な顔をして」

お父様が不思議そうにたずねるので、わたしは頬をふくらませて、

「ひどいわ、プレゼントをまちがえるなんて。わたしが欲しかったのは図鑑じゃなくて、面白いと評判の絵本でしたのに」

「おや、そうだったのかい。それならいっそこの毛むくじゃらを主人公にして、お話を考えてみたらどうかな。絵に描いた動物のことをあれこれ想像してみたら、美代子だってきっと退屈しないにちがいないよ」

「あら、名案ですわね。どうせなら読んだ人をあっと驚かせるような、可笑《おか》しくて恐ろしくて、だけど最後は楽しい気分になれる物語を書いてみたいかも」

それからというもの、わたしは来る日も来る日も原稿用紙と向かいあって、自分が思い描いた世界を書き起こしていきました。

なにせほかにすることはありませんから、読み進めるほど驚きに満ちた物語が飛びだすように——河童や牛鬼に枯れ枝の妖怪、金色に輝く哀しい怪物、わたしの頭の中に住んでいる奇々怪々な登場人物たちを、物語にしていったのです。

「みんな楽しんでくれるといいな。でも外に出たこともない小娘が書いた小説なんてと投げかえされたら困りますし、確固たる評価が得られるまで正体を隠しておいたほうがいいかしら。そうね、いかにも格調高そうな筆名で、欧山——」

ぼくは文台に置かれていた鉛筆を取り、原稿の余白、行と行の間につらつらとメッセージを綴っていく。キーボードでの執筆に慣れきっていたせいか、ひさびさに文字を書いて

みるとミミズが這ったような筆致で、我ながらその汚らしさに辟易してしまう。


〈絶対小説〉の序文に。

書き記されていた。

クセの強い。

文字。


あれはほかならぬ、ぼくの内側からあふれでた言葉だった。

欧山概念が思い描いた小説の世界で、兎谷三為を導いていたのはまぎれもなく彼女自身だったけど——読者であるぼくの魂もまた、あの世界の筋書きに干渉していたのだ。

現にこうして余白にメッセージを綴るたび、新たに書きこまれた文字に呼応して、〈或る女の作品〉は本来とは異なる展開に進もうとしている。

〈絶対小説〉という作品が最初から最後までぼくらふたりで紡ぎあげたものなら、今からだってあのときの結末を、やりなおすことができるはずだ。

ぼくは欧山概念に殴りこみをかけにいくし、君に伝えたい言葉を届けにいく。

どちらも同じ意味なのだから、やるべきことはひとつしかない。

小説を書くようになってから、日々の暮らしはがらりと変わってしまいました。

わたしは今まで、自らの手で世界を生みだすことの面白さを知らなかったのです。

世の作家たちがどれほど丹精を込めて物語をお考えになっていたのか、まるで理解していなかったのです。

嗚呼、なんともったいないことでしょう。

幼いころから耳にしてきたおとぎ話をとってみても、ひとつひとつの台詞や筋書きに無駄がなく、ほとんど外に出ることのできない世間知らずの娘であろうとお話にすんなり入りこめるようにと、様々な工夫がなされているのがわかります。

その単純なように見えて精緻《せいち》に作りこまれた世界を紐解《ひもと》いていくだけで、自分ならどこを舞台にしてみようだとか、どういう設定の人物を出してみようかと、胸の奥深くに眠っていた物語たちが、ひとつの作品となってわたしの手からあふれだしてくるのです。

嗚呼、しかし……なんと口惜しいことでしょう！

世にあふれた物語を読めば読むほど、小説を書く楽しさにのめりこめばのめりこむほど、創作者たちの想像力の豊かさに、数多の人々を満足させうる作品を作りだすことの途方のなさに、わたしはどうしても打ちのめされてしまうのです。

「美代子！　また小説を書いているのか！　お医者様に無理をするなときつく言われたばかりだろうに！　この前みたいに倒れるようなら、二度と出版社に紹介しないぞ！」

「大丈夫ですわ、お兄様。今日はいつもより調子がいいのです。それに今度の作品を読んだら編集者だって目の色を変えて、ぜひうちで出したいと言ってくれるはずですから」

わたしが得意げに笑ってみせますと、お兄様は呆れてお部屋から出ていってしまいました。小説を書くようになってからというもの、嘘をつくのも上手になった気がします。

困ったことに、残された時間はほとんどないのです。

身体の調子がいいときだけ文台に向かっているのでは、わたしが思い描いた素晴らしい物語は、世にある多くの作品の中に埋もれてしまうのです。

だからもっともっと、斬新な登場人物や設定を考えましょう。さらにもっともっと、お話を面白くしていきましょう。そしてもっともっと、空想に身をゆだねていきましょう。

この胸のうちにある傑作を早く書きあげなければ、わたしは病弱な少女以外のなにかに変わることなく、自らの物語を終えてしまうのですから。

この文章を書いている君は幸福ではないはずだ

でも今日はとくに胸が苦しい気がいたします。

しかし物語を紡ぐという行為によって過酷な現実を見すえ耐えがたい苦しみの中で

頭の中では閃きが次々と浮かんでくるのに、手が震えてうまく

自らの境遇に抗おうとした

文字に起こすことができません。

その願いは百年の歳月を超えて僕の魂と呼応し創作の葛藤をわかちあい

鉛筆をつかんだまま文台にしがみついてみますけど、口からぼとりと血が垂れ、

今こうしてふたりだけの傑作を

書いている途中の原稿を赤く染めてしまいます。

すなわち絶対小説を新たに書きあげようとしているのだ

この小説が世に出れば、きっと誰もが感嘆の声を漏らすはずですのに。

書きたいことが、たくさん残っているのです。

読んでもらいたいお話が、まだまだあふれてくるのです。

お願いします、神様。あとほんのすこしだけ、時間をください。

贅沢なことは言いません。

今書いている、このお話だけでいい。

たったひとりでもいい、誰かに読んでもらいたい。

そして感想を聞かせてもらえたら、わたしはそれだけで幸福が得られるのです。

だから、

『じゃあ何度だって伝えるよ。百年後からわざわざ読みにきた甲斐はあったし、物語の世界を幾度となく飛びこえてまで、君を追い求めるだけの価値があったから』

「え……？」

不思議なことに目の前の原稿用紙から、いきなり声が響いてきたのです。

さてはわたしのことを不憫に思って、神様がお願いを叶えてくれたのでしょうか？

なんて期待していると、原稿の中にいる誰かさんは笑い声をあげて、

『ぼくはジーザス・クライストじゃなくて、うだつのあがらないライトノベル作家だよ。こうして再びめぐりあえたわけだし、お互いありのままの姿で向きあってみないかい』

どういう意味、と問いかける時間はありませんでした。

不思議な声が語りかけてきたのと同時に、周囲の景色がぱらぱらと、ガラスが割れるように崩れていったのです。でもなぜかその光景に見覚えがある気がして——唐突になにも

かも、思いだしてしまいました。

「わたし、夢から覚めないといけないの……？」

『そうだね、エンドロールの時間さ。でも物語が結末をむかえるってことは、なにもかもが消えてなくなるわけじゃない。だからぼくから君に、この言葉を贈ろうと思う』

終わりゆく世界の中で、わたしはどうしたらいいのかわからず、ただただ呆然としてしまいます。

すると原稿の中の誰かさんは、いえ、わたしのよく知っている人はこう言いました。

『——俺たちの戦いはこれからだ！』

◇

原稿の余白にメッセージを書きこんでいくうちに、ぼくの身体は文字そのものと同化し、いつしか〈絶対小説〉の世界に舞い戻っていた。

前を見ればずっと会いたかった女の子が佇んでいて、手を伸ばすだけで柔らかな頰に触れることができた。

ぼくは今、中途半端のまま終わってしまった夢の続きを、納得のいかない物語の結末を、やりなおそうとしている。

第四の壁を乗りこえて。百年という歳月を飛びこえて。

「やあ、ひさしぶり」

「どちら様かしら。お顔に見覚えがないのだけど」

泣きじゃくりながら抱きついてくることを期待していた身としては、彼女の反応はまったくもって想定外。

よくよく考えてみれば今のぼくはクソみたいな十年を取り戻していて、以前の兎谷三為とは別人のような姿なのだ。

そのうえ目の前にいるお相手も本来の姿になっていて、ぼくが知っているまことさんよりも五、六歳くらい若返っているように見える。

ぼくは若いころに戻りたいと思っていて、彼女は大人になりたかった。

その願望が〈絶対小説〉という世界で、ふたりの年齢に反映されていたのかもしれない。

じゃあ、どうしよう？

そう思い、一回り以上歳の離れた女の子の前であたふたしたところで、

「冗談だってば。置き去りにされたからイジワルしたかっただけ」

「あのさあ、感動の再会にしようと思わないのか？　ていうか君のほうがよっぽどひどいじゃないか。実は百年前の人間だったなんて、追いかけるほうの身にもなってくれよ」

「でも会いに来てくれたのね」

「君の小説が面白かったから、感想を言いたくてさ。読者の鑑《かがみ》だろ？」

ぼくがそう伝えると、彼女は照れくさそうに口もとをゆるめて、思いのほか素直にこう言った。

「……ありがと。すごく嬉しい。わたしもちゃんと時間をかけて、今の気持ちを言葉にしたいの。でも」

彼女はぼくから視線を外すと、背後に広がる真っ白な空間に目を向ける。

嘘まみれの世界が塵芥と化した今、そうまもないうちに現実へ戻らなくちゃいけない。

すべてを思いだした少女は寂しそうに、

「終わっちゃうのね」

そうだよ。ぼくが来たから。本当の君に出会えたから。

すべての伏線を回収したから。秘められた真実を導きだしたから。

エンドロールをむかえるにふさわしい舞台が、こうして整ったから。

なのに君はまだ理解していないみたいだから、何度だって言ってあげるよ。

「だからまた、はじめなくちゃ。新しい物語を」

「無茶言わないで。こちとら現実じゃひどい有様だってのに」

彼女はそう言ったあとで両手を胸の前にだらりとたらして、舌をべろりと出してくる。

なにをはじめたのかと首をかしげたあと、オバケの真似をしているのだと理解する。

さすがは百年前の作家。本来の記憶を取り戻したからか、センスがやたらと古い。

おかげで彼女にこのネタが通じるか不安になってくるものの、

「俺たちの戦いはこれからだ！　って言っただろ」

「どうしろっていうのよ。このまま成仏するしかないでしょ、わたし。それともあなたがなんとかしてくれるの？」

「いいや、答えは自分の中にあるんじゃないかな。マクガフィン先生」

「……まさか」

実のところぼくが唯一読んでいない、欧山概念の作品がある。

それはＮＭ文庫で新人賞を獲りベストセラーになったという設定の、マクガフィン名義の異世界転生もの。彼女の最新作にして、その願望がもっとも反映された小説だ。

その物語はたぶんまだどこにも存在していなくて、今も生みだされる日が来るのを待っている。

「ごらんのとおり、ぼくは奇跡を起こした。いくつもの世界を冒険して、月の裏側にいる君を追いかけてね。だから次は君の番さ。置き去りにされたくないのなら」

「追いかけてこいって？」

「一足先に現実で待っているよ」

すると彼女は、納得がいかないとでも言うように鼻を鳴らす。とはいえ百年という歳月は、新たな人生をはじめる準備期間としちゃ長すぎるくらいだ。

「猫や犬に生まれ変わっていたら、どう責任を取ってくれるわけ？」

「それはそれで可愛がると思う」

「ばかじゃないの」

「自覚はあるよ。でもそうじゃないと、小説なんて書かないだろ」

「言えてるかも。あとロマンティストね」

「そうじゃないと、小説なんて書けないし」

「わたしもばかなロマンティストなのかしら」

「保証するよ。ぼくは君が書いた物語に触れてきたから」

「……なに今の。ダサすぎて寒気がしちゃう」

そこでふたりともぷっと吹きだして、お互いに見つめあう。

ぼくは君という物語をずっと読んできたし、君もぼくという物語をずっと読んでくれた。嘘まみれの世界で丸裸の自分をさらけだして、知らず知らずのうちにふりまわしあって、今こうしてありのままで触れあって、そしてようやくわかりあうことができた。

「いっそ開きなおって、神様とケンカしてこようかしら」

「君の次回作に期待しよう」

「ならわたしも、あなたの小説を来世の楽しみにしておくね」

「期待値が高いぶん、評価がどうなるか怖いなあ。でも大丈夫、次もきっと面白い」

「欧山概念の小説より？」

「もちろん」

正直に答えたら、いきなりパンチが飛んでくる。

病みあがり、というよりオバケだけど……こんなに元気があるのなら、ぼくらの世界を作りあげた本物の創造主様から、実力行使で好待遇を引きだしてもらいたいところだ。

「じゃあまた。現実で」

「来世でもよろしくね」

「新作を書いて待っているから。君の小説より面白いものを」

「わたしだって、あなたの小説より面白いものを書くわ」

「約束だ」

「忘れないでよ」

ぼくらは名残を惜しむように、ぎゅっと手を握る。

でもこれはただのお別れじゃなくて、再びめぐりあうための儀式でもある。

今度は小説の中じゃなくて、現実という舞台で——兎谷三為とまことであり、金輪際先生と欧山概念でもある、ぼくと君の物語がはじまるのだから。

やがて終末の音色がガシャンガシャンと鳴り響き、幕引きが近いことを知らせてくる。

彼女は別れ際、これだけは言っておかなくちゃというような表情で、

「あのさ、わたしも、あなたの——」

ぼくは言葉の途中で、彼女の口を塞《ふさ》ぐことにした。

伝えたいことはまた会う日まで残しておいたほうが、追いかけるときの力になる。

◇

物語が幕をおろしたあと、ぼくは渋谷のマンションに戻っていた。

てっきり二周目の〈絶対小説〉に入った地点、つまり埼玉の工場から再スタートするものだと思っていたのだけど……現在の時間軸は一年ほど前、NM文庫の鈴丘さんと電話でケンカ別れした直後のようだった。

室内を見まわせばフローリングの床にビールの空き缶が散乱していて、やけになってぶん投げたノートパソコンの残骸が哀れな姿を晒している。

ぼくはこれから部屋を掃除して、夕方に渋谷のカフェで妹と会ってきて、次の日から引っ越しの手続きと荷造りをはじめて、実家に帰ってバイトを探して、ノートパソコンを買うための資金を貯《た》めながら——また、新しい小説を書くわけだ。

「よりにもよって、こんな最悪な場面に戻さなくてもいいじゃないか……」

ため息まじりにそう呟いてみるものの、ここは小説の中じゃないのだから、創造主様に不満を漏らしたところでどうにかなるはずもなかった。

本当に?

どうだろう。

ここが小説の中だろうがそうでなかろうが、ぼくは今いる世界でやっていくしかないのだし、そのうえ立ち向かう相手はクソみたいな現実で、ラスボスとして申し分のない強さだ。ならば考えるのはあとにして、まずは起きあがって、顔を洗って歯を磨いて、戦う準備をはじめよう。

おはよう、金輪際先生。

またよろしく頼むよ、兎谷三為。

◇

「で、実家に帰るわけ？」

「今のままだと貯金も底をつくし、向こうでバイトしながら小説を書いてみるよ。群馬だし人手なんてどこでも足りていないだろうし、やる気があれば創作と両立もできるだろ」

「ふうん、いいんじゃないの。てっきり意気消沈しているものかと思ってたけど、元気そうで安心したかも。真面目に働く気があるなら、野たれ死ぬこともないでしょうし」

「おうよ、ありがとな」

妹のぶっきらぼうなエールに、苦笑いを浮かべながら感謝の言葉を返す。

新しい小説を書けば彼女だって読んでくれるだろうし、ぼくに期待して神様にケンカを売りにいった女の子もいるのだから、現実がしんどかろうが前向きにやっていこう。

すっかり冷めてしまったコーヒーをぐいと飲み干したあと、伝票を持って立ちあがる。

手持ちは残りすくないが、ここはお兄様のおごりにしておくよ。

「じゃあまたな。お前のデートがうまくいくことを祈るよ」

「……およ？　わたし、このあとの予定なんて話したっけ？」

「ああ、聞いたよ。一年前に」

あるいは、物語の中で。

ぼくが笑いながらレジに向かう姿を、妹はきょとんとした表情で見送ってくれる。

◇

今日の用事をすませたあと。

ぼくはマンションに戻って机に向かう。

明日から実家に帰る準備をはじめなくちゃいけないし、当面はバタバタするからあまり時間の余裕はないのだけど——それでも頭の中にある物語を早く文字にしたくて、ぼくは帰りがてら、コンビニで原稿用紙と鉛筆を買ってきていた。

ノートパソコンがぶっ壊れているから苦肉の策とはいえ、いざ鉛筆で書いてみると、案の定ミミズが這ったような筆致で、あらためてその汚らしさに辟易してしまう。

しかしある意味、この作品にふさわしい書きかただ。

〈絶対小説〉の原稿に。

書き記すべき。

クセの強い。

文字。


ぼくは苦笑いを浮かべながら、序文の言葉をつらつらと紡いでいく。


今この文章を読んでいるあなたは、幸福ではないはずだ。

なぜなら小説を読むという行為そのものが、現実から逃避するための、およそ不幸な人間が、自らの境遇に目を背けんがために行われるものでもあるからだ。

小説を書く場合においても、そうだろう。

ぼく自身、今のところ幸福とは言いがたい。

これから手に入れることができるかどうかさえ、怪しいところである。

なにせこの世界の神様は、とことん信用のおけないお相手だ。

また会おうと約束をかわした少女ですらただの幻想で、いくら待ち続けたところで報われることはない。そんな結末だって、ありえるのだから。

だとしても今こうして、再び彼女とめぐりあう日を夢見ながら、幾千幾万の文字を紡いでいくと、そのうちにひとつの物語が生まれていく。

もしかしたらそれは、あなたの人生に彩りを添える幸福な時間の一欠片《ひとかけら》になってくれるかもしれないし、たとえその出来栄えにご満足いただけなかったとしても、ぼくは自分の小説を一本、書きあげることができる。

それはとても、素晴らしいことだ。

この作品は書き下ろしです。

〈著者紹介〉
芹沢政信（せりざわ・まさのぶ）
群馬県出身。第9回MF文庫Jライトノベル新人賞にて優秀賞を受賞し、『ストライプ・ザ・パンツァー』でデビュー。小説投稿サイト「NOVEL DAYS」で開催された、講談社NOVEL DAYSリデビュー小説賞に投稿された本作にてリデビューを果たす。

絶対小説《ぜったいしょうせつ》

2020年1月20日　第1刷発行　　定価はカバーに表示してあります

著者……………………………芹沢政信《せりざわまさのぶ》

発行者……………………………渡瀬昌彦
発行所……………………………株式会社 講談社
〒112-8001 東京都文京区音羽2-12-21
編集03-5395-3506
販売03-5395-5817
業務03-5395-3615
本文データ制作……………講談社デジタル製作
印刷……………………………豊国印刷株式会社
製本……………………………株式会社国宝社
カバー印刷…………………株式会社新藤慶昌堂
装丁フォーマット…………ムシカゴグラフィクス
本文フォーマット…………next door design

ISBN978-4-06-518503-2　N.D.C.913　420p　15cm

講談社
タイガ

相沢沙呼

小説の神様

イラスト
丹地陽子

僕は小説の主人公になり得ない人間だ。学生で作家デビューしたものの、発表した作品は酷評され売り上げも振るわない……。物語を紡ぐ意味を見失った僕の前に現れた、同い年の人気作家・小余綾《こゆるぎ》詩凪《しいな》。二人で小説を合作するうち、僕は彼女の秘密に気がつく。彼女の言う〝小説の神様〟とは？　そして合作の行方は？　書くことでしか進めない、不器用な僕たちの先の見えない青春！

講談社
タイガ

相沢沙呼

小説の神様

あなたを読む物語（上）

イラスト
丹地陽子

もう続きは書かないかもしれない。合作小説の続編に挑んでいた売れない高校生作家の一也《いちや》は、共作相手の小余綾《こゆるぎ》が漏らした言葉の真意を測りかねていた。彼女が求める続刊の意義とは……。

その頃、文芸部の後輩成瀬《なるせ》は、物語を綴るきっかけとなった友人と苦い再会を果たす。二人を結びつけた本の力は失われたのか。物語に価値はあるのか？　本を愛するあなたのための青春小説。

講談社
タイガ

相沢沙呼

小説の神様

あなたを読む物語（下）

イラスト
丹地陽子

あなたのせいで、もう書けない。親友から小説の価値を否定されてしまった成瀬《なるせ》。書店を経営する両親や、学校の友人とも衝突を繰り返す彼女は、物語が人の心を動かすのは錯覚だと思い知る。

一方、続刊の意義を問う小余綾《こゆるぎ》とすれ違う一也《いちや》は、ある選択を迫られていた。小説はどうして、なんのために紡がれるのだろう。私たちはなぜ物語を求めるのか。あなたがいるから生まれた物語。

講談社タイガ

凪良ゆう

神さまのビオトープ

イラスト
東久世

うる波《は》は、事故死した夫「鹿野《かの》くん」の幽霊と一緒に暮らしている。彼の存在は秘密にしていたが、大学の後輩で恋人どうしの佐々《ささ》と千花《ちか》に知られてしまう。うる波が事実を打ち明けて程なく佐々は不審な死を遂げる。遺された千花が秘匿するある事情とは？機械の親友を持つ少年、小さな子どもを一途に愛する青年など、密やかな愛情がこぼれ落ちる瞬間をとらえた四編の救済の物語。

講談社
タイガ

友井 羊

魔法使いの願いごと

イラスト
こより

私の瞳《ひとみ》は、なにも映さない。お母さんのタルトは美味《おい》しいし、家の裏にある森はいい匂《にお》い。ひだまりは暖かい。でもいつか、皆が夢見るように語る、美しいものを見てみたかった……。草原で出会った魔法使い・ヒトが私にくれたのは、「綺麗《きれい》なものだけが見える」不思議な目だった。これは、あなたが見失ってしまった綺麗なものをもう一度見つけられる、やさしさと友情のお話——。

講談社
タイガ

本田壱成

終わらない夏のハローグッバイ

イラスト
中村至宏

二年間、眠り続ける幼馴染《おさななじみ》の結日《ゆうひ》が残した言葉。「憶《おぼ》えていて、必ず合図を送るから」病室に通う僕に限界が来たのは、夏の初めの暑い日だった。もう君を諦めよう——。しかしその日、あらゆる感覚を五感に再現する端末・サードアイの新機能発表会で起こった大事件と同時に、僕に巨大な謎のデータが届く。これは君からのメッセージなのか？　世界が一変する夏に恋物語が始まる！

講談社
タイガ

望月拓海

毎年、記憶を失う彼女の救いかた

私は1年しか生きられない。毎年、私の記憶は両親の事故死直後に戻ってしまう。空白の3年を抱えた私の前に現れた見知らぬ小説家は、ある賭けを持ちかける。「1ヵ月デートして、僕の正体がわかったら君の勝ち。わからなかったら僕の勝ち」。事故以来、他人に心を閉ざしていたけれど、デートを重ねるうち彼の優しさに惹かれていき——。この恋の秘密に、あなたは必ず涙する。

講談社タイガ

望月拓海

顔の見えない僕と嘘つきな君の恋

「君は運命の女性と出会う。ただし四回」占い師のたわごとだ。運命の恋って普通は一回だろう？　大体、人には言えない特殊な体質と家族を持つ僕には、まともな恋なんてできるはずがない。そんな僕が巡り合った女性たち。人を信じられない僕が恋をするなんて！　だけど僕は知ってしまった。嘘つきな君の秘密を——。僕の運命の相手は誰だったのか、あなたにも考えてほしいんだ。

講談社
タイガ

恩田 陸

七月に流れる花

イラスト
入江明日香

六月という半端な時期に夏流《かなし》に転校してきたミチル。終業式の日、彼女は大きな鏡の中に、全身緑色をした不気味な「みどりおとこ」の影を見つける。逃げ出したミチルの手元には、呼ばれた子どもは必ず行かなければならない、夏の城——夏流城《かなしろ》での林間学校への招待状が残されていた。五人の少女との古城での共同生活。少女たちはなぜ城に招かれたのか？　長く奇妙な夏が始まった。

講談社
タイガ

恩田 陸

八月は冷たい城

イラスト
入江明日香

夏流城《かなしろ》での林間学校に参加した四人の少年を迎えたのは、首を折られた四本のひまわりだった。初めて夏流城に来た光彦《てるひこ》は、茂みの奥に鎌を持って立つ誰かの影を目撃する。閉ざされた城の中で、互いに疑心暗鬼を募らせるような悪意を感じる事故が続く。光彦たちを連れてきた「みどりおとこ」が絡んでいるのか。四人は「夏のお城」から無事帰還できるのか。短く切ない夏が終わる。